TRILOGIA

OS FILHOS DA LUZ

VOLUME II

# Os Guardiões

Robson Pinheiro

1ª edição | agosto de 2013 | 8 reimpressões | 29 mil exemplares
9ª reimpressão | julho de 2021 | 1 mil exemplares
10ª reimpressão | dezembro de 2022 | 1 mil exemplares



**Casa dos Espíritos Editora**
Avenida Álvares Cabral, 982, sala 1101
Belo Horizonte | MG | 30170-002 | Brasil
Tel.: +55 (31) 3304-8300
editora@casadosespiritos.com
www.casadosespiritos.com

EDIÇÃO, PREPARAÇÃO E NOTAS
Leonardo Möller

CAPA, PROJETO GRÁFICO E DIAGRAMAÇÃO
Andrei Polessi

REVISÃO
Laura Martins

IMPRESSÃO E ACABAMENTO
Assahi Gráfica

---

**Dados Internacionais de Catalogação na Publicação (CIP)**
(Câmara Brasileira do Livro, SP, Brasil)

Inácio, Ângelo (Espírito).
Os guardiões / pelo espírito Ângelo Inácio ;
[psicografado por] Robson Pinheiro. – 1. ed. –
Contagem, MG : Casa dos Espíritos Editora, 2013.
– (Trilogia os filhos da luz ; v. 2)

ISBN 978-85-99818-26-8 (obra completa)
ISBN 978-85-99818-28-2

1. Espiritismo 2. Psicografia 3. Romance
espírita I. Pinheiro, Robson. II. Título. III. Série.

13-07065 CDD-133.9

---

Índices para catálogo sistemático:
1. Romance espírita : Espiritismo 133.9

ROMANCE MEDIÚNICO

PELO ESPÍRITO ÂNGELO INÁCIO

# OS GUARDIÕES

ROBSON PINHEIRO

casadosespíritos

*Os imortais*, volume 3



Nesta obra respeitou-se o Acordo Ortográfico da Língua Portuguesa (1990), ratificado em 2008.

A Everilda Batista, minha mãe,
que me ensinou, entre tantas coisas,
a prosseguir e perseverar sempre.

# SUMÁRIO

# PREFÁCIO

*por*

Leonardo Möller

EDITOR

## JESUS NÃO É SÓ MISERICÓRDIA

"VINDE A MIM todos os que estais cansados e sobrecarregados, e eu vos aliviarei."[1] Este Jesus que consola os oprimidos e aplaca as dores tem sido ensinado e apreendido pela humanidade, especialmente pelos cristãos, com relativo êxito nos últimos dois milênios. Mas o Cristo meigo e cálido reflete toda a personalidade deste homem fascinante? Com menos sucesso se integram à sua imagem passagens como aquela em que expulsou os vendilhões do templo aos berros, derrubando mesas,[2] ou em que discursou durante todo um capítulo do Evangelho[3] para repreender e dirigir os piores impropérios aos poderosos da política e da religião à época ou, mesmo, quando disse as célebres palavras: "Não penseis que vim trazer paz à Terra. Não vim trazer paz, mas a espada".[4] E que Jesus é este, afinal?

[1] Mt 11:28.

[2] Cf. Mt 21:12-13; Mc 11:15-18; Lc 19:45-46.

[3] Cf. Mt 23.

[4] Mt 10:34. Todas as citações bíblicas foram extraídas de: BÍBLIA de referência Thompson. Tradução de João Ferreira de Almeida. São Paulo: Vida, 2005. Quando

Ao passo que misericórdia e justiça talvez nos pareçam forças antagônicas, em Jesus elas encontram sua síntese e então, definitivamente, podemos percebê-las como complementares. Se para nós entender o amor do homem que mais amou sobre a Terra é mais fácil quando passa pela cura dos feridos, pelo consolo dos caídos ou pelas palavras de conforto, a história que a História nos conta é bem menos meiga e suave. Basta ver como Jesus tratava os mais próximos ou aqueles que mais amava. À mãe se dirigia como "mulher"[5] e não há registro de uma só palavra elogiosa a ela nos Evangelhos. Acerca dos discípulos, soube lhes demonstrar impaciência, a ponto de protestar: "Ó geração incrédula e perversa! Até quando estarei convosco? Até quando vos sofrerei?".[6] Tem sido muito mais fácil para a humanidade compreender o amor por meio do *sim* e do afago, mas em Jesus fica claro que o amor passa necessariamente, ainda que não só, pelo caminho do *não* e da reprimenda.

indicado em contrário, é utilizada a Nova Versão Internacional (NVI).

[5] Jo 2:4; 19:26.

[6] Mt 17:17.

E o que é amar, afinal? Quem, em sã consciência, ousa declarar que compreende em absoluto não esse sentimento, mas essa força?

*Os guardiões* vem à tona para debulhar uma das forças mais manejadas por Jesus, sintetizada em sua personalidade como em mais ninguém: a justiça.

Se a justiça divina é o poder que impede a propagação do mal; se é ela a lei que inexoravelmente nos compele a todos, sem exceção, a encarar as consequências de nossos atos e escolhas, colhendo o fruto daquilo que plantamos, então ela há de ter também seus agentes, se não em igual número, ao menos em tão grande importância quanto a dos samaritanos, curadores, socorristas e espíritos que atuam sob a égide da misericórdia.

E quem são esses guardiões? A quem é conferida tamanha responsabilidade de empunhar a espada para representar a ordem e a disciplina, sem se deixar levar pelos impulsos de violência e desatino, tão arrebatadores quanto humanos?

Mesmo vivendo dúvidas, hesitações e temores, eles zelam pela segurança planetária. Administram os espíritos em prisão de que falam os apóstolos João, Pedro, Paulo e

Judas.[7] Impõem limites para o crime e a leviandade entre governantes e governados, batalham pela paz — sim, quem diria, ao que tudo indica ela não vem mesmo numa suave brisa de verão, mas é conquistada a duras penas. E são humanos, gente que traz medos e limitações, mas também uma fé inquebrantável de que "Somos mais do que vencedores, por aquele que nos amou".[8] Ah! A força da fé, que supostamente deveria mover montanhas,[9] e não incitar disputas religiosas... Alguém a encontrou, por acaso? De acordo com o autor espiritual Ângelo Inácio, parece que sim.

Conheça o mito de exu, a força de segurança sobre a qual toda a criação repousa, conforme a mitologia africana e segundo a compreensão dos cultos brasileiros que receberam sua influência. Exu, figura de ordem e disciplina vilipendiada pela dominação cultural das batinas, que, mesmo no século XXI, continua a ditar normas e pautar valores, nem que seja no imaginário coletivo e atávico em que nos achamos mergulhados.

[7] Cf. 1Pe 3:19; Ef 6:12; Cl 2:15; Jd 1:6; Ap 20:7-10.

[8] Rm 8:37.

[9] Cf. Mt 17:20.

Num tempo em que se proclama a liberdade de expressão aos quatro ventos; em que o Brasil sai orgulhoso às ruas para protestar e reivindicar melhorias sociais e econômicas em um processo de significado histórico, com adesão possivelmente sem precedentes nesse gênero de manifestação — tanto em números absolutos, na casa dos milhões de participantes, como na capilaridade dos movimentos, que extrapolaram as grandes capitais —, os guardiões do bem e da justiça agem como nunca nos bastidores da dimensão extrafísica. Nos porões do poder temporal, novos lances de uma batalha cósmica[10] se desenrolam, e os amigos da humanidade não estão dispostos a deixar que o desequilíbrio prevaleça sobre as comoções sociais que abrem caminho para grandes mudanças. Porém, quantos estão dispostos a colaborar?

Os guardiões da justiça precisam de agentes efetivos, e não apenas entre os espíritos desencarnados. É hora de os homens que se dizem adeptos de valores éticos e que proclamam condutas sérias e responsáveis se apresentarem, pois que a grande batalha se dá em todos os setores das sociedades física e extrafísica. Como em outros tempos, a

[10] Cf. Ap 16:14-16.

besta arrasta um terço das almas com sua cauda,[11] o falso profeta[12] seduz a muitos com os prodígios que faz à vista dos homens[13] e novamente se assiste ao nascimento de um anticristo,[14] isto é, à aliança espúria dos interesses religiosos com o subterrâneo do poder político, com as práticas mais vis a troco de projeção, moedas, adeptos e da tirania da moral e dos bons costumes.[15]

Se é verdade que a transmigração de almas está em curso e que é proclamado um novo tempo para a humanidade do planeta Terra,[16] mais do que nunca Jesus concla-

[11] Cf. Ap 12:4.

[12] Cf. Ap 13.

[13] Cf. Ap 13:13.

[14] Cf. 1Jo 2:18; 2Jo 1:7. "Nas terras do Evangelho, um poder bestial se estrutura lentamente, subindo do abismo das realizações humanas no campo religioso e assumindo o domínio de consciências. Esse poder mostra-se como um Cordeiro, mas expele chamas como um dragão; fala de Jesus, mas alimenta o anticristo" (PINHEIRO, Robson. Pelo espírito Estêvão. *Apocalipse: uma interpretação espírita das profecias*. 5ª ed. rev. Contagem: Casa dos Espíritos, 2005. p. 245).

[15] Cf. Ibidem. p. 195-202, cap. 13. Cf. Ap 19:20.

[16] Cf. PINHEIRO, Robson. Pelo espírito Ângelo Inácio. *O fim da escuridão*. Contagem:

ma não os religiosos, os quais tanto combateu durante sua vida, mas todos aqueles que estão dispostos a não se deixar corromper nem se levar pelas promessas fáceis. Lado a lado com os guardiões e os emissários do Alto, o exército de Miguel[17] movimenta-se a fim de assegurar que a Terra tenha um amanhã em que a luz não deixe de chegar a nenhum lugar, por mais remoto que possa ser, mesmo à mais longínqua das almas humanas.

O céu está vazio. As cidades espirituais são grandes escolas, que preparam mais e mais cidadãos espirituais de bem e de valor para um novo tempo.[18] Os umbrais se esvaziam numa grande obra de reurbanização extrafísica, pois foi decretado o fim da escuridão; a ampulheta do tempo soou até para a mais alta patente dos dragões, os príncipes do mal.[19]

E você, como tem pensado em colocar em prática sua convicção em dias melhores?

Casa dos Espíritos, 2012. p. 91-105. Crônicas da Terra, v. 1.

[17] Cf. Jd 1:9; Ap 12:7.

[18] Cf. PINHEIRO, Robson. Pelo espírito Ângelo Inácio. *Cidade dos espíritos*. Contagem: Casa dos Espíritos, 2013. Os filhos da luz, v. 1.

[19] Cf. PINHEIRO. *O fim da escuridão*. Op. cit. p. 218-230, 286-316, 334-355.

# 1

# OS GUARDIÕES

# E

## 21

**RA JÁ MUITO** tarde e a cidade mergulhava em trevas, uma vez que o sol se punha no horizonte daquela parte do mundo. Nova Iorque apresentava-se à sua visão espiritual como se fosse a capital do mundo, com seus arranha-céus desafiando a visão tanto dos habitantes da superfície quanto de quem por ali passava voando, a deslizar nos fluidos ambientes de um mundo cheio de vida e pululante de embriaguez dos sentidos e emoções. O New York Times Building, com seus mais de 50 andares, erguia-se majestoso, como se fosse uma das construções místicas do monte sagrado de Tsion, a cidade mitológica dos deuses decaídos. Passando sobre aquela que era considerada a babilônia das nações, voltou-se logo após para uma construção astral que se erguia no coração da cidade — Manhattan —, a uma altura equivalente a mais de 100 andares acima das maiores edificações humanas.

O ser renegado observou a cidade imperial quando da aproximação das sombras da noite. Sua fisionomia, ao receber os últimos raios do sol e a cintilação das primeiras estrelas, parecia inabalável, embora denotasse, para quem o examinasse mais atentamente, um misto de reflexão profunda e intensa preocupação com o futuro próprio e o daqueles dos quais era um dos líderes mais preeminentes. Alguém que vivera tantas vidas quanto vagou por várias terras e mundos; um ser medonho por natureza, que seguramente poderia ser considerado um dos representantes mais inteligentes que viera do cosmos, de outros mundos, trazia em si insondáveis mistérios impregnando a aura, como se fossem milhares de moléculas feitas de luz, embora uma luz desconhecida pelos humanos. Ao longo de suas peregrinações, conhecera quase infinitos mistérios e desvendara uma enormidade de ciências, todas ainda desconhecidas pelos habitantes daquele mundo que observava. Dominara uma variedade inumerável de criaturas do submundo, imergira nas profundezas mais obscuras das regiões abissais e, por fim, fora levado a contragosto a observar e conhecer as regiões indizíveis de mundos redimidos, onde uma vontade soberana outorgava, àquelas consciências que ali habitavam, um estilo e qualidade de vida que ele estava longe de compreender, tal como as vertentes das ciências ali aplicadas, estudadas e conhecidas.

Aquele era um ser que vivera milhares de vidas em mundos que, agora, perdiam-se na amplidão. Mesmo que pudesse localizar seu mundo original, sua pátria sideral, não mais conseguiria voltar a ela. Quem sabe seus conterrâneos já tivessem ascendido a uma etapa da vida universal ou a uma dimensão tão mais ampla, profunda e desconhecida que não saberia mais como atingi-los ou contatá-los... Uma saudade indizível parecia querer romper as barreiras dos conflitos internos, quase imensuráveis, que eclodia como consciência de culpa, também dificilmente traduzível na linguagem dos humanos do planeta Terra. Um ser que se convertera num genocida das estrelas, que tomara parte no extermínio de mundos, certamente não poderia viver impune perante a própria consciência, ainda que milênios e eras tivessem transcorrido desde sua última investida contra a humanidade desses orbes por onde passara.

Contudo, se o semblante revelava preocupação com o futuro, denotava também a reflexão engendrada pelo confronto de duas visões antagônicas — de um lado, sua política inumana; de outro, a política sintetizada na figura do Cordeiro, a qual combatera durante a maior parte da vida. Não obstante, transparecia nele a experiência de quem vira surgir e desaparecer impérios e nações, civilizações inteiras e quem sabe até, em dado momento, convivera com criaturas tão interessantes quanto elevadas e muito mais evolvidas do que qualquer ser que jamais pisara nos planeta dos homens. A mente, ao olhar a cidade logo abaixo de si, em seu voo singular, trazia à memória as nações por onde passara, os requintes dos continentes perdidos, onde inspirara os mais astutos planos de domínio e vira sucumbir toda uma raça sob a ostentação de seu poder, sobrepujando aqueles habitantes de outrora. Os olhos, iluminados pela astuta inteligência, pareciam congelados no tempo, como se estivessem gravados em suas pupilas os clamores e as dores das civilizações antigas, com sua diversidade de povos, raças e criaturas que compunham o genoma daquele mundo. Desde as construções antigas da Suméria às Torres do Silêncio da Pérsia, desde os edifícios majestosos da Atlântida até os jardins suspensos da Babilônia — a todos vira florescer e perecer, como a flor do campo que um dia se mostra exuberante e no outro fenece ou é ceifada da base que a nutre com a seiva da vida.

Enquanto voava pelos céus de Nova Iorque sua mente fervilhava. Ao mesmo tempo, nas telas ultrassensíveis de sua memória espiritual, desfilavam todos os povos com os quais mantivera contato, inclusive aqueles hominídeos que encontrara pela primeira vez ao ser deportado para o mundo prisão conhecido como Terra. Exibia uma aparência que remetia aos deuses gregos, no auge de sua força e virilidade, ou então aos homens mais belos, no ápice da juventude; talvez, ainda, aos anjos mais viris e elegantes, segundo as descrições mitológicas de povos cristãos. A história de toda a humanidade vibrava ainda na mente daquele que parecia se sentir o ser mais solitário de todos os tempos. Uma solidão que doía, uma dor que jamais poderia ser mensurada ou descrita, calcada numa alma tão perversa quanto jamais algum homem pudesse cogitar existir ou como qualquer pesadelo pudesse descrever.

O renegado pairou sobre a cidade e resolveu se deter em uma das construções mais importantes da nova babilônia. Prostrou-se sobre o mais alto dos edifícios da cidade como se estivesse paralisado, petrificado. Se fosse visto pelos mortais ou por aqueles que se consideravam poderosos e julgavam dominar as nações da Terra, teria sido percebido quase como uma estátua, uma gárgula, petrificado, imóvel por horas e horas a fio, incessantemente observando, pensando, refletindo sobre como retornar a seu antigo reduto, nas entranhas do orbe. Cogitava mesmo se deveria regressar, já que ficara prisioneiro por séculos e milênios na dimensão chamada prisões eternas[1] e, de um momento para outro, fora abduzido pelos representantes da justiça divina. E agora, por impositivo de uma força maior, suprema, não se via apenas fora das prisões eternas, mas subitamente sobre as cidades dos homens.

Pensava a respeito de seus conterrâneos, que talvez já estivessem tão distantes no tempo quanto no espaço, em outras dimensões, bem como lembrava dos associados mais próximos, colegas de infortúnio, os dominadores das regiões sombrias. Havia muitos séculos que não observava tão de perto as cidades dos homens; havia muitos milênios que estava circunscrito às regiões ínferas. E havia bem pouco tempo que regressara da excursão pelos reinos superiores, da qual ainda trazia na memória os reflexos das luzes imorredouras. Contemplava, então, o reino dos homens. Eram reinos que um dia haviam sido seus.

Imobilizado pelo estado contemplativo, o renegado viu emergir de seu interior um medo descomunal, ameaçador, quase intraduzível, mesmo na linguagem dos antigos seres deportados. Era o medo de perder a conexão com seus ou-

[1] Cf. Jd 1:6.

tros — e únicos — irmãos na atualidade: os dominadores. Era o medo de esquecer para sempre quem era, qual sua origem espiritual, quais eram os projetos e delírios, planos e anseios de dominação e poder. Não queria, não podia reencarnar. Em hipótese alguma. Queria e teria de ficar o máximo de tempo possível naquele corpo, embora de natureza bizarra, sobre-humana ou inumana. Mas não queria mergulhar na carne jamais, do contrário não saberia dizer como ou onde se encontrariam as próprias memórias, as convicções e a vida mental.

De repente, em meio à aparente imobilidade, sentiu um vento poderoso. Uma rajada que movimentou seus cabelos, cujas madeixas caíram ao longo do corpo do ser inominável. Enroscou os próprios cabelos, formando um remoinho no alto da cabeça, enquanto algumas mechas loiras serpenteavam sobre os ombros, dando-lhe uma feição excêntrica, a um só tempo desleixada e elegante. A roupagem, feita de uma matéria quintessenciada, dava-lhe a aparência de um deus. De contornos sobremodo impressionantes, era impecável sua estrutura anatômica. O rosto esculpido sobre o tronco era de uma beleza singular, de um magnetismo impiedoso e extremamente requintado. Atlético, forte, escultural, delgado. Trazia a expressão de alguém sempre atento, um vigia, um felino. A boca emoldurada por lábios quase sensuais, carnudos, grandes. Uma força titânica o posicionava muito acima dos padrões dos meros mortais. Barba pouco espessa, levemente dourada, dava-lhe talhe ainda mais que charmoso, sedutor ao extremo.

Inabalável em sua postura, parecia perceber o aroma que tomava conta do ar, da atmosfera espiritual à sua volta. Afinal, ele era um nefilin,[2] um querubim, um *annunaki*,[3] ungido para dominar, um líder da sua espécie. Seus sentidos hiperdesenvolvidos pressentiam algo no ar. Uma percepção extrassensorial dava-lhe notícias de que algo ou alguém se aproximava. Olhou acima, os céus, e desejou ardentemente elevar-se por sobre as nuvens, arremessar-se ao espaço e singrar os continentes celestes em busca de seu povo perdido em meio às estrelas. Mas sabia que não poderia jamais sair do planeta sozinho ou por vontade própria.

Olhou os edifícios ao redor e pôde constatar que, mes-

[2] *Nefilins* ou *gigantes* e *filhos de gigantes*, em muitas traduções (cf. Gn 6:4; Dt 2:10-11).

[3] Forma suméria para *filhos de Ananaque*, mais comumente vertido para o português como *Enaque* (Nm 13:22,33) ou *Anaque* (cf. Js 15:13-14).

mo os maiores deles, desde os arranha-céus até as torres majestosas, as montanhas muito ao longe, ou a estátua imponente ali adiante eram apenas espinhos que se erguiam no grande espinheiro humano, representando a atual civilização, perdida no caos que ele e seus correligionários estabeleceram na superfície do globo. A bacia do Rio Hudson e o revestimento dos prédios imponentes geravam um reflexo portentoso dos últimos raios de sol, ao mesmo tempo em que se acendiam luzes artificiais, formando um mar de cintilações que compunha o pano de fundo para o ser que a tudo observava e media. Constatou quanto o gênero humano ascendeu na escala do progresso, ao longo dos séculos, e como os homens aprenderam ao longo dos milênios; entretanto, continuavam crianças espirituais, bebês diante do conhecimento arquivado em seu cérebro nas últimas eras. Olhou a Lua, que surgia, e o pensamento rememorou os tempos em que viera do espaço sideral, na companhia de seus conterrâneos, e se estabeleceram ali, no terceiro mundo em volta daquela estrela chamada Sol. Tiamat é o nome que deram ao planeta. Terra, um nome entre tantos outros, sobrevivera aos demais dados àquele mundo. Pensou em quantos séculos, quantas gerações vira nascer e desaparecer, e quantos espíritos subjugara, e a quantos, ainda, comandava. E agora, só faltava o apocalipse, o começo de uma era nova ou a aniquilação da humanidade.

Sua alma encheu-se de tristeza e nostalgia. Uma espécie de depressão duramente reprimida por séculos nos escaninhos mais profundos de sua alma queria arrebentar as represas psicológicas erguidas dentro de si.

Ele já não era mais um anjo ou um querubim. Era apenas um espírito humano, um ser revoltado, vivendo profundos conflitos existenciais. Apenas um homem, e não um deus.

Uma fina película, uma vibração sutilíssima que separava as dimensões era alvo de um vendaval de energias, que, naquele momento, causava uma ruptura etérea no limiar entre o mundo espiritual e o mundo astral inferior. Três seres de alta estirpe espiritual se projetaram nesse rasgo dimensional e se lançaram rumo ao local onde se alojara o ser mitológico, o anjo caído e vencido pela soberana vontade. Eram três entidades de aparência hercúlea, mais brilhante e forte do que o filho da alva, um dos seres mais hediondos que a humanidade já conhecera. Como uma visão mitológica repentinamente feita visível, um dos eleitos se materializou a uma distância significativamente próxima do segundo em comando das regiões ínferas. Circulando num voo rasante em torno de um dos maiores edifícios da cidade que outrora dominava as nações, outro ser — que irradiava uma energia de magnetismo irresistível, de uma força moral inquebrantável, adquirida em milênios de lutas em prol de um reino e de uma política superior, o reino sideral do Cordeiro — desceu e se pôs levitando em frente ao antigo arcanjo, que ocupara um dia uma posição de comando.

Enquanto o terceiro guardião se materializava em cima da estátua que elevava seu braço aos céus, segurando uma pira em chamas congelada na matéria bruta do mundo material, o renegado tentou se erguer, irradiando uma ferocidade até então escondida na melancolia que lhe assomava à mente e ao coração. Detentor de uma aura terrífica, de uma carga de maldade acima de qualquer concepção humana, dotado de um furor tão supremo quanto sua inteligência, em relação à massa de humanos encarnados, ele teve seu voo freado, impedido, constrangido que fora pela força dos imortais que o confrontaram dependurado ali, num dos píncaros do mundo, sobre aquela estrutura artificial erguida pelos homens, aos quais desprezava. Tentou evocar os generais e comandantes guerreiros através da força do seu pensamento, mas nada, ninguém lhe respondia. Entre os que o confrontavam estava aquele que outrora o levara cativo, durante uma batalha travada nas dimensões onde o renegado era um dos dominadores supremos. O ser iluminado, que brilhava como um raio e cujas reverberações magnéticas tomavam a forma de asas, era nada menos que o guerreiro a serviço de Miguel,[4] o próprio Jamar, chefe dos guardiões.

Dirigindo-se ao renegado, o guardião deslizou sobre os fluidos da atmosfera daquele espaço dimensional e encarou o número 2 em poder, um dos mais temíveis dragões, que presenciara o nascimento da civilização dos homens.

— Tinha certeza de que o encontraria aqui! Como é irônica a situação, general caído — falou o guardião ao espírito à sua frente. — Vigiando sobre a cidade dos homens, uma das cidades mais importantes da humanidade, a mesma que deseja um dia destruir.

E antes que o enigmático ser respondesse, pronunciou-se Jamar com uma força moral irresistível:

— "Como caíste desde o céu, ó estrela da manhã, filha

[4] Miguel, o príncipe dos exércitos celestes (cf. Dn 12:1; Jd 1:9; Ap 12:7).

da alva! Como foste cortado por terra, tu que debilitavas as nações!"[5]

Jamar diminuiu as emanações de sua aura, de forma a não ferir ainda mais as pupilas espirituais do dragão à sua frente. Contudo, não poderia esconder seu tronco robusto, que irradiava uma energia de vigor espiritual impossível de não ser notada. Naquele momento, o guardião segurava a espada, já conhecido instrumento de trabalho, que brilhava ameaçador. O dragão conhecia o poder do guardião e reconhecia que estava abatido, amedrontado, de modo que não ousaria enfrentar um ser superior numa luta franca e aberta, numa dimensão que não era a sua, num mundo que não era o seu.

— Até imaginei que viesse, guardião, servo de Miguel. Mas pensei que fosse corajoso o suficiente para vir sozinho — falou, procurando mascarar seu medo e sua delicada situação emocional, enquanto fitava o representante da justiça divina que volitava à sua frente. Não poderia ignorar os demais companheiros de Jamar. Mas arrancando forças de onde não havia, abalado indescritivelmente pelas revela-

[5] Is 14:12.

ções que tivera, ao ser arrebatado a uma esfera mais elevada do reino imortal, o legendário querubim tentava obter alguma reação do guardião que redundasse em seu benefício.

— Isso mesmo, rei caído da antiga Atlântida, deus da Suméria que caiu de seu altar. Estou aqui com meus amigos para levá-lo, agora, ao seu mundo, onde Miguel, a quem conhece muito bem, o aguarda para ser conduzido à presença dos seus antigos comparsas. Vim acompanhado dos emissários da soberana justiça, e já conhece nossa força moral o bastante para não oferecer resistência. Aqui, entre os homens, não é mais seu lugar.

— Então por que a tal soberana justiça me trouxe até este monumento erguido pelos filhos de Eva?

— Para que veja uma vez mais, e talvez pela última vez, o reino dos homens, antes que seja deportado de vez para o mundo onde será sua pátria nos milênios futuros.

A dor pareceu aumentar ainda mais no peito do dragão. Abatido moralmente, não pôde contestar o guardião e, cabisbaixo, olhou ao redor para, logo em seguida, erguer os olhos ao alto. Presenciava o anoitecer; as estrelas sucediam o Sol vespertino e a Lua erguia-se no horizonte, anunciando o cair da noite. Naquela penumbra espiritual em que se encastelara, não via estrelas; seu céu particular era algo assustador. A força dos crimes, dos extermínios em massa e de todas as atrocidades, muito acima de tudo que uma mente sã possa imaginar, cometidos por ele e seus parceiros durante o suceder das nações sobre o palco do mundo, vinha-lhe à memória, forçando-o a um estado de espírito semelhante à depressão — ou, quem sabe, pudesse ser confundido com remorso.

O lume da Lua, quase diáfano, iluminava os seres que ali conversavam. Naquela semiobscuridade, apenas amainada pela luz das estrelas do firmamento e a luminosidade discreta que irradiava das auras dos poderosos guardiões, Jamar olhou firme nos olhos do anjo caído, do príncipe dos infernos, um dos dirigentes das hostes que um dia guerrearam contra Miguel e seus anjos. Hoje, apenas um ser medonho, que não possuía o poder de outrora. O monarca deposto encarou o guardião sabendo a quem enfrentava. E Jamar novamente falou:

— Nunca imaginei que fosse eu o escolhido para levá-lo à prisão, ao porão do mundo sombrio — Jamar se referia à dimensão espiritual ou semimaterial onde os dragões permaneciam circunscritos, por imposição da justiça soberana. — Mas aqui estou; aliás, aqui estamos para conduzi-lo ao quartel-general dos guardiões, erguido entre as montanhas de seu mundo milenar, o calabouço do submundo.

*Calabouço* era a palavra que ficara estabelecida entre os guardiões para designar as regiões ínferas, conhecidas na mitologia como inferno. O chefe das hostes celestes tornou a se pronunciar:

— Não me agrada a ideia de conduzi-lo às prisões eternas, mas darei cabo dessa incumbência com o máximo de zelo. Saiba, dragão, que Miguel em pessoa é quem exerce a vigilância sobre seu mundo. Sua dimensão e seus asseclas do concílio tenebroso dos dragões estão sob intervenção direta do príncipe dos exércitos celestes. Seu maioral foi desmascarado, e seu reino, dividido para sempre.[6]

O monarca caído quase chorou ao receber a notícia de que seu reino estava para sempre esfacelado. Sabia que Jamar jamais mentiria. Mas que seria dele? Como seria recebido entre os demais maiorais, ou melhor, entre os antigos maiorais? No fundo, tinha ciência de que viveria por muito

[6] Cf. PINHEIRO. Pelo espírito Ângelo Inácio. *A marca da besta*. Contagem: Casa dos Espíritos, 2010. p. 605-614.

tempo como um solitário, mesmo entre os seus mais próximos comparsas. Não havia mais como vencer a batalha, a guerra em andamento. Mas talvez ainda houvesse um jeito de obter alguma vantagem, caso fizesse uma proposta a Miguel ou, quem sabe, ao guardião.

— Quero oferecer um recurso que talvez sirva de alguma maneira para vocês, guardião. Seja meu intérprete diante do príncipe Miguel.

— Fale, número 2! Diga logo, pois não temos como adiar por mais tempo nossa jornada rumo às prisões eternas.

— Estou disposto a compartilhar com vocês o conhecimento que trago arquivado em minha memória espiritual. Tenho tudo à minha disposição, desde os tempos do degredo até os dias atuais. Ofereço minhas memórias para que possa obter os detalhes sobre os primeiros tempos de seu mundo; as primeiras horas da civilização e, quem sabe, os tempos em que meu povo foi deportado. Há certos detalhes da guerra sagrada, ocorrida entre Miguel e seus soldados e nossa legião de espíritos.

O renegado número 2 do concílio tenebroso dos dragões sabia muito bem que pouco tempo restava aos seus e a ele próprio no mundo chamado Terra. Viviam os tempos do apocalipse. Os sinais das estrelas, os eventos que marcavam a história das nações da Terra e o próprio fundamento de seu reino sendo destruído e esfacelado, mediante a força de Miguel e seus exércitos sob a bandeira da justiça divina, diziam que o fim se aproximava, e rápido. Para ele e os seus, era um tipo de juízo final, pelo menos no que concerne às suas experiências no planeta em que estavam.

— Sou um dos poderosos dragões, agora um anjo destronado, degredado de sua pátria, e não quero de forma nenhuma ser condenado a viver indefinidamente fugindo da justiça. De alguma maneira, mesmo que seja em outro mundo ou em outra dimensão, quero me redimir. Fale com seu príncipe, Miguel, que me rendo. O que vi e ouvi no reino por onde passei, para onde fui abduzido pela força do Todo-Sábio, nenhum de meus compatriotas ouviu ou viu. Sei muito bem o que me aguarda nos milênios sem fim. Mas, se algo posso fazer para participar desse reino, quero que o começo seja agora.

O dragão se calou, e lágrimas foram vistas descer de seus olhos, como nunca se espera de um ser tão medonho assim. Jamar e seus amigos permaneceram em silêncio, respeitando o momento do príncipe das legiões sombrias.

Após um intervalo que pareceu uma eternidade, o anjo vencido continuou:

— É triste saber que lutamos todos estes milênios contra algo descomunal, invencível por si mesmo; contra um reino de proporções tão gigantescas, em todos os sentidos, que jamais poderíamos vencer. E perdemos um tempo mais do que precioso, até que eu pudesse acordar para aquilo com que nos envolvemos. Patrocinamos guerras, calamidades, atrocidades inenarráveis até que me curvasse ante a soberania desse reino e dessa política, que em tudo é superior ao que represento.

Calou-se mais uma vez o famigerado ser ante a realidade que constatava, para logo em seguida prosseguir, quase possuidor de uma lucidez espiritual:

— Não é preciso ser sábio e inspirado para ser capaz de notar os sinais próximos da grande guerra que está por vir, o armagedom.

— Não há mais como adiar, maioral número 2! — falou Jamar. — O decreto divino já saiu, e se aproxima velozmente o tempo em que os povos da Terra serão visitados por eventos cada vez mais significativos. Este mundo enfrentará provas tanto quanto as consequências da semeadura de seus habitantes e governantes. E como um dia ocorreu no mundo de onde você veio, dragão, eles serão bafejados pelos ventos da justiça, que determinam a renovação da humanidade. Mas isso não se dará sem lutas nem dores, evidentemente. Ao lado disso, seu tempo e o de seus conterrâneos se esgotam, também.

— Finalmente o arcanjo Miguel conseguirá fazer valer sua proposta de justiça — constatou o segundo na hierarquia das trevas. — Finalmente, ele vencerá e, ao mesmo tempo, levará toda a sua humanidade a uma nova era, uma nova etapa de vida. E contra o progresso, contra as forças da evolução, nada podemos fazer. Nada! Então, só me resta capitular. Talvez contribuir para que vocês possam tirar o máximo proveito de suas experiências e daquilo que ensinamos a esta raça durante os milênios.

Silêncio prolongado se fez diante da difícil constatação e das reflexões do número 2, que retornara de sua excursão ao reino superior do Cordeiro trazendo na memória as reverberações da filosofia e da política ali vistas. Após esse silêncio, que parecia esmagar aquele espírito sob o peso das culpas milenares que agora emergiam, concretas como um *iceberg*, ele compartilhou com Jamar muitos pensamentos e até emoções escondidas e duramente reprimidas por milênios. O guardião soube esperar um pouco mais, respeitar esse momento singular na história de vida desse personagem tão importante na formação cultural e científica dos povos da Terra. A conversa com o guerreiro vencido estendeu-se noite adentro. O dragão não poderia ignorar a silenciosa, porém firme presença de Jamar e seus amigos. Outros guardiões acompanhavam o diálogo respeitoso, guardando igual silêncio. Apenas observavam, de longe. Os dois eram inimigos declarados, cada qual representante de uma política diferente, cuja filosofia e cujo conteúdo eram antagônicos. O número 2 poderia ser considerado um anjo caído, um espírito luciferino. E aquela era uma guerra de milênios, composta de mil disputas ancestrais, as quais seriam resolvidas somente com uma intervenção direta do Alto, que revelasse autoridade tão patente como a do Cordeiro, que agora se manifestava de forma que não se poderia ignorar.

— Há muitos séculos, fui considerado um deus na Terra — declarou o ser decaído. — Como deus e rei, governei o mundo antigo. Todo habitante de seu mundo era para mim como um filho, eram criaturas que ajudei a emergir da ferocidade e da ignorância para a luz da razão. Pretendia dar origem a uma raça de gigantes, de seres especiais. Mas, um dia, terminou a utopia. Terminou o sonho, ante a fúria dos meus conterrâneos e de alguns visitantes das estrelas que aqui chegaram, como nós, deportados. Uma avalanche de acontecimentos que fugiram ao nosso controle devastou o continente e a civilização à beira do Tigre e do Eufrates; o povo se revoltou, e a humanidade passou a não nos considerar deuses. Com esses acontecimentos, acabou também meu sonho, minha ilusão de criar uma raça de soberanos, de seres especiais e de súditos fiéis. Diante da realidade de um mundo que se perdia pela segunda vez, aceitei a filosofia do número 1, que me foi apresentada de maneira incomum.

Notando que as palavras não influenciavam em nada o chefe dos guardiões, o dragão resolveu se calar, repentinamente. Vendo que esperou por demais, Jamar se pronunciou, depois de respeitar o momento do adversário:

— O que você propõe é uma espécie de aliança, sobre a qual não tenho autoridade para decidir, nem sequer de me pronunciar em nome de forças tão superiores. Assim, será conduzido à presença de Miguel, e ele decidirá, por si próprio, o que fazer com você, ó príncipe caído, estrela da alva.

Jamar não aguardou mais. Elevou-se ao alto, acompanhado dos demais guardiões, que o seguiram, iluminados pela mesma luz que irradiava do corpo espiritual do chefe dos guardiões da noite. Arrebanhado por aquelas emanações magnéticas, o número 2 sentiu-se irremediavelmente atraído, de tal maneira que não pôde opor resistência à força dos espíritos que o levavam consigo.

Decorrido um tempo imensurável para o dragão, Jamar adentrou o recinto de um portentoso veículo estruturado em matéria quintessenciada. Era uma das bases mais importantes dos guardiões. O outrora poderoso dragão, o número 2 na hierarquia das regiões mais ínferas do mundo, também adentrou o local, agrilhoado por forças poderosas, submisso, vencido e profundamente abatido.

Depois de algumas manobras que somente os poderosos guardiões sabiam como realizar, o imponente aeróbus mergulhou nas profundezas das camadas abissais e penetrou os limites das dimensões. À sua frente, fluidos estrondavam e eram arremessados para todos os lados, como se fossem ondas sendo rasgadas, sob a fúria de algum *tsunami*. Como se labaredas de fogo fossem, os fluidos mais grosseiros, próprios das dimensões profundas do submundo, eram devassados, rompidos, arremessados, de maneira a ceder lugar ao veículo, ao aeróbus dos especialistas da noite. Um estrondo ensurdecedor marcou o momento em que a poderosa nave de guerra do exército dos guardiões violou a delicada proteção energética que separa as dimensões, atirando-se ao espaço dimensional próprio dos seres em prisão. Rodopiando, o aeróbus pousou no topo de uma montanha, local já conhecido daqueles espíritos, que lançavam mão do artefato tecnológico para projetarem-se em um mundo que os humanos do planeta Terra desconheciam por completo. Pousou o aeróbus como uma pluma, silenciosamente, sobre os fluidos do ambiente semimaterial daquele universo quase desconhecido. Foi somente depois de algum tempo que Jamar obteve autorização de Miguel, o príncipe dos exércitos celestes, para conduzir, à base dos guardiões naquela dimensão, o segundo em comando entre os dragões, agora renegado número 2. Miguel não poderia comparecer, porém concedera autoridade ao guardião para que ele conduzisse as negociações com o antigo ditador do submundo.

— Não confio no número 2, Watab — falou Jamar, referindo-se à oferta de informações de um dos maiores rivais da humanidade. — Ele tem reputação de ser o pai da mentira; não vou arriscar dando-lhe uma oportunidade que somente o governo oculto do mundo tem autoridade para lhe dar.

— Concordo com sua atitude, guardião — falou Watab, o sentinela mais próximo de Jamar e seu confidente nos assuntos referentes à segurança planetária. — Sabemos quanto os dragões são perspicazes. Como uma serpente, ele engana, rasteja primeiro, para depois dar o bote. Afinal, trata-se de um hábito arraigado à sua alma rebelde, pelo que dão notícia os registros, há mais de 400 mil anos.

— Isso mesmo, amigo! E hábitos não se modificam assim, de um momento para outro. Prefiro deixá-lo nesta dimensão, onde em qualquer lugar estará sob estreita vigilância das hostes de Miguel, além de ser confrontado com o concílio tenebroso do qual fez parte por milênios. Avisarei o número 2 de nossa decisão.

Antes mesmo que Jamar pudesse procurar o dragão, que jazia abatido num recanto daquela base de apoio, os dois guardiões ouviram a voz de Miguel ressoar no ambiente:

— Sábia decisão, guardião! Sábia decisão!

Miguel parecia seguir o diálogo de longe, atento a tudo e a todos os detalhes.

— Provaste, mais uma vez, tanto tua sabedoria quanto a fidelidade máxima ao bem da humanidade, sem te deixares iludir, em momento algum, pelo pretendido conhecimento ofertado pelo número 2. Isso foi inteligente de tua parte, Jamar — anunciou a mais alta hierarquia entre os espíritos representantes do governo solar. — Por essa razão, tua atitude será reconhecida e se abrirão oportunidades de servir em planos mais altos, pois colocaste o bem da humanidade acima de qualquer anseio pessoal de conhecimento, sem se deixar seduzir. Oferto a ti a oportunidade de servir na base dos guardiões superiores, Jamar. Quanto a ti, Watab, por permaneceres fiel aos princípios do reino de Cristo, serás promovido à liderança dos guardiões da noite, a partir de agora.

Jamar olhou Watab sem saber o que dizer, tamanha a emoção. Ele deveria, a partir de então, ascender a um plano de trabalho mais diretamente ligado ao governo oculto do planeta. Trabalharia radicado no satélite natural da Terra, ao lado de Anton, auxiliando de perto nos momentos de transição e transmigração de almas. Jamar estava profundamente emocionado com a oferta de Miguel. E Watab não sabia o que dizer.

— Vamos, meus amigos, pois não vos chamo de servos

nem de soldados, mas de amigos de minha alma. Ide ao trabalho e tereis uma surpresa que poderá ser de grande valia para os próximos passos de todos os servidores no mundo – e Miguel calou-se de repente. Enquanto isso, o dragão número 2 desmaterializava-se no recinto onde se encontrava para rematerializar-se, sob o influxo do pensamento do príncipe dos exércitos celestes, junto a seus correligionários, seus comparsas, a fim de enfrentar a triste realidade de ver dividido o seu reino. Ele agora teria os elementos reunidos para tomar uma decisão genuína quanto ao futuro.

Jamar deu as devidas ordens, e o veículo que os conduzia àquela dimensão elevou-se mais uma vez do solo semimaterial daquele mundo sombrio, o mesmo que os guardiões apelidaram de calabouço. O aeróbus rompeu as barreiras das dimensões para elevar-se a uma atmosfera mais rarefeita, menos material, mas ainda assim dentro dos limites vibratórios do planeta Terra. Após Watab ser apresentado aos comandantes dos guardiões da noite como o novo líder do respeitado batalhão de sentinelas do bem, Jamar foi recebido pelo próprio Anton, que já o aguardava com novidades.

– Eu já esperava por isso, meu amigo, e sinto uma alegria verdadeira em minha alma, pois terei a meu lado, mais que um amigo, um verdadeiro irmão, com o qual poderei compartilhar mais intimamente as responsabilidades, minhas preocupações e muitas outras coisas relativas à segurança planetária.

— Sinto-me honrado, Anton. Farei o possível para corresponder às expectativas.

— Não há expectativas, Jamar. Apenas seja você mesmo, tão humano quanto possível e tão responsável quanto é; isso nos basta.

Desceram juntos 11 andares abaixo da superfície da Lua, onde se encontrava uma das bases mais importantes dos guardiões. Ali, numa situação e localização dimensional estratégica, os poderosos guardiões do bem, os filhos da luz, tinham a visão aberta e atenta ao espaço entre mundos tanto quanto à superfície da Terra, onde se desenrolava a grande batalha espiritual, em suas várias nuances e dimensões.

A mais de 384.000km da Terra,[7] o satélite natural do planeta abriga em sua estrutura extrafísica imensos labo-

[7] Distância média do centro da Lua ao centro da Terra, que é variável devido à órbita elíptica, e não circular, que o satélite descreve em torno do planeta.

ratórios de pesquisa e controle da segurança mundial. Ali se reúnem os guardiões superiores, formando uma espécie de polícia de vibrações, um agrupamento que fica atento a todos os eventos que ocorrem no planeta, desde as questões políticas até as espirituais, passando pelas ecológicas, econômicas e sociais. De lá, partem diversos grupos para intervir junto aos governos do mundo, em momentos de gravidade social e cataclismos. Agora, sob a orientação de irmãos das estrelas, dá-se o preparo e a especialização dos guardiões da Terra para enfrentar o desafio da transmigração planetária. No lado oculto do satélite,[8] legiões de espíritos que já não podem mais reencarnar no planeta, devido ao fato de haverem esgotado todas as possibilidades de reeducação oferecidas pelo educandário terreno, aguardam o momento de expurgo geral.

É na base lunar, também, que os guardiões selecionam cada tipo humano, considerando aspectos como formação cultural, afinidade e fragilidade, no intuito de localizá-los,

[8] A Lua perfaz o movimento de rotação em tempo igual ao que consome na translação em torno da Terra. Em decorrência disso, a partir do planeta se vê sempre a mesma face do satélite.

depois, em grupos cármicos semelhantes, nos mundos para onde serão transmigrados. Tal separação demanda enorme trabalho por parte dos guardiões, pois não poderiam deslocar tão grande massa de espíritos independentemente de suas afinidades e aquisições intelectuais e evolutivas, desconsiderando a particularidade de cada um. Por isso, são reunidos em grupos, de acordo com essas similaridades; assim, são estudados os processos de degredo conforme a experiência que cada grupo cármico precisa enfrentar. Se porventura se fizesse a análise caso a caso, a limpeza extrafísica, a seleção das almas e a localização desses espíritos em outros mundos constituiriam um trabalho de proporções incalculáveis. Além do mais, haveria o risco de levar espíritos, desvinculados de seu grupo, para mundos que não lhes oferecessem as experiências reeducativas necessárias. Com a seleção por grupos de afinidade, é mais fácil associá-los a determinado mundo ou planeta, no processo de degredo, de acordo com as afinidades vibratórias das famílias espirituais. E, quando falamos em *família*, não estamos nos referindo a espíritos que tenham vivido juntos, ao longo das experiências no planeta Terra, com ou sem laços consanguíneos, mas àqueles que experimentam os mesmos distúrbios e perversidades, cujas condições que caracterizam sua necessidade reeducativa sejam semelhantes.

Quem não compreende a importância de um sistema como o dos guardiões pode pensar que eles sejam parte de um grupo de entes mágicos. Isso ocorre por não ter sido levada em consideração a necessidade de incluir, no plano cósmico da existência, as energias, forças e consciências que representam a ordem, a disciplina ou o ponto de equilíbrio no conflito entre caos e ordem, bem e mal, sombra e luz. Esse é o papel principal dos guardiões no contexto mundial, universal.

Intercalados nos entroncamentos energéticos, nos locais onde há grande concentração de forças, nos chacras do planeta, eis que trabalham incansavelmente pela harmonia do sistema de vida do mundo. Agem nos bastidores da vida lutando pela prevalência da ordem e da justiça em todos os domínios do bioma terrestre. Enquanto a lei de misericórdia se apresenta para os filhos da Terra sob o patrocínio de Maria de Nazaré, os guardiões, representando a justiça, são coordenados pela sabedoria, firmeza moral e irresistível força de Miguel, mais conhecido como príncipe dos exércitos celestes. Miguel, que atualmente tem seu quartel-general instalado no cerne do grande conflito em andamento na Terra, irradia seu pensamento de maneira que os guardiões o representem nas diversas instâncias da vida cósmica — desde as questões de ordem global e ambiental, no que tange à preservação da morada terrena, até as questões propriamente cósmicas, quando, neste momento evolutivo, se processa o plano de expatriamento e relocação de parte considerável da humanidade terrestre em outros orbes do espaço.

Nas questões ecológicas, relacionadas à qualidade da vida no mundo, também atuam representantes da justiça, muitas vezes em silêncio, outras vezes até mesmo reencarnando, de maneira a fazer frente aos diversos movimentos e políticas que poderiam afetar o equilíbrio ecológico de maneira irreversível. Entre outros focos de atividade, os representantes da justiça envolvem-se diretamente nas atividades espirituais de larga repercussão, como a guerra que se desenrola nos bastidores da vida entre as inteligências que se opõem ao progresso do mundo. Submissos ao governo oculto do mundo, ao Cristo cósmico, os guardiões têm sua sede principal no satélite natural do planeta. De sua posição no espaço, entre outras vantagens, podem absorver melhor e mais intensamente as emanações do Sol, fonte perene de energias de várias dimensões, as quais, além de outras funções, alimentam ou abastecem as células energéticas dos equipamentos que utilizam. Além disso, a partir da base lunar, há bem pouco tempo, em termos civilizatórios — mais ou menos 80 anos terrestres —, os guardiões alargaram as fronteiras de atuação. Servem-se até mesmo da lua chamada Ganimedes, um dos satélites naturais de Júpiter, de onde podem observar mais atentamente os eventos extrassolares que determinarão experiências a serem vivenciadas pelos habitantes da Terra num futuro próximo.

Enquanto desciam ao imenso laboratório numa das dimensões da lua terrena, Anton disse a Jamar:

— Você terá a oportunidade de trabalhar ligado de maneira direta à supervisão do processo de transmigração dos espíritos da Terra. Por isso mesmo, será útil conhecer detalhadamente os eventos que marcaram as transições vividas no passado do planeta, quando os seres do espaço para aqui vieram, em regime de degredo. Sei que está a par da rede de guardiões que atua sobre os meridianos do planeta Terra, bem como das diversas correntes vibratórias que interagem nos momentos de cataclismo previstos para ocorrer durante o processo de transição. No entanto, será útil que entre em contato mais estreito com os registros do passado, dos tempos em que a formação dos guardiões foi elaborada e consolidada por Miguel. Assim, entenderá melhor o papel que lhe cabe na atualidade, junto ao governo oculto do mundo, ao auxiliar no processo de transmigração das almas.

Depois de dar um tempo a Jamar, enquanto chegavam a um dos vastos laboratórios, Anton voltou a falar, mais descontraído:

— Além de entrar em contato com novos amigos, Jamar, você terá uma incumbência muito importante.

O antigo guardião da noite ficou atento às palavras de Anton, sem interrompê-lo, embora Anton esperasse alguma manifestação da parte de Jamar.

— É importante lembrar das enormes dificuldades que tivemos no período de reurbanização da Europa. Durante bom número de anos, tivemos de investir em nossos auxiliares encarnados, trazendo-os à nossa dimensão para treiná-los, a fim de que, mais tarde, pudessem ser nossos auxiliares nos processos de reurbanização do velho continente. Pois bem, Miguel em pessoa lhe designou o encargo de reunir nossos agentes em diversos países. Trabalhará diretamente ligado a eles; para tanto, terá determinados desafios a enfrentar. Precisamos reunir pessoas de boa vontade, espíritos de natureza a mais comum possível, mas que tenham comprometimento efetivo com a humanidade, com o progresso do mundo. Não que eu seja contra os religiosos, mas eles estão de tal forma envolvidos em disputas atinentes às suas meias-verdades, tão enredados em questões doutrinárias e sectárias, que, talvez, não nos servissem como agentes. Não obstante, ainda que entre eles encontre pessoas dispostas a aprender e treinar, você terá como meta arregimentá-las, nos próximos anos, em diversos países. Deverão ser treinadas, informadas, formadas e, sobretudo, precisarão estudar tudo que lhes for possível para se tornarem agentes dos guardiões nos momentos de transição. Então, meu amigo, você será uma espécie de preceptor. Com você trabalharão Júlio Verne, Saldanha, Ângelo, Ranieri, Dante e outros seres experientes, sob sua responsabilidade. Deve vencer esse desafio e arregimentar um número cada vez maior de pessoas capazes, que estejam determinadas a nos auxiliar em desdobramento. Eles serão nossos aliados para ajudar nos momentos de transição do planeta Terra.

— Já esperava algo assim, Anton, embora confesse que esse desafio seja maior do que enfrentar os próprios dragões — Jamar falou sorrindo.

— Imagino, amigo, imagino. Trabalhar com inimigos declarados como os maiorais e seus asseclas até pode ser difícil; porém, sabe-se com quem se está lidando. Mas trabalhar com encarnados que ficam maravilhados diante da realidade espiritual ou que se deixam levar por fanatismo e outros exageros ou, ainda, com aqueles que se dizem parceiros nossos, mas, na caminhada, desistem e passam a trabalhar contra — isso sim, é desafiador.

— Mas não vou esmorecer. É fato que já temos alguns parceiros no mundo, com os quais podemos contar. Se eu trabalhar intimamente ligado, numa parceria estreita com eles, utilizando-me dos recursos tecnológicos que já temos à disposição lá na Terra, por certo nossa ação será facilitada. Na época da reurbanização da Europa, não contávamos com a internet e outras ferramentas de comunicação entre os encarnados. Hoje, posso me valer de alguns de nossos agentes ou médiuns e falar diretamente com os convidados envolvidos no preparo de agentes do bem.

— Com certeza poderemos traçar um plano eficaz, mas

precisamos contar com as limitações de nossos parceiros no mundo físico. De qualquer forma, amigo, trabalharemos juntos nessa empreitada. Terá acesso às fichas de cada pessoa que será convidada e daqueles que se oferecerão para o trabalho. Veremos quantos se manterão firmes apesar dos desafios inerentes à preparação de novos agentes do bem.

Entrementes, os dois guardiões, velhos amigos, chegaram ao seu destino: o laboratório incrustado numa das dimensões da lua terrestre. Jamar não esperava encontrar o que ali estava. Arregalou os olhos diante do que via, embora não fosse a primeira vez que era confrontado com aquela realidade. Mesmo assim, ali, tão próximo dele, Jamar não esperava, de forma alguma, encontrar estes seres, os irmãos das estrelas.

2

# IMERSÃO NO PASSADO

# P

**ARA O ESPÍRITO** da Terra que ainda não dominava a técnica nem sequer detinha conhecimento superficial sobre as possibilidades de viajar ao passado, existiam duas formas de abordar os eventos que se perdiam na noite dos séculos. Em primeiro lugar, poderia viajar rumo ao espaço, caso houvesse tecnologia para tal, seguindo os raios de luz que fotografaram os eventos do passado remoto do planeta Terra. Assim sendo, caso quisesse saber o que ocorreu há 50 mil anos, por exemplo, teria de alcançar o raio de luz que passou pela Terra nesse período e fotografou, por assim dizer, os eventos dessa época. Isso significaria percorrer, no espaço, 50 mil anos-luz. Nessa posição, alcançaria a luz sideral que passou pela Terra na época em questão, e aí veria cada detalhe do que ocorreu naquele período da história que deseja pesquisar. É claro que isso demandaria alta tecnologia e grande reserva de recursos energéticos.

Todo raio de luz que ilumina a Terra comporta-se como um potente e preciso registro fotográfico. Ele grava os acontecimentos do mundo tal como ocorrem no momento de sua incidência sobre o evento. Raciocínio análogo é o que explica por que, quando olhamos as estrelas no céu, não as vemos do jeito como são agora, no presente, mas como eram há dezenas, centenas e até milhares de anos, dependendo de sua localização, quando irradiaram a luz que agora nos chega de regiões ignotas do espaço. Percebemos, agora, a aparência que tinham na ocasião. Segundo esse mesmo princípio, é possível entender que muitos sóis e estrelas que observamos hoje já deixaram de existir há muito. Vemos apenas seus raios, sua luz, que gasta centenas ou milhares de anos para chegar até a Terra. Então, pode-se dizer, a título de comparação, que o raio de luz é um tipo de onda eletromagnética que funciona à semelhança de um e-mail que trouxesse anexa não uma mensagem escrita, mas a fotografia ou a filmagem do que ocorreu no momento em que este mesmo raio passou por determinada paisagem de algum mundo, na época e na hora exata em que lá passou. Um raio de luz que atravessa a superfície da Terra leva consigo pelo espaço a fotografia, o filme de tudo o que ocorre no planeta nesse momento em que tal raio aqui esteve. Eis uma grande verdade: o céu, quando visto por um habitante da Terra, não reflete a realidade atual; quando a luz chega aos olhos de um cidadão do mundo, ela não reflete o presente, mas o passado.

Portanto, de acordo com esse pensamento, para um espírito observar o passado do planeta, uma das maneiras seria partir em busca do raio de luz que fotografou ou gravou os acontecimentos da época que ele quer estudar. Olhando pouco adiante o raio de luz que talvez se encontre milhares de anos-luz à frente, percorrendo tal distância e em seguida voltando a visão para trás, o indivíduo verá o mundo exatamente do jeito que era naquela época e, junto disso, todos os acontecimentos que envolveram aquele período da história.

O segundo método através do qual o espírito teria condições de voltar no tempo e rever o passado do mundo seria acessar os arquivos da memória espiritual de outro ser que tivesse vivido naquele tempo que se deseja ver ou pesquisar. Isso reduz drasticamente as possibilidades para a maioria dos espíritos, sobretudo caso o intuito seja visualizar épocas remotas — a não ser na hipótese de se dispor de seres que realmente viveram nos primórdios da civilização, ou antes ainda, em tempos anteriores aos registros históricos terrenos. No caso dos guardiões, uma vez que lidam com criaturas milenares como os dragões e os espectros, seres que foram deportados para a Terra em tempos imemoriais, eles poderiam lançar mão desse recurso, principalmente ao se considerar que muitos espectros abandonaram seu principado e capitularam ante o poder da justiça divina, representada por Miguel e seus guardiões do bem.

Mas existe ainda outro recurso, provavelmente mais confiável que o segundo método e menos dispendioso que o primeiro, embora de maneira alguma acessível à maioria absoluta dos espíritos. Consiste em acessar os registros mnemônicos de algum ser de outro mundo que esteja em missão na Terra e que eventualmente tenha participado de algum evento ocorrido no alvorecer da nossa história. Localizar algum ser de outro mundo no âmbito da atmosfera psíquica do planeta Terra talvez se mostrasse um desafio dos maiores. Contudo, neste momento em que os guardiões se preparam para enfrentar um momento crítico da história do orbe, como é o processo de transmigração de almas ou degredo de espíritos renitentes, a Terra é especialmente visitada por seres mais experientes do espaço, irmãos de outras humanidades, os quais se candidataram a auxiliar neste momento de transição. E é exatamente essa oportunidade que foi apresentada aos guardiões, como forma de entender o que ocorreu no passado e também perceber com maiores detalhes os desafios do porvir, mediante um paralelo entre os fatos de diferentes eras.

Encontrar um ser de um outro sistema de vida, um habitante de outro mundo, mesmo que não seja pela primeira vez, quem sabe provoque um impacto profundo em qualquer espírito que esteja imerso na realidade cotidiana de seu próprio orbe. Muitas vezes, encontros desse tipo, seja em épocas remotas, seja há alguns anos no calendário terrestre, resultaram em mal-entendido, devido às diferenças culturais próprias de quem habita regiões cósmicas distintas. Dito isso, mesmo entre os guardiões do bem esse encontro não é algo corriqueiro e muito menos, simples. Ter à frente um ser de outro mundo, mais experiente e seguramente detentor de conhecimentos muito mais avançados, pode representar algo assustador e fazer-nos sentir como crianças diante de um adulto, em todos os sentidos.

Nem sequer é preciso dizer das diferenças externas que caracterizam nitidamente a fisiologia desses seres, muitas e muitas vezes tão marcantes que fazem com que sua aparência nem sempre seja apreciável segundo as convenções ou os conceitos de beleza vigentes entre nós. De sua parte, a mesma lógica prevalece. O homem terreno não representa um padrão exatamente belo, aos olhos deles, mesmo os espécimes tidos como os mais elegantes de nossa raça. Mundos diferentes, força gravitacional diferente, leis físicas e energéticas totalmente diversas fazem com que os seres vivos e inteligentes de mundos dispersos na amplidão se corporifiquem de maneira que sua aparência física ou extrafísica pode causar forte impressão em quem com eles depara. Mais ainda, as diferenças da atmosfera onde respiram, composta por gases distintos, o impacto da luz de seus sóis sobre a superfície de seus planetas, entre outros inúmeros fatores, talvez contribuam muitíssimo para que sua forma seja ligeira ou acentuadamente diversa do tipo humano convencional, comum ao planeta Terra.

Foi apresentada a Jamar, o antigo guardião da noite, a oportunidade de estudar a origem dos guardiões no planeta Terra. Mergulharia no passado, num tipo de viagem no tempo, e assim teria elementos novos gravados em sua própria memória espiritual. Esse procedimento, contudo, não serviria apenas para que arquivasse conhecimentos; sobretudo, visava capacitá-lo a entender melhor todo o processo que envolvia a presença dos dragões, espectros e magos negros na história da Terra. Afinal de contas, conhecimento é a maior arma que se pode ter numa guerra, e, como havia uma guerra espiritual desenrolando-se nos bastidores da história do mundo, toda informação era muitíssimo valiosa, tanto para os seres do plano extrafísico quanto para os encarnados.

E foi assim que Jamar se encontrou, no grande laboratório da Lua, diante de três seres, dois dos quais de aparência totalmente distinta daquela a que estava acostumado. Mesmo nos momentos em que avistara seres do espaço visitando a Aruanda, a cidade das estrelas, não se sentiu abalado. Mas agora era diferente; não somente os via, mas travava contato mais direto e íntimo com o pensamento desses representantes de culturas cósmicas tão dessemelhantes da cultura terrena. Não era fácil tirar os olhos deles. Fascinavam meramente pela aparência.

Um dos visitantes siderais tinha pouca altura, mais ou menos 1,50m. Apresentava quase todo o corpo coberto com algum tecido ou uniforme de cor cinza-claro. Mais tarde, descobri que não se tratava apenas de um traje, mas de uma proteção, pois seu corpo era muito sensível aos raios do nosso Sol e à atmosfera terrena. Por isso, a proteção o cobria quase por inteiro, inclusive boa parte da cabeça. Notavam-se alguns sulcos na face, como se fossem produto de alguma interferência externa, pois não combinavam com os traços elegantes. Olhos vivos, claros, pareciam brilhar de maneira especial. Observando-se mais atentamente, porém, percebia-se que o ser, embora a elegância ao desfilar ante os demais, revelava certa dificuldade em se movimentar naquela atmosfera. Havia algo estranho, aliás, em toda a sua estrutura. Especulei se não teria sofrido uma espécie de mutação genética que se refletia na aparência espiritual, tendo em vista o estado da matéria constituinte de seu corpo.

Os outros dois, que denotavam fazer parte de outra raça, demonstravam mais desenvoltura ao caminhar e permaneciam diante dos equipamentos dos guardiões na base lunar. Dotados de traços mais marcantes e expressivos, apresentavam altura entre 1,85m e 1,90m e aparentavam mais idade que o ser anteriormente descrito. Corpos esguios, movimentavam-se de modo quase lento, embora gracioso. Longilíneos, os braços pendiam ao lado do corpo, envoltos por um manto quase transparente. Os olhos eram grandes, mais escuros, quase negros, de cujo brilho transparecia bondade genuína, que cativava quem quer que os fitasse. No entanto, mesmo que inspirassem confiança e bondade, não se poderia ignorar certo ar de gravidade em sua fisionomia. Vestiam-se com um tecido leve e suave, o qual deixava à mostra seus corpos esguios. Leves protuberâncias pareciam salientar-se sob os braços, como se fossem barbatanas ou algo assim, embora não saiba dizer se eram parte da indumentária ou característica corporal. A cabeça ostentava um tipo de pelo dificilmente comparável com os tipos de pelo humano conhecidos. Cabelos longos, caídos até os ombros, paradoxalmente lembravam a figura dos dragões, de alguma forma, principalmente a dos maiorais. Quem sabe lembrassem, também, o tipo humano mais aperfeiçoado? Seja como for, mesmo que a aparência pudesse ser imediatamente associada à humana, caso fossem vistos na Crosta seriam, com efeito, identificados como seres provenientes de outro planeta. A matéria de seu corpo era diversa da que compunha o do primeiro alienígena. Tratava-se um material translúcido, que permitia ver, em alguns instantes, relances do seu interior — ao que tudo indica, eram os órgãos internos. Não era possível distinguir os pés com nitidez, pois estavam também cobertos com o tecido que os envolvia palidamente. Não caminhavam, mas deslizavam, ao menos assim parecia, tamanha a facilidade com que se deslocavam de um ponto a outro do laboratório dos guardiões.

Anton, percebendo a curiosidade e o espanto de Jamar, ousou comentar:

— São companheiros nossos que integram a comissão que auxilia os guardiões nos momentos mais graves da história do nosso mundo. São mais experientes que os humanos da Terra, incluindo nós, os seres extrafísicos, pois em seus mundos de origem já passaram por transformações planetárias, eventos de grandes proporções, tal como estamos em vias de enfrentar.

— Sei que representantes de outros povos das estrelas visitam a Terra há bastante tempo; maneira mais precisa, algumas metrópoles de nossa dimensão; porém, nunca havia deparado com eles tão diretamente, mesmo porque nosso trabalho junto aos dragões e magos negros não me dava trégua. Participei de um ou outro curso intensivo com alguns habitantes de outros orbes — falou Jamar, emocionado —, mas nunca me aproximei suficientemente para conversar ou absorver maiores conhecimentos. Na época da reurbanização da Europa, no pós-guerra, cheguei a tomar parte de grupos de estudo junto a alguns alienígenas que nos visitavam na ocasião, mas nada se compara a vê-los de perto e trocar experiências tão diretamente, como aqui. Então, são estes seres aqui presentes que trazem uma bagagem de experiências com juízos gerais e globais, tendo vivido o processo transmigratório em suas humanidades?

— Sim, meu amigo, e há mais de 60 anos que aqui estão, nos auxiliando tanto com sua tecnologia quanto com suas habilidades. São excelentes professores, que poderão treinar a maior parte dos guardiões para a realização do degredo cósmico.

Anton não se deteve em maiores explicações, uma vez que Jamar fora informado sobre o projeto ainda quando estava a caminho da base na Lua, dentro do aeróbus. Prefeiu que, oportunamente, os próprios seres das estrelas falassem por si mesmos.

Uma vez que Jamar decidira se submeter à experiência de viagem ao passado, pois fazia parte de sua nova tarefa, Anton o conduziu a outro recinto do laboratório, na ala de experiências psíquicas, onde se encontrava um grupo bem maior de cientistas e especialistas da mente. Ali também viu dois antigos comparsas dos dragões, os espectros, que resolveram colaborar com os guardiões pondo à disposição suas memórias e lembranças dos tempos da colonização da Terra.

Jamar foi conduzido a um tipo especial de poltrona, onde se assentou. Junto da que ocupava havia outras quatro semelhantes. Em uma delas, acomodou-se um dos seres que vira ao chegar ao laboratório e, em outra, um dos antigos espectros que capitularam. Este último parecia modificado em sua aparência tanto quanto em suas disposições íntimas, menos hostil, embora nem por isso se pudesse ignorar que fora um dos colaboradores mais próximos dos maiorais e que, sob seu comando, milhares de vítimas caíram, em guerras e revoltas ao longo dos séculos. Não obstante, temendo por seu futuro ante a aproximação do juízo geral, entregara-se aos guardiões, junto com mais de 200 de sua espécie. Ali estava agora, escoltado por uma segurança especializada dos guardiões superiores, com o objetivo de se transportar ao passado por meio de suas memórias, assim como pretendia o outro ser ao lado de Jamar. O antigo guardião da noite faria uma imersão na história remota da Terra, a fim de observar certos elementos da própria história dos guardiões. Todos tinham grande expectativa. Talvez, os novos elementos trazidos à tona pelo processo que seria empregado ali, na base mais preciosa dos guardiões, pudessem complementar os dados históricos já arquivados no poderoso dispositivo usado pelos especialistas de Anton para catalogar, armazenar e disponibilizar os fragmentos da história do mundo chamado Terra.

As luzes de um arco fortemente iluminado se acenderam acima das cabeças dos espíritos que se submetiam ao procedimento. Jamar faria a primeira imersão no tempo, ao passado, por meio da parceria mental e emocional de seus colegas, que ali estavam para formar um tipo de consórcio mental. Porém, em nenhum momento perderia a consciência como guardião superior.

Outro irmão das estrelas aproximou-se devagar, bem devagar, dos dois guardiões. Postou-se ao lado de Jamar, que já estava deitado sobre a poltrona, e apresentou-se:

— Sou Aman, do mundo dos sóis gêmeos — disse quase sibilando, com alguma dificuldade em pronunciar as palavras comuns aos espíritos da Terra. — Estamos aguardando os ilustres para começarmos nossa experiência.

— Sou Jamar, um guardião — apresentou-se, olhando ora para Anton, ora para o extraterrestre à sua frente. — De minha parte, estou pronto para a imersão no tempo.

Aman olhou significativamente para Anton, reverenciando ligeiramente com a cabeça. Com alguma dificuldade, voltou ao local onde estava anteriormente, ao lado de um dos anciãos – assim eram chamados os outros dois seres, que pareciam parentes, devido à forma externa muito semelhante.

– Temos aqui, Jamar – iniciou Anton, solícito –, duas raças representadas por nossos visitantes. Além desses, temos mais outros seres de mundos diferentes que nos auxiliam, os quais, com o tempo, poderá conhecer. Estão em outro ambiente de nossa base. Estes a quem chamamos de anciãos são seres descendentes de antigos habitantes do espaço, os quais vieram em tempos remotos ao nosso mundo e auxiliaram na formação das primeiras comunidades na Terra. Na verdade, seus povos sofreram uma espécie de degeneração celular devido à grande guerra deflagrada por seus compatriotas, mais conhecidos por nós como dragões.

– Mas a aparência deles é diferente da dos dragões; sua forma lembra a humana, mas não parece ter relação clara com o tronco humanoide de onde vieram os senhores do submundo...

Mal Jamar pronunciou essas palavras, ao conversar com o amigo guardião, em tom mais baixo que o convencional, e um dos anciãos aproximou-se quase veloz demais, colocando-se em frente aos dois. Olhou fixamente ora para um, ora para outro e, após curvar-se ligeiramente na direção do guardião deitado na poltrona, como se fizesse alguma observação mais detalhada, tocou alguns instrumentos dispostos pelos especialistas da base dos guardiões. Quase instantaneamente, iniciou-se o processo de mergulho no passado.

Sem demoras desnecessárias, Anton ajudou a coordenar o procedimento pessoalmente. Os três seres acomodados nas poltronas, tão diferentes entre si — um guardião, um espectro e um extraterrestre —, mergulhariam numa espécie de transe semiconsciente, através do qual teriam acesso aos arquivos profundos da memória espiritual de dois deles. Quanto ao terceiro, Jamar, participaria como espectador de alguns lances e acontecimentos que definiriam por milênios o futuro da humanidade.

## Memórias compartilhadas

A PAISAGEM À sua frente não era exatamente do planeta Terra. E as estrelas que o guardião da noite via não formavam a mesma configuração das estrelas conhecidas nas constelações que cintilavam sobre o mundo dos homens. Eram outras estrelas, e o mundo abaixo de si não era o mesmo mundo onde a humanidade conhecida nascera e crescera, enfrentara lutas e conquistas ao longo das eras. Era um mundo diferente. Parecia banhado por um sol longínquo, que, aos olhos de Jamar, era um sol estranho, devido ao fato de percebê-lo pelos olhos espirituais de um dos seres que jazia a seu lado. Muito embora não mais visse nenhum dos dois que o acompanhavam nessa experiência extrassensorial, supramental, percebia-os através das imagens e pensamentos, dos clichês e formas mentais, mas não exteriormente, pelo menos não nesse momento inicial.

O mundo diante de si apresentava atmosfera extremamente rarefeita. Na tela mental de Jamar e nos pensamentos de um dos seres, descobria-se que se tratava de um planeta muito maior do que a Terra, maior mesmo que Júpiter, o gigante solar. Viam-se rajadas coloridas em mesclas de lilás, que, em determinado momento, afigurava-se mais escuro, como violeta, para depois transformar-se ou misturar-se ao dourado. O aspecto era diferente, quem sabe excêntrico, para quem estava habituado ao mundo dos humanos. A visão do guardião pareceu se dilatar e logo divisou a crosta daquele planeta. Construções enormes que pareciam desafiar as nuvens subiam em todo canto do mundo, que parecia gemer em agonia. Pirâmides de um material diferente do que se via comumente na Terra erguiam-se aqui e acolá, nos dois únicos continentes gigantes daquele orbe. A vegetação elevava-se em grandes mantas, que cobriam vasta porção continental. No entanto, uma fumaça de cor alaranjada subia em todo lugar, como se um incêndio de enormes proporções tivesse queimado boa parte da vegetação tanto quanto das edificações.

Encoberta por um campo de força de natureza especial, uma cidade parecia resistir aos impactos de algum tipo de arma desconhecido. Um buraco gigante, uma abertura que se aprofundava até o interior daquele mundo, se fez notar. Daquela abertura emergia uma nuvem de vapor ou fumaça que subia ao alto, enquanto veículos iam e vinham, de um lado para outro, voando na atmosfera, que, tudo indicava, parecia infectada. Jamar fixara a atenção exatamente num dos momentos mais dramáticos da vida daquele mundo, que parecia agonizar. E seres, seres de aparência belíssima em comparação aos humanos da Terra, mostravam-se desfigurados pela dor e pelo sofrimento indizíveis;

revelavam-se assustados, corriam sem rumo enquanto outros procuravam aplacar a angústia e socorrer a multidão, que padecia os horrores de uma hecatombe. Centenas de milhares, talvez milhões de habitantes pereciam sob os tormentos de uma guerra para a qual provavelmente nem estivessem preparados.

Em algum recanto da consciência extrafísica, o guardião Jamar ouviu uma voz não física, puramente mental, ressoar em seu espírito, a qual deduziu pertencer ao ser deitado a seu lado, numa das poltronas anatômicas:

“Sou um dos seres que esteve em seu mundo no alvorecer de sua história. Mas não pense que todos de nossa raça somos assim, como eu. Durante o tempo anterior ao degredo, quando nossos conterrâneos foram expatriados para cá, tivemos fases difíceis em nosso mundo de origem. Guerras e muitas armas de potencial devastador contaminaram de tal maneira nossa atmosfera que, ao longo do tempo, afetaram a estrutura molecular dos corpos de todos. Houve mutações genéticas em nossa população. As gerações seguintes ao evento tenebroso sentiram as consequências decorrentes da contaminação provocada por um tipo de arma de que vocês, na Terra, têm uma pálida ideia com o que denominam armas nucleares. Gradualmente, a população experimentou os efeitos desses armamentos, de maneira que os corpos se degeneraram ao passar de cada geração. Quando os seres que deflagraram a guerra foram expulsos definitivamente de nosso mundo matriz, ainda não sentíamos os resultados da degeneração celular; mais tarde, depois de um tempo que, traduzido em seu calendário terrestre, representaria séculos, já não mantínhamos a aparência de antes, e todo o sistema de vida estava comprometido. Nossa atmosfera tornou-se cada vez mais rarefeita e nos vimos forçados a buscar elementos em outros mundos para conseguir formar uma película protetora em torno de nosso planeta central, a fim de evitar o escape da atmosfera restante para o espaço. Somos uma raça modificada; ironicamente, apenas aqueles que provocaram a degradação de nossa forma física e, também, espiritual permaneceram com a aparência de antes, pois logo foram expatriados para uma das luas de nosso sistema, até lhes ser decidido o destino."

Parece que os demais guardiões presentes no ambiente, entre cientistas e técnicos siderais, não captavam com a mesma clareza as palavras do ancião deitado ao lado de Jamar. Embora não alcançassem a mesma percepção do guardião, alguns fragmentos da memória compartilhada pelo habitante de outro mundo eram registrados nos sensíveis aparelhos da base central. A história era muito comovente.

"Fizemos contato com as consciências cósmicas responsáveis pelos destinos de nosso orbe e houve uma interferência direta por parte dos que administram o sistema de vida a partir de outras dimensões. O grupo principal de criminosos, na verdade, já havia deixado um rastro de destruição atrás de si, em outros mundos da Via Láctea por que passaram. Há algum tempo, embora bem mais longo, caso considerássemos a medida de tempo adotada por vocês, já tínhamos relativo domínio sobre as viagens ao espaço e havíamos entrado em contato com outros mundos na amplidão. Os criminosos, conquistando a confiança de nossos governantes, agiram na surdina, discretamente. Mais tarde, soubemos que antes haviam espalhado o caos e a destruição em dois outros planetas e, só então, estabeleceram a guerra em nosso orbe, no desejo insano de poder e domínio. Àquela altura, já havíamos abolido os conflitos há eras e nosso planeta se fazia governar de maneira pacífica, por um grupo de representantes do povo, de modo que desconhecíamos técnicas mais apuradas de destruição, como aquela de que o inimigo lançou mão. Não estávamos nem de longe preparados para a guerra e, assim, recebemos duramente o golpe destrutivo das ações criminosas dos proscritos. Somente quando mais da metade da população de nosso mundo perecia sob as armas destruidoras, de natureza atômica, e víamos os primeiros corpos apresentarem os sintomas da degeneração celular, as mutações mais acentuadas, é que recorremos a outras comunidades do espaço. A batalha que se seguiu foi algo aterrador, mesmo para padrões cósmicos.

"Enquanto isso — narrava a voz mental, ressoando no íntimo de Jamar, em meio às imagens que se projetavam nas telas sensíveis de sua mente —, os engenheiros cósmicos a quem denominamos semeadores de vida já haviam localizado seu mundo: Tiamat, como era conhecido por nós à época. Era um mundo jovem e já havia nascido para uma vida exuberante, embora os seres mais evoluídos não tivessem ainda aparecido na longa cadeia evolutiva. Se tomarmos por base o período de tempo segundo a forma como o medem na Terra, poderíamos localizar esse evento há mais ou menos 445 mil anos no passado. Foi quando as primeiras expedições aqui chegaram e fundaram uma base dotada de um centro de controle e comunicação entre ambos os mundos. Após dilatado período de tempo, de acordo com os calendários do novo mundo — mas um intervalo curtíssimo, levando-se em conta a órbita extravagante de nosso planeta e nossa maneira de computar o tempo —, estabelecemos aqui uma estrutura adequada à necessidade de nossas missões."

Enquanto a voz mental se pronunciava, descrevendo os eventos cósmicos, as imagens se voltaram para um mundo jovem, cuja configuração era totalmente diferente do que atualmente se conhece na Terra. A paisagem, bastante diversa da encontrada no mundo matriz dos visitantes do espaço, refletia uma beleza primordial ou ainda imaculada, se assim podemos dizer, pois isenta da interferência humana. O homem, tal como o conhecemos, não surgira.

"Sabíamos que outros mundos da galáxia atravessavam momentos semelhantes ao nosso, porém nosso mundo morria lentamente, uma vez que a atmosfera escapava para o espaço, por assim dizer. Resolvemos empreender uma busca no sistema solar e aqui encontramos um elemento muito precioso, que poderia servir ao nosso propósito: criar a película protetora em torno de nosso planeta, de maneira a impedir que nossa atmosfera se dissipasse definitivamente, tornando a vida impossível de se sustentar. Tratava-se de uma solução temporária, até que o sistema de vida de nosso mundo pudesse se recuperar do impacto daninho desencadeado pela guerra e dos efeitos nocivos das armas empregadas contra nossa humanidade. Quando aqui chegamos, o desenho de seus continentes não era como agora. Localizamos grandes depósitos dos elementos que precisávamos nas entranhas do planeta, e conseguimos extrair quantidades enormes sem prejudicar-lhe a natureza. Já havíamos desenvolvido um respeito enorme pela vida, em todas as formas como ela se manifestava. Sobretudo depois que nosso mundo quase foi aniquilado, nosso respeito aumentou ainda mais, pois sabíamos quão precioso tudo era para nós, desde o ar que respirávamos até todo produto de vida de nosso próprio mundo.

“De qualquer modo, seu planeta não nos serviria de morada, pois, especialmente com a mutação que havíamos sofrido, era impossível habitar um planeta como este. As irradiações do Sol, bastante próximo da Terra, por certo acelerariam o processo de degeneração da nossa espécie. A órbita que o planeta descrevia era muito próxima da estrela do sistema, e esse fator afetaria sensivelmente nossa estrutura molecular em apenas poucas gerações. Ademais, desejávamos ardentemente recuperar nosso bioma, a todo custo, pois ali era o lar de nossos povos, era o mundo matriz, e não queríamos abandoná-lo. Sentíamo-nos responsáveis pelo que ocorrera, e deveríamos empregar todos os recursos no intuito de recuperá-lo, como realmente o fizemos, no decorrer das próximas gerações.

“Naquele momento, tivemos a ideia de transportar para cá, para sua Terra, os seres que haviam deflagrado a guerra e posto em curso os fatores que desencadearam a situação. Como disse, eles haviam sido preservados em sua conformação externa e fisiológica, de modo que, por isso mesmo, seriam capazes de sobreviver aqui por um tempo dilatado. Evidentemente, não permitiríamos a eles o acesso à tecnologia que facultaria a fuga do novo mundo. Enfim, foi somente com a anuência e a ajuda de um dos altos evolucionários, um dos mais antigos de uma dimensão superior, que a turba de degredados instalou-se aqui, em seu mundo.

“A viagem entre nossos mundos não foi algo tranquilo, entretanto. Foram trazidos em naves poderosas, comboios de transporte, mas, infelizmente, ocorreu um motim antes de chegarem a Tiamat. Num golpe tirano, conseguiram desviar uma das naves, nas quais se encontravam-se os líderes dos criminosos, e rumaram diretamente para um dos mundos do seu sistema, onde lograram, por meio da força bruta, subjugar os habitantes ainda inexperientes daquele lugar.[1] Desse mundo tomado de assalto é que vieram os seres que vocês chamam de espectros. Em sua maioria, mas não todos, advêm dessa raça, ainda à época considerada primitiva, cujos membros foram subjugados, dominados e manipulados pela tirania daqueles que representavam, devo dizer, parte da elite intelectual de nosso mundo, muito embora perversos ao extremo.

"Como resultado do processo mental empregado com

[1] Questionado sobre por que as autoridades siderais permitiram que o fugitivo permanecesse no novo planeta que acabou por subjugar, sobretudo tendo em vista seu histórico pessoal, o autor espiritual limitou-se a esclarecer que abordará o assunto com a devida atenção na série Crônicas da Terra, da qual já escreveu, até esta altura, o primeiro volume (cf. PINHEIRO. *O fim da escuridão*. Op. cit.). Não obstante, podemos inferir que os orientadores evolutivos certamente enxergaram razões para tanto, talvez até, quem sabe, adaptando planos originais. A tendência geral, no âmbito espírita, parece ser a de considerar que os eventos cósmicos são plenamente

os indivíduos escravizados, assistiu-se a uma espécie de retrocesso do desenvolvimento intelectual e cognitivo de modo quase generalizado naquele mundo. Armas diferentes das utilizadas em nosso planeta foram ali usadas implacavelmente, e concluímos que teria sido o fim de nosso povo, caso não houvéssemos tomado as devidas providências de expurgo dos criminosos siderais.

"Foi quando ocorreu, de maneira mais explícita e intensa, a interferência daquele a quem chamam de Miguel. A guerra que se seguiu foi devastadora, e tinha por intuito expulsar os criminosos daquele mundo, onde então havia apenas crianças espirituais, povos primitivos, estagnados e inexperientes por demais. Milhões de seres foram subjugados e sofreram um tipo de manipulação mental que ocasionou mutações irreversíveis nos cérebros físicos e ex-

controlados pelos espíritos que os dirigem, mas isso, no limite, seria tomar por peças inanimadas as inteligências que são, por isso mesmo, artífices do futuro, que só está fatalmente determinado aos olhos de Deus. Jesus dá mostras inequívocas de que mesmo os espíritos puros encontram limite para seu conhecimento do futuro, ao afirmar: "Mas daquele dia e hora ninguém sabe, nem os anjos que estão no céu, nem o Filho, senão o Pai" (Mc 13:32).

trafísicos dessa civilização. Afetados no estado neurológico e cognitivo, com consequente apatia mental devastadora para seres pensantes, centenas de milhares foram usados como soldados ou marionetes nas mãos dos dominadores.

"Antes que abandonassem o planeta, quando sentiram as forças soberanas do arcanjo, os seres hediondos sabiam que não conseguiriam vencer a batalha cósmica, até porque outros mundos já acorriam ao sistema solar para interferir na guerra em andamento. Não obstante, num estertor de rebeldia, resolveram empreender uma tentativa ainda mais louca do que todas as insanidades cometidas até então: decidiram dar fim àquele mundo de maneira drástica. Fizeram explodir um artefato nuclear no interior do orbe. E vimos, lamentavelmente, perecer toda uma raça, todo um povo, devido à busca inescrupulosa de poder por parte daqueles que vocês conhecem hoje como dragões.

"O pranto de milhões de almas subiu até o alto comando dos mundos. O antigo quinto planeta do seu sistema foi palco de uma das mais devastadoras guerras. Quanto ao artefato que levou a cabo toda a vida daquele orbe, não foi desenvolvido por ninguém menos que o líder da legião de proscritos, um dos mais brilhantes cientistas, já conhecido em vários mundos. Muitos dos seres cativos naquele mundo ainda hoje sofrem os efeitos de destruição das armas empregadas e permanecem, mesmo degenerados, sob o comando hipnótico daqueles que arquitetaram a destruição."

As imagens mostravam espaçonaves voando de um a outro lado, de povos irmãos do espaço, tentando salvar o máximo possível de pessoas daquele planeta agonizante, a fim de transportá-las para outros mundos do espaço. Enquanto isso, viam-se as legiões de espíritos coordenados por Miguel travarem a maior das batalhas já registradas nos anais da história de dois mundos.

"As legiões de Miguel aprisionaram o próprio líder e seus comparsas mais próximos e os transferiram para o mundo nascente, Tiamat, onde ainda não havia seres humanos, não havia nascido a luz da razão. Aí ficariam por longo período, aguardando as deliberações dos altos evolucionários, seres que coordenam os destinos do sistema solar, os quais se reúnem na estrela central, o Sol."

As cenas agora também advinham da mente do espectro, um dos antigos habitantes do mundo que fora destruído na passagem dos inescrupulosos dragões. E os demais guardiões, que assistiam a tudo em silêncio, viram lágrimas verter dos olhos do ser, que estava deitado num semitranse ao lado de Jamar e do ancião. Sua história, a história de seu povo, seria preservada ali, pelo comando dos guardiões. Para além da emoção, o espectro ratificava a própria decisão, concluindo que não errara ao aliar-se aos poderosos representantes do Cordeiro. Naquele momento, tinha a certeza de que sua vida, sua história e a de seu povo poderiam ser conhecidas e perpetuadas. Outra lágrima foi vista descendo dos olhos do outro ser, deitado ao lado. A tensão tomou conta do lugar. Sentia-se cada sentimento, cada emoção dos seres que foram dizimados e que, agora, eram revividos através das telas sensíveis da memória espiritual das duas criaturas ali presentes.

"Quando aquele mundo se transformou num amontoado de escombros a vagar no meio do sistema planetário, formando o cinturão de asteroides que hoje é visto dividindo o sistema solar, pudemos notar como as intervenções em nosso mundo matriz nos fizeram escapar de um destino cruel e fatal como o que foi encontrado pelos seres daquele planeta nascente."

A respiração de todos pareceu ter sido suspensa. Jamar dava mostras de grande comoção, mas fez sinal para

Anton de que não queria parar a experiência de imersão no passado.

“Por essa época, criamos a primeira base próxima de seu mundo, no planeta que chamam de Marte. Tratava-se de uma espécie de observatório avançado, cujo objetivo era prever qualquer tipo de interferência do espaço em seu mundo, de modo a evitar que ocorresse, num orbe nascente como o seu, algo semelhante ao que se dera em nossos planetas. A evolução da vida na Terra precisava ser preservada a qualquer custo. E sabíamos, por informações de outras dimensões do universo, que os degredados não tentariam nada contra o bioma terrestre, pois tinham conhecimento de que dali não conseguiriam sair tão cedo e, assim, eram capazes de concluir que seria necessário conviver com a ecologia do planeta por tempo dilatado e indeterminado. Portanto, sua atitude era uma questão de inteligência, ligada à sobrevivência deles na nova habitação.”

As imagens mentais mostraram um mundo dominado pela vegetação. Animais enormes, criaturas pré-históricas dominavam as campinas, e os céus eram riscados vez ou outra por habitantes exóticos, com asas pontudas, os quais reinavam soberanos no espaço celeste. Contudo, no Invisível, as coisas não pareciam tão tranquilas como se poderia supor, à primeira vista. Mais de um terço de seres renegados do mundo matriz vieram para o novo mundo, a Terra nascente. A guerra, a revolta e o rancor dominavam as paisagens extrafísicas, ainda virgens, do mundo prisão. Alguns espíritos, em corpos semifísicos — algo em grande medida semelhante à constituição do duplo etérico dos habitantes do mundo atual —, tentavam dominar o plano mais denso. Seus organismos eram constituídos de um tipo de matéria muito específica, numa vibração ligeiramente diferente da dos corpos mais brutos, que povoavam parcamente o novo mundo. Todavia, tratava-se de corpos de natureza material, embora numa frequência diferenciada, mas não quintessenciada.

Não somente as imagens da paisagem terrestre eram vistas por Jamar nessa imersão no tempo, mas também as cenas das primeiras comunidades de seres deportados e daqueles outros que aqui vieram em busca de elementos preciosos para seu mundo natal. Emoções, rivalidades, os principais objetivos traçados pelos novos habitantes — tudo se tornou patente para o espírito do guardião, que a tudo via e ouvia como se estivesse presente, como um correspondente ou espectador atento aos acontecimentos marcantes da história universal.

"Foi exatamente quando um dos astronautas antigos descobriu os primeiros hominídeos de Tiamat que o alto comando dos exércitos celestes decidiu formar o primeiro grupamento de espíritos que trabalharia na proteção da humanidade nascente. Mais tarde, seria conhecido como a equipe de guardiões da humanidade e da evolução. Seres de mais de dez mundos diferentes se reuniram próximos ao satélite lunar. Ali deliberaram formar um grupo especializado na organização da vida nas dimensões próximas à crosta terrena e, além disso, na supervisão da ação dos degredados e dos astronautas, que, sob o comando de alguns dos líderes deportados para cá, realizariam experiências genéticas por vários séculos, até aperfeiçoar o tipo humanoide encontrado nas pradarias e campinas da nova Terra."

As imagens modificaram-se, e Jamar pôde ver os seres representantes da justiça que, pela primeira vez, se reuniam no satélite natural do planeta Terra. Ali, deliberaram sobre a primeira formação de seres cujo objetivo seria policiar e organizar a vida e as experiências realizadas com os habitantes do orbe. As primeiras legiões formavam um grupo heterogêneo. Registrou-se nos anais da história terrena que eles permaneceriam aqui até que o planeta produzisse seu próprio tipo humano, até que seus habitantes alcançassem o grau de progresso necessário para sobreviver com recursos próprios.

"O grande cientista do nosso povo, que descobriu os hominídeos de seu mundo, concebeu as primeiras interferências genéticas nos seres que corriam pelas planícies. Ainda primitivos, não serviriam aos propósitos dos degredados, que queriam construir uma civilização de seres razoavelmente inteligentes, capazes de tarefas mais complexas. Desejavam, portanto, acelerar o processo evolutivo.

"Mas o que ignorávamos àquela época era que outros habitantes do espaço, de um mundo muito próximo da família espiritual da Terra, preparavam-se para igualmente transportar para cá imenso contingente de almas, de seres também expatriados de seu mundo natal. De todo modo, aqueles de nosso povo que aqui chegaram mais tarde, muito mais tarde, tiveram de lidar com os povos do Cocheiro, que aqui aportaram quando o tipo humano já havia sido definido através das experiências em laboratórios criados na Terra.

"Assistiu-se a diversas tentativas fracassadas de manipulação do código genético. Somente quando constataram que eram capazes de produzir apenas seres híbridos imprestáveis à reprodução, embora humanoides, é que um dos cientistas teve a ousadia de acrescentar genes de nossa própria espécie no habitante de seu mundo. Esse feito foi levado a cabo quando o homem terrestre, se assim podemos chamar os seres daquele tempo, se encontrava no estágio conhecido como homem de Cro-Magnon. O salto evolutivo foi comemorado por toda a turba de seres que aqui trabalhavam, pois isso significava um novo tempo, uma nova etapa na história de nosso povo e dos seres que foram deportados para cá. Estes tinham medo de ter de reencarnar, ou corporificar, como dizemos, em seres tão primitivos quanto os que habitavam as planícies. Por outro lado, os astronautas que desempenhavam um papel modesto, extraindo elementos novos de seu mundo para levá-los ao nosso, encontrariam no homem terreno, fruto da manipulação genética de nossos cientistas, alguém para substituí-los nessa tarefa. Os experimentos foram diretamente patrocinados pelos líderes cientistas que vieram de nosso planeta em regime de deportação. Numa esfera mais próxima daquela em que viviam nossos astronautas, eles interferiram no processo, concorrendo para o êxito das experiências, muito embora planejassem formar um povo de escravos, uma humanidade obediente e uma civilização na qual se fariam deuses.

"Os guardiões se reuniram sob a coordenação de Miguel, a pequena distância da Terra, e deliberaram assumir a frente dos novos homens, colaborando como pudessem, porém sem privar da liberdade os degredados, tanto quanto os novos seres. Auxiliariam de perto na formação cultural dos povos que nasciam no planeta, cujos organismos eram produto de manipulações científicas.

"Antes que viesse a primeira era glacial, quando o clima ainda estava totalmente fora de controle, dois novos humanos entre os mais experientes, um macho e uma fêmea, foram retirados do convívio geral, uma vez que o orbe enfrentaria um período de recomeço, após longo tempo sob o gelo. Mais uma vez os guardiões atuaram, embora soubessem que os laboratórios produziriam seres horrendos, verdadeiras aberrações genéticas, antes de chegarem aos tipos humanos conhecidos. Seres como ciclopes, minotauros, medusas e outros podem parecer mitos ou crendices, lendas ou histórias que sobreviveram ao misticismo dos povos; entretanto, podem ocultar certa faceta da verdade. Foram tão somente o resultado de tentativas malsucedidas de manipular geneticamente a humanidade nascente e sobreviveram como lendas na cultura de muitos povos.

"Milhares de anos se passaram até que o mundo estivesse preparado para dar à luz aquela que poderia ser denominada a primeira civilização. E os próprios líderes e comandantes da missão Terra, os dragões deportados, viram-se na obrigação de ensinar aos novos homens uma parcela da ciência e do saber que detinham, pois os habitantes primitivos do mundo precisavam ser conduzidos de perto por aqueles que aprenderam a venerar como deuses. Conhecendo a tendência acentuada das almas novas de formular uma religião e associar tudo em seu entorno a ideias religiosas, os maiorais se aproveitaram para manipular os povos que floresciam às margens dos Rios Tigre, Eufrates, Nilo, Indo e outros mais. Faziam questão de conduzi-los de perto, no intuito de não perderem o controle sobre a nova humanidade. Nascia assim o primeiro dia do homem da Terra. Nessa época, surgiram também as primeiras corporações dos guardiões, que evoluiriam até se tornarem responsáveis pelo trabalho que vocês desempenham em seu mundo, atualmente."

Jamar estava verdadeiramente impressionado com o

conhecimento da formação dos povos da Terra, e ainda mais com as imagens a que assistia, acerca da organização dos guardiões da luz. A história se mostrava por inteiro, desde o alvorecer do mundo até a atualidade. Viu como a primeira formação de guardiões se reuniu com os altos evolucionários. Depois, já na Atlântida, ou mais tarde, nos templos do Egito, da Índia e de outras regiões do Oriente, surgiram os primeiros iniciados, que foram também os primeiros da raça humana originária da Terra aos quais foi transmitido o legado dos primeiros guardiões. Notadamente durante a guerra entre os dragões e magos negros que sucedeu na Atlântida, os guardiões consolidaram sua estrutura de comando e trabalho, que sobreviveu ao longo dos séculos até os dias atuais. Diversificando-se em várias especialidades, os poderosos guardiões trabalharam incansavelmente pela preservação da memória espiritual de todos os povos, pela continuidade da raça humana e pela justiça soberana sob o comando especial de Miguel, o príncipe dos exércitos celestes.

Jamar voltou do transe semiconsciente com um olhar diferente. Muito mais havia observado em sua imersão, a qual deveria continuar noutra oportunidade. Tudo o que presenciara havia sido gravado em sua memória espiritual.

Os equipamentos dos guardiões não tinham condições de captar mais detalhes, que teriam de ser registrados diretamente por Jamar, transmitindo ao sistema as informações sobre as demais ocorrências. Somente ele poderia compartilhar certos aspectos.

Os dois seres do espaço, ao voltar do transe, abraçaram Jamar. Ao compartilhar a história de seu povo com o guardião, aproximaram-se dele não só vibratória, mas afetivamente, de maneira a formar uma parceria de almas, de mentes, que jamais poderia ser quebrada. Uma amizade profunda nascia ali entre seres de dois mundos. Eram representantes de raças humanas de troncos diferentes, mas irmãos. Jamar presenciara as experiências realizadas no alvorecer da história e atestara que, nos genes da humanidade, havia elementos, moléculas, átomos de seres das estrelas. Assim, os homens da Terra eram também filhos das estrelas; disso não se podia duvidar.

E

NQUANTO JAMAR SE recompunha, os seres do espaço, irmãos das estrelas, foram envolvidos pela equipe de guardiões mais achegados a Anton. Em pouco tempo, saíram juntos ao encontro de Watab. Ele e outros sentinelas do bem aguardavam num núcleo avançado da universidade espiritual, destinado à especialização em diversos assuntos ligados à justiça divina e à administração planetária. Encontravam-se todos num auditório da base principal dos guardiões, na Lua. O seleto grupo de espíritos queria submeter ao menos um dos seres do espaço a uma entrevista, de maneira a jogar luz sobre alguns assuntos obscuros, aproveitando a rara oportunidade de ouvir o relato de alguém com tamanha bagagem histórica. De maneira especial, interessavam-lhes certos aspectos do passado da Terra, no que tange à estrutura política e social, e da origem e formação dos guardiões.

Entrementes, o ex-líder dos especialistas da noite dirigiu-se até onde se reuniam os demais. No momento em que adentrava o ambiente, um dos presentes, Kiev, perguntava ao ser humanoide:

— No momento em que os primeiros degredados chegaram ao nosso mundo, vieram em veículos físicos, ou seja, de matéria densa? Quero dizer: vieram em corpos materiais ou como espíritos, na situação que costumamos identificar como desencarnados?

O ser das estrelas pareceu pensar um pouco antes de responder. Escolhendo cada palavra, selecionando o vocabulário que melhor traduzisse seus pensamentos, respondeu quase como se sibilasse:

— Para este mundo veio grande número de seres de nossa galáxia, de diversas procedências. A Terra reúne tipos muito diversificados de espíritos, muitos dos quais com características que se manifestaram naturalmente entre vocês, ao longo da evolução, e foram consideradas como anomalia ou doença, quando não interpretadas de maneira religiosa e moralista, apesar de constituírem um traço tão comum aos povos que cresceram e progrediram em seu orbe. Quero me referir a características próprias de povos de alguns planetas, aqui representados por membros de variadas raças extraterrestres, reunidas em virtude do processo de degredo que as trouxe para cá. Ou seja, muitos comportamentos e costumes considerados, ao longo de sua história, como aberrações ou desvios de conduta, sob o ponto de vista rígido da moral, não passam de reflexos de determinados hábitos trazidos por seres de outros mundos. Nada mais natural, uma vez que constituem fatores marcantes de sua identidade e da cultura do planeta de onde provêm.

Respirando com alguma dificuldade, o ser observou a plateia selecionada à sua volta e continuou:

— Feita essa introdução, passemos à questão que envolve o tipo de veículo no qual os degredados, como vocês os chamam, utilizaram para vir a seu mundo. Essa questão está diretamente associada a outra, que diz respeito à natureza dos corpos dos seres extrassolares que aqui chegaram. Isto é, caso tenham vindo em veículos físicos, isso implica que teriam de se apresentar em corpos físicos, materiais, cuja constituição fosse mais ou menos semelhante à matéria densa de seu mundo. Por outro lado, se viajaram em veículos etéricos, ou de uma matéria de outra dimensão, então necessariamente tinham corpos mais sutis, compatíveis com o meio de transporte de que se valeram. Embora o raciocínio seja muito lógico, a resposta não é simples como parece.

"Primeiro, posso dizer que vieram de diversas maneiras. Mas antes de mencionar pormenores, é bom que vocês, espíritos da Terra, possam ter em mente que a matéria que chamam densa pode existir em formas variadas e muitíssimo diferentes da que observam em sua Crosta, e que ali sintetiza a vida propriamente física. É esse o caso da matéria em que se movimenta considerável parcela da civilização em um dos planetas do seu sistema solar. Os habitantes da Terra, de posse de seus instrumentos e tecnologia, não são capazes de detectar vida nesse planeta pelo simples fato de que a matéria considerada bruta, que compõe ali todos os corpos animados e inanimados, difere vibratoriamente do elemento material tido como bruto ou físico em seu orbe. A diferença vibratória é ligeira, quase imperceptível na frequência em que vibram os átomos desse mundo, mas suficiente para distinguir uma natureza material da outra.

"Situação análoga ocorreu conosco, no passado, ao aportar aqui. Para os habitantes atuais da Terra, poderíamos nem ser visíveis, mas, no princípio, quando se realizaram as primeiras experiências genéticas com os humanoides, nossos conterrâneos das estrelas que aqui chegaram foram percebidos visual e tangivelmente, foram tocados e sentidos. Isso se explica por duas razões simples de entender, naquele contexto. Em primeiro lugar, os habitantes primitivos não tinham a visão etérica tão prejudicada, assim como os demais sentidos extrafísicos, quanto na atualidade. O peso vibratório da matéria e a densidade dos cérebros físicos dos cidadãos do mundo atual são diferentes de quando executadas as primeiras experiências genéticas com os homens do planeta. A partir de determinada situação enfrentada mundialmente, a capacidade regular de perceber os seres do espaço em faixas materiais próximas foi se diluindo, tornando-se mais e mais difusa. Com o tempo, os humanos da Terra perderam definitivamente a capacidade de ver além da materialidade grosseira de sua constituição atômica e celular. Em segundo lugar, há evidentemente a influência do meio: a atmosfera psíquica do orbe, previamente ao advento das primeiras civilizações, era, digamos assim, muito mais limpa, desprovida da egrégora carregada de formas-pensamento nada sutis que podemos observar hoje, o que facilitava todo e qualquer processo ou faculdade relacionados à percepção extrassensorial.

"Seja como for, é correto dizer que a matéria, mesmo bruta, dos corpos de algumas culturas extrassolares apresenta natureza muito diferente da que se vê entre os povos da civilização terrestre. O grau de densidade é muito diverso.

"Ainda reunindo elementos para tornar possível responder a questão proposta, devemos refletir sobre o conceito de materialidade e imaterialidade, quando se fala na forma de existência que, na Terra, é considerada espiritual. Vieram seres, muitos deles em sua forma extrafísica — assim prefiro falar, pois nem sempre a dimensão que para vocês é classificada como espiritual tem, para nós, esse sentido. Devido ao vasto espectro do elemento material no concerto dos mundos pela imensidão, o que é material num orbe pode ser sutil em outro, dependendo das faixas vibratórias em que a vida se movimenta no local. Vejamos o exemplo a seguir. Muitos corpos espirituais dos seres que passaram pelo descarte biológico do corpo físico, na Terra, podem ser vistos como formas ainda materiais, extremamente materiais, segundo o ponto de vista de seres de alguns planetas.

"Dessa maneira, podemos dizer que os habitantes de outros mundos que, no passado, vieram compor as primeiras civilizações terrenas aqui chegaram em corpos físicos, transportados por veículos que vocês denominam naves espaciais. Muitos outros, talvez a maioria, vieram em corpos extrafísicos, alguns até mesmo numa dimensão que vocês conhecem como etérica, embora para nós ainda seja muito grosseira, muito física, fato que me obrigou a falar do conceito de fisicalidade e materialidade, que, como podem ver, é bastante relativo."

Mesmo que Kiev não tenha se contentado com a explicação, parece que pôde entender alguns aspectos do assunto abordado. Antes que fizesse outra pergunta ao ancião de outro mundo, Astrid, uma guardiã convidada por Anton para estar ali junto com outras de sua equipe, adiantou-se:

— Quando você fala de certas características de alguns seres de determinados planetas, que na Terra foram tidas como anomalias, doenças ou desvios de conduta, será que poderia ser mais específico, esclarecendo que características seriam estas?

O ancião olhou para o companheiro de pesquisas, um cientista de seu povo que ali estava auxiliando os guardiões, como se buscasse se entender com ele para então reunir as formas mentais e coordená-las, a fim de se fazer compreendido. Em seguida, falou, de modo meio pausado:

— Em muitos mundos do espaço, mesmo nos casos em que os habitantes conservam a forma humanoide, similar àquela conhecida na Terra, existem variações tanto na fisiologia e na aparência exterior quanto naquilo que podemos definir como trilha em que se processa o pensamento lógico. É assim que, em alguns mundos do espaço, nosso povo detectou vida física, inteligente, mas que floresceu num ambiente altamente inóspito e até mesmo letal para nosso povo, bem como para os cidadãos da Terra. São mundos onde os seres respiram outro tipo de ar, de composição química diferente da combinação de nitrogênio, oxigênio e outros gases, como se vê aqui. Se respirado pelos homens do seu mundo ou pelos seres do meu planeta, poderia ocasionar a morte imediata. Trata-se de um composto gasoso letal para o tipo biológico de nossos planetas e, por conseguinte, para nossos corpos físicos, mesmo aqueles cuja materialidade e densidade poderiam lhes parecer como de natureza etérica. De igual modo, para esses seres o oxigênio do seu mundo e do meu, a despeito das diferenças de densidade entre ambos, seria venenoso.

"Mas o ponto mais interessante não é esse, e sim as implicações daí decorrentes. Após um tempo, que para vocês significaria milhares de anos, dedicado a pesquisas com seres dessas linhagens evolutivas diferentes, descobrimos que os pensamentos e o raciocínio, ao menos dos seres por nós observados, guardam certas características comuns, dependendo da atmosfera em que esses espíritos se desenvolvem. Os que respiram oxigênio elaboraram, em seu processo evolutivo, padrões parecidos, com conceitos, senso lógico ou métodos muito semelhantes de pensar, agir e raciocinar. Os cérebros desses seres que respiram a combinação com oxigênio podem ser mapeados de maneira quase equivalente. Contudo, aqueles seres que vivem numa atmosfera diferente, com outros gases – apenas a título de exemplo, como o amoníaco em estado gasoso –, apresentam uma trilha mental totalmente distinta e, consequentemente, um tipo de raciocínio, de forma de conceber o universo e de civilização muito diverso.

"É evidente que essa característica hoje é inconcebível para os cientistas de seu mundo. Procuram vida fora da Terra, mas com a convicção de que ela somente existe baseada nos mesmos princípios que nortearam o surgimento e a evolução da vida neste planeta. Quando encontram um tipo de atmosfera diferente da terrestre, não se mostram capacitados – nem mesmo no âmbito teórico – a conceber a existência de criaturas de constituição e forma de vida diferente. Como consequência, não desenvolvem tecnologia para detectar qualquer outro tipo de vida inteligente, mas apenas de um, de igual densidade e vibração ao que existe na Terra. Note-se que não apenas os recursos científicos, mas mesmo os conceitos formulados são estritamente limitados."

A fala do ancião provocou profundas reflexões em todos. Contudo, antes que pensassem que ele havia terminado suas considerações, o ser de um mundo distante arrematou a fala, deixando os guardiões ainda mais curiosos e pensativos diante das ideias que permeavam o pensamento que expôs em seguida:

— Considerando a imensa variedade de seres que para cá vieram no alvorecer da história da humanidade terrena e a diversidade de seus respectivos mundos de origem, é interessante notar a forma como alguns dos seres miscigenados com sua humanidade procriam e vivem a sexualidade. Alguns têm características bem distintas da maneira como vocês se reproduzem, e são diferentes também em relação a nosso mundo. Imaginem que há planetas onde existem mais de 20 formas de sexo ou de praticar trocas energéticas de natureza sexual. A forma sexuada ou os gêneros conhecidos aqui na Terra de maneira nenhuma são absolutos, nem sequer para os seres que vivem do oxigênio, quanto mais para os demais seres, em sua imensa variedade cultural, genética ou sexual. Digo isso porque eu mesmo conheço mundos onde não há nenhuma necessidade de uma união tão íntima quanto na Terra, com penetração de auras e corpos, tampouco da troca de fluidos físicos para que haja fertilização. Para que certas espécies humanas procriem nessas civilizações distintas, nem sempre há necessidade de um ato puramente sexual, no formato como vocês o concebem.

"Mesmo havendo os gêneros masculino e feminino em alguns planetas do universo, há uma variedade imensa de fatores ligados à sexualidade. Conheço planetas onde os seres se acasalam, porém o sexo nem sempre tem finalidade reprodutora, de perpetuação da espécie. Há mundos onde a união sexual se dá entre seres do mesmo gênero, ocorrendo sobretudo para que haja trocas energéticas de grande intensidade, visando reabastecer os envolvidos. Liberam-se energias densas, ao mesmo tempo transferidas de um para outro, pois se modificam ou se transmutam durante o ato sexual, evitando que cada qual se sobrecarregue desnecessariamente. Além disso, essas uniões, que podem ser consideradas antinaturais em tantas culturas ou subculturas de seu mundo, consumam-se em tais planetas como forma de vivenciar aquilo que vocês talvez denominassem amor, e que envolve trocas magnéticas, energéticas ou vibratórias de grande intensidade, mas igual polaridade.

"Então, levando-se em conta as características desses seres que aqui chegaram no passado distante, o modo de vida que se vê em outras comunidades do espaço pode diferir do terreno, mas jamais ser classificado de antinatural, como o foi em seu mundo ao longo de alguns séculos e ainda é, em certos redutos e mesmo em sociedades inteiras. Trata-se de comportamentos perfeitamente naturais, como se pode ver, pois foram transmitidos às gerações futuras da sua civilização, embora considerados características de sua espécie, e não herança cultural e genética, legado desses povos do espaço.

"Além dessas características concernentes ao sexo dos seres do espaço que para aqui foram trazidos nos processos migratórios entre mundos, outras foram igualmente incorporadas pelo povo e pela civilização terrena e hoje em dia estão presentes em diversas culturas do globo. Assim considerando, a religião ou religiosidade é um dos mais marcantes fenômenos de massa nos mundos de onde provêm esses exilados. Eles a manipulavam por meio de técnicas mentais muito semelhantes ao que vocês hoje chamam de hipnose, ou utilizando habilidades paranormais palidamente estudadas pelos seres humanos na atualidade como, por exemplo, a telepatia. Fato é que há planetas inteiros dominados por castas religiosas fechadas e radicais, dos quais uma parte significativa de habitantes foi trazida para cá. Ao chegarem, muitos desses espíritos, absolutamente conscientes do poder que exerciam sobre a multidão em seus próprios orbes, procuraram fomentar o surgimento de movimentos religiosos — e mais do que isso, a proliferação de uma visão de mundo religiosa —, que são elementos próprios de planetas em estágio de evolução primária, numa estratégia que alcançou muito êxito aqui, em sua Terra.

"Inicialmente, a religião foi produto da inspiração direta desses seres, experientes manipuladores de massa, como forma de dominar o tipo humano terrestre. Isso se intensificou logo após as experiências genéticas que marcaram a transição dos estágios de homem de Neanderthal e, depois, de Cro-Magnon para a espécie atual, o *Homo sapiens sapiens*. Desde a fase do chamado homem de Neanderthal, que é uma classificação estritamente de seu mundo, insuflaram nas mentes inexperientes e praticamente virgens dos novos seres a constituição de religiões primitivas ou incipientes, claro, levando-se em conta as possibilidades desses seres e as restrições do mundo mental em que viviam. É claro que, com o passar do tempo, tais movimentos foram se aperfeiçoando, segundo o tipo humano terrestre. Simultaneamente, aperfeiçoaram-se os métodos de controle das massas ao longo dos séculos, sobretudo através da religião e devido à característica profundamente mística de certos povos terrestres, a qual se desenvolveu a partir da miscigenação das raças do espaço banidas e albergadas aqui."

A fala do ancião teve grande impacto sobre alguns dos guardiões ali presentes. Principalmente, as explicações relacionadas à influência de povos de outros mundos sobre aspectos ligados à sexualidade humana, que se transportaram para a Terra em forma de comportamento ou ao menos foram percebidos dessa maneira. Isso fez com que os guardiões pudessem rever alguns conceitos a respeito do que se fala, sobretudo nos meios religiosos, a respeito de homossexualidade, bissexualidade e outras manifestações do sexo entre os humanos. Não se poderia dizer, de modo simplista, que o fator sexual se devesse exclusivamente a estágios reencarnatórios mais decisivos nesse ou naquele gênero, o que determinaria certos comportamentos numa vida futura. Há fatores muito mais amplos que envolvem a sexualidade humana, quando se levam em conta as observações desse ser mais experiente, um irmão de outras terras do espaço. Segundo ele, existia uma influência genética importante a considerar, oriunda dos povos que para aqui vieram no início da civilização. Isso merecia mais estudo, investigação e aprofundamento. Afinal, era uma outra face da situação, que ainda não era conhecida e, portanto, não havia sido analisada. Outro ponto dizia respeito à formação religiosa do planeta, ou seja, a influência das culturas extrassolares na formação religiosa de nosso mundo — mais um aspecto que reclamava ser debatido.

Talvez para diluir certa tensão trazida à tona pelas observações e reflexões promovidas pelo ser que auxiliava os guardiões, Semíramis, uma das principais líderes das guardiãs, ousou perguntar, modificando o rumo da conversa:

— E quanto à natureza do trabalho desenvolvido pelos seres do espaço em diversos mundos, particularmente no início da história de nosso planeta? Vocês teriam algum registro ou informação que pudesse esclarecer-nos sobre a especialidade de alguns desses seres do espaço? Ou simplesmente vieram todos com a mesma característica, como deportados ou derrotados em suas experiências anteriores, antes que aqui chegassem?

— Para responder, é necessário, antes, clarear certos conceitos a respeito de nossos povos, que, no passado, fundiram-se de tal maneira, até mesmo no nível genético, que hoje podemos nos considerar povos irmãos.

"De acordo com os anais da nossa história e da história de diversos mundos, existem no universo determinados povos que conhecemos sob o nome de *semeadores de vida*. Há notícias a seu respeito desde os tempos imemoriais, anteriores a todo registro histórico; esse tempo é medido em eras, écrans e outras unidades que abrangem períodos siderais inimagináveis, considerados quase como uma eternidade. São seres que têm acesso ao pensamento diretor de entidades que nosso povo costuma chamar de *inteligências cósmicas* — para cuja existência a humanidade terrena ainda não despertou, cujas concepções de vida e cuja consciência seriam inconcebíveis. Essas inteligências atuam como diretoras de aglomerados de galáxias. No contexto terreno, o máximo que podem conceber é uma inteligência planetária ou solar, e mesmo assim com grande dificuldade, como é o caso do Cristo planetário ou cósmico, segundo algumas tradições espiritualistas. Mas essas inteligências cósmicas é que estão por trás de todo o drama da vida nas galáxias, e são elas que dirigem os impérios estelares, os aglomerados de vida. Como parte de suas atribuições, digamos assim, enviam e coordenam os seres que denominamos semeadores.

"Os semeadores são seres cuja pátria é o universo, uma vez que já atingiram determinado patamar de evolução caracterizado por uma forma elevada de existência, que não se prende a nenhum orbe ou planeta. Alguns lugares conhecem esses seres. Eles viajam pelo universo afora enquanto semeiam genes e mônadas, multiplicam formas de vida e fazem experiências em mundos novos, recém-formados a partir das respectivas estrelas, mas sempre em busca de úteros galácticos onde possam deitar as sementes de vida, que germinarão ao longo das eternidades e dos tempos dificilmente mensuráveis. A partir da semeadura, regressam periodicamente aos mundos onde a vida está sendo gerada, com o intuito de fazer adaptações e averiguar se naquele planeta se desenvolveu algum tipo biológico no qual seja possível surgir a consciência, a inteligência, enfim. Quando o mundo em questão desenvolve certas características em seu bioma, abrigando formas mais desenvolvidas no grande laboratório da natureza, termina o trabalho desses seres, que passam a investir em outros orbes, outros sistemas e outras dimensões, em que possam prosseguir seu trabalho discreto e jamais registrado pela história dos mundos cuja vida iniciaram.

"Nesse momento, entram em cena outros seres também desenvolvidos, intelectualizados, ainda mais adiantados em seu processo evolutivo, mas ainda distantes de serem considerados seres coletivos, imateriais ou puramente inteligências cósmicas. Entre eles, há aqueles cuja visão está mais abrangente para certas questões de ordem metafísica, como vocês diriam, e para a compreensão dos sistemas políticos cósmicos, aquilo que muitos de seus livros religiosos chamam de *reinos* ou *reinos estelares*. Na Terra, um desses reinos é conhecido como sistema crístico ou reino dos céus.

"Contudo, existem também outros seres que, embora a inteligência e a evolução intelectual que foram capazes de conquistar, com um desenvolvimento até mesmo tecnológico, apresentam-se como estandartes do poder. Manipulam povos inteiros em seus mundos de origem e até mesmo em grandes porções de certas galáxias, de maneira a formar um tipo de política muito semelhante ao que foi inaugurado na Terra nos sistemas totalitários e ditatoriais, o qual impede o crescimento de civilizações inteiras. Esses indivíduos são igualmente submissos a inteligências que também chamaremos cósmicas, porém de outro matiz: cresceram apenas no âmbito intelectual. Coordenam impérios estelares inteiros, mundos cuja característica se opõe diretamente ao movimento evolutivo e de libertação das consciências em gestação, sob o comando das entidades cósmicas.

"Pois bem — falou quase suspirando, pois sabia que suas palavras dariam muito o que falar e farto material a se estudar —, os seres dessa segunda geração ou segundo grupo, de tempos em tempos, têm de ser liberados ou deportados, como vocês diriam, senão seu sistema de administrar a vida e as sociedades cósmicas faria definhar toda a civilização e o bioma correspondente a cada mundo por onde passam, comprometendo o progresso nos mundos em que vivem ou aos quais estão associados.

"Assim sendo, os mundos onde os semeadores notam que o bioma já comporta um tipo mais avançado de vida recebem os seres deportados, que para aí são transferidos por tempo indeterminado. São considerados mundos-prisão para eles; porém, é preciso convir que trabalham esses mundos e os seres primitivos que aí habitam. Importa menos que se vejam constrangidos a tal esforço. Fato é que promovem relativo progresso no ambiente físico e extrafísico do novo orbe, a fim de se sentirem mais à vontade, e chegam a erguer uma civilização a partir dos elementos primitivos aí existentes.

"No caso da Terra, o planeta recebeu representantes das duas categorias espirituais: tanto aqueles mais adiantados, que atuaram como orientadores evolutivos por algum tempo, quanto aqueles que tinham apenas a inteligência avançada. Estes se dedicaram a fazer experimentos, um trabalho árduo com os hominídeos deste mundo, preparando seres ainda bastante primitivos para que eles próprios pudessem reencarnar, ao longo dos milênios que aqui os aguardavam. O planeta constituía a prisão da qual não poderiam sair sem a interferência direta das grandes inteligências cósmicas, dos sistemas de poder que dirigem a galáxia. Desse modo, não vieram para cá somente aqueles que vocês conhecem como dragões e seus aliados, entre outros seres que seguem seu ritmo e sistema de vida. Vieram também outros mais desenvolvidos, que guiaram a humanidade, sem, contudo, interferir no processo da vida que aqui germinava e na civilização que aqui se desenvolvia, lentamente.

"Vocês, humanos deste planeta, precisam considerar que não estão sós no universo. O que acontece aqui na Terra interessa muito aos povos do espaço em geral, mas principalmente àqueles que, de alguma forma, estão ligados à formação cultural do orbe. Os acontecimentos que se desenrolam em seu mundo, em suas diversas dimensões, chamam a atenção dos povos desses reinos estelares."

Voltando-se para Anton e Semíramis, fez uma pausa para depois continuar, muito lentamente:

— Os guardiões são, para nós, como um grupo avançado do seu mundo; os quais temos de considerar ao adentrar as fronteiras ou vibrações próprias da Terra.

"Nenhum ser de qualquer mundo disperso no espaço poderá penetrar os domínios magnéticos de outro se os guardiões do orbe visitado não souberem e não consentirem. Vocês, guardiões, são uma espécie de poder vibratório a serviço das grandes inteligências cósmicas, cujas consciências coordenam o universo. Aqui em seu mundo — falou olhando significativamente todos os presentes — vocês são a maior representação da justiça e da equidade, constituem o prumo e a lei que sintetiza o ponto de equilíbrio de uma força universal positiva, eterna e imutável. Como em toda instância no cosmos, existe um padrão vibratório supremo que regula a ordem para que não se estabeleça o caos, que instaura a disciplina para que não se perca o rumo do progresso. Vocês são exatamente essa força de regulagem da harmonia e da disciplina, num âmbito tão mais amplo e abrangente quanto o próprio cosmo. Se porventura o universo conhecido pudesse sobreviver sem a energia dos guardiões, que atuam num nível maior e muito mais vasto do que o dos planetas e das comunidades que neles vivem, já há tempos o caos teria se instalado. Uma força poderosa, incutida no âmago das próprias leis do universo, faz com que a atuação dos guardiões seja absolutamente necessária, em todos os domínios."

Talvez para não nos sobrecarregar com as informações, preferiu projetar o pensamento nas telas sensíveis de nossas mentes. Somente prosseguiu após algum tempo quase em silêncio absoluto, oferecendo agora uma nova visão do emblemático trabalho dos guardiões em âmbito cósmico:

— Numa esfera ainda mais abrangente de atuação, existem também aqueles que são conhecidos como *guardiões das galáxias*. Trata-se de consciências que vivem no grande espaço entre as *ilhas cósmicas*, chamadas por vocês de galáxias. Esses agentes estudam, coordenam e interagem com energias muitíssimo mais potentes do que as que emanam do próprio Sol, a estrela de seu sistema, uma vez que lidam com o destino de milhões e milhões de sistemas solares das próprias ilhas cósmicas. A existência desses espíritos está tão acima da compreensão humana que não seria possível descrever nem mesmo com nosso vocabulário o papel que desempenham nesses espaços entre galáxias. São agentes diretos das superconsciências cósmicas, que organizam as vidas nesses outros universos.

“Há ainda aqueles a quem chamamos em nossos mundos de *guardiões de vibrações*. Têm o quartel-general ou *habitat* na área central da Via Láctea, considerando este aglomerado estelar do qual nossa família sideral faz parte. Localizados no sol central, aí mantêm um rigoroso controle e registro de todos os mundos da galáxia, conhecendo e fazendo uma espécie de triagem para ver em quais deles a vida já está pronta a receber outros filhos das estrelas ou, para melhor compreensão de vocês, qual o momento certo para ocorrerem as transferências coletivas de população, através dos expurgos planetários ou expatriamentos siderais. São esses guardiões que supervisionam diretamente a administração de mundos que serão a base para os seres degredados desenvolverem novas civilizações, novas colônias, nos novos planetas cujo útero cósmico gesta novas humanidades. Preparam o orbe em questão para receber em seu ambiente etéreo-astral as levas de seres que serão relocadas ou repatriadas.

"Seguindo a hierarquia, vêm os *guardiões de mundos*, que é o caso de vocês que aqui estão, cuja responsabilidade é com toda a humanidade do planeta a que se vinculam. Esses guardiões entram em contato com equipes semelhantes, daqueles mundos que já passaram pelo processo de reestruturação de suas humanidades. Assim, trocam experiências, criando planos de relevância e estratégias para os momentos de transição planetária. Além disso, têm a incumbência de influenciar quanto puderem os governos do orbe onde habitam, de maneira a levar ao amadurecimento, ainda que lentamente, as raças que nele vivem."

A explanação do amigo do espaço ampliou sobremaneira a visão acerca das atividades dos guardiões no universo, dando nova dimensão ao trabalho dos representantes da justiça divina e alargando ainda mais o conceito de agentes da justiça ou agentes da lei, entendendo-se o termo *lei* como o conjunto das forças cósmicas que engendram a evolução. Todos olharam uns para os outros. Parecia haver no ar, naquele ambiente localizado nas zonas dimensionais do satélite lunar, um quê de santidade, de profundo respeito ou veneração à força universal que regula a vida, as culturas, as comunidades e as civilizações em todas as dimensões mundiais.

Após prolongado silêncio, que o sentimento inspirado pelo visitante das estrelas estatuiu, um dos guardiões levantou timidamente a mão, num gesto tão humano que não passou despercebido. Formulou um questionamento ao próprio Jamar, que estava ao lado de Anton, muito silencioso, quase meditativo. O guardião lhe indagou sobre suas visões, sobre o que presenciara ao voltar no tempo, durante a imersão ao passado, por um instante desviando a atenção geral, que estivera voltada para o visitante cósmico. A pergunta de maneira alguma diminuiu a importância daquele momento, e a resposta pareceu complementar os esclarecimentos do ancião. Jamar principiou; enquanto falava, Anton ligou um dos aparelhos da base central, um projetor de imagens tridimensionais, que mostrava o pensamento do guardião, de maneira a ilustrar as explicações. Achávamo-nos mergulhados em meio a paisagens, imagens e seres que compunham seu quadro mental.

— Pode-se dizer que o mistério da organização da equipe dos guardiões no planeta Terra remonta ao alvorecer da própria humanidade — falou Jamar, enquanto parecíamos transportados ao passado longínquo, em meio às imagens tridimensionais. — Ocorreu logo no início da formação cultural dos povos do planeta, quando ainda floresciam as civilizações da Lemúria, da Atlântida, da Suméria, entre outras daquele momento histórico. E se falo em mistério envolvendo a composição da equipe, faço-o apenas para destacar que os registros existentes são apenas mentais, etéricos, fragmentos de memórias de seres que viveram naquele período recuado da vida humana planetária, muito embora esses registros sejam considerados fidedignos pelos guardiões superiores.

Talvez para tornar ainda mais clara a palavra do guardião, um dos especialistas fez-lhe uma nova pergunta, antes que se aprofundasse nas observações, interrupção que não causou nenhuma reprimenda por parte dos guardiões mais graduados.

— Quer dizer — falou o especialista — que no sistema representado pelos guardiões realmente existe uma hierarquia? E como fica Miguel, apresentado como sendo o príncipe dos exércitos?[1]

Jamar respondeu de modo pausado, ainda um pouco lento em suas observações; não era esse exatamente seu estilo, mas provavelmente a mudança se devesse ao recente mergulho no passado espiritual do planeta, quando trouxe à tona memórias de nosso mundo.

— Ao considerar a vida espiritual de nosso planeta, não podemos ignorar que houve várias revelações ao longo da história humana, as quais têm imenso valor ainda hoje, em pleno século XXI, mesmo para nós, espíritos que habitamos uma dimensão diferente daquela onde militam os povos da Terra. O livro considerado sagrado pelas religiões originárias do tronco do cristianismo já menciona as diversas hierarquias espirituais, desde os arcanjos, querubins, serafins

[1] Cf. Dn 10:13,21; 12:1; Jd 1:9; Ap 12:7.

e anjos, aos principados, potestades, tronos e reinos.

Jamar falava numa linguagem bastante fácil de ser compreendida por todos ali presentes, inclusive pelos seres das estrelas, que acompanhavam com nítido interesse as explicações, até porque foram eles que auxiliaram o guardião a penetrar na história da humanidade, capacitando-o a fazer uma retrospectiva do trabalho dos guardiões no planeta Terra. Às cenas que viu, Jamar acrescentou a cultura espiritual que acumulou no decorrer do tempo, mais um motivo para que os próprios seres do espaço dessem atenção às formas e figuras de linguagem presentes nas explicações:

— A fim de evitar a criação de outra nomenclatura, o que exigiria estabelecer novas convenções, usarei o mesmo vocabulário secularmente presente no chamado livro sagrado, a Bíblia. No Ocidente, todos, inclusive os que adotam outras terminologias, conseguem lhe captar o significado, já que é empregado desde os séculos e milênios que antecedem a própria Bíblia. Nesse contexto, Miguel é o único arcanjo[2] apresentado ao mundo. Por si só, esse fato já poderia ser suficiente para demonstrar que o príncipe dos

[2] Cf. Jd 1:9.

exércitos é o marco sempre associado aos conceitos de justiça e equidade — quanto mais para nós, que temos acesso a outras revelações espirituais além daquelas contidas nesse livro sagrado. Quando suas páginas o apresentam, Miguel aparece como um dos emissários diretos do governo oculto do mundo, justificando, portanto, o grau hierárquico que lhe é concedido, de arcanjo.

"A Bíblia fala em uma quantidade inumerável de seres angélicos como sendo os guardiões da humanidade.[3] Contudo, em razão da técnica utilizada pelos autores sagrados para evitar promover a adoração de seres espirituais por parte dos homens daqueles tempos, somente dois nomes de seres mais expressivos na história da humanidade, seres espirituais, dão-se a conhecer. É exatamente o nome de Miguel, que é muito representativo no contexto espiritual da humanidade terrestre, além de Gabriel.[4] Ao passo que Miguel é anunciado invariavelmente em meio a conflitos ou à defesa dos ideais da humanidade, Gabriel é quem apresenta para o profeta Daniel a sucessão dos eventos mundiais

[3] Cf. 1Rs 22:19; Sl 68:17; 148:2; Dn 7:9-10; Ap 5:11.

[4] Cf. Dn 8:16-17; 9:21; Lc 1:26.

no palco do planeta.[5] É também Gabriel quem anuncia um dos eventos mais importantes da história da humanidade, nada menos do que o nascimento do enviado de Deus, Jesus.[6] No islamismo, é Gabriel quem revela o Corão a Maomé, e esse importantíssimo emissário da vida espiritual da Terra, no que tange aos eventos históricos, aparece também na fé Bahá'í.

"Portanto, não se pode deixar de lado o fato de que há uma hierarquia espiritual que precede o desenrolar dos acontecimentos no mundo físico, da própria história conhecida pelos humanos encarnados. Segundo os testemunhos escatológicos do Novo Testamento, no livro Apocalipse, é o próprio Miguel quem conduz a derrocada das forças do mal, representadas por Satã, numa linguagem simbólica e educativa.[7] É ele, o chamado príncipe dos exércitos celestes, que, segundo o texto apocalíptico,[8] retorna com o próprio Cristo ao planeta, a fim de coordenar os demais guar-

[5] Dn 9:24-27.

[6] Cf. Lc 1:19.

[7] Cf. Ap 12:7-9.

[8] Cf. Ap 20:1-2 (cf. Ap 5:2-9).

diões do bem da humanidade durante o processo de juízo tanto dos espíritos da Terra quanto daqueles que se colocaram, desde épocas imemoriais, contra os princípios da justiça e da lei geral que regula a evolução no cosmos. É a hoste de anjos bons,[9] conforme falam os livros sagrados."

Jamar notou como sua fala causara um impacto positivo sobre todos nós, os espíritos da Terra. Talvez alguém esperasse um vocabulário recheado de conceitos científicos de difícil compreensão, mas o guardião surpreendeu e usou palavreado e conceitos familiares a diversas culturas do planeta.

— Em meio a tão poucas referências aos nomes dos guardiões do Invisível — continuou ele —, Miguel é o único em toda a Bíblia, e também nos textos de outras religiões, apresentado como arcanjo ou anjo principal.

"A par do evidente lugar na hierarquia ocupado por esse emissário da lei divina, é-nos apresentada a ideia de que todas as nações têm o próprio guardião ou anjo protetor.[10] Em suma, no Novo Testamento, segundo o pró-

[9] Cf. Ap 5:11.

[10] Cf. Dn 10:13,30-21.

prio Cordeiro, os anjos guardiões são associados à justiça suprema,[11] e assim são apresentados em diversos momentos pelo próprio Jesus. Ao inaugurar uma nova etapa, a do Reino sobre a Terra, fala que poderia contar com mais de 12 legiões de anjos para o livrarem, caso quisesse;[12] diz que os anjos estarão com ele quando voltar à Terra,[13] associando a presença desses seres aos eventos escatológicos, que definem o juízo da humanidade terrestre. Diz mais ainda: que serão esses seres os ceifeiros,[14] isto é, que é essa categoria de espíritos que ajuntará os eleitos,[15] o que já está em andamento na Terra; por fim, que são esses representantes da soberana vontade que separarão os ímpios dos justos.[16]

"Como se pode notar, essa hierarquia, exposta de maneira clara pelo próprio Cristo e registrada nos livros dos diversos autores bíblicos e de outras religiões importantes

[11] Cf. Ap 15:4.

[12] Cf. Mt 26:53.

[13] Cf. Mt 25:31; Ap 14.

[14] Cf. Mt 13:39.

[15] Cf. Mt 24:31.

[16] Cf. Mt 13:41,49.

no mundo, constitui uma realidade espiritual. Por isso, respeitamos Miguel como aquele que administra a justiça divina para os povos do planeta. Afinal, não se pode imaginar que o mestre da humanidade estivesse falando dessa legião de trabalhadores e representantes da política divina apenas para acomodar-se a crendices populares ou a superstições da época. São tão variados e abundantes os relatos do próprio Cristo nas páginas do Evangelho que, mesmo na hipótese de se rejeitarem certos fatos concernentes à arquitetura de poderes e principados nos bastidores da vida, ao menos é forçoso admitir, pelas palavras dos Evangelhos, que o Cristo respeita essa hierarquia espiritual.

"Sob a orientação de Miguel, foram os espíritos dos guardiões ou anjos da justiça que anunciaram a nova era,[17] a partir do nascimento do Cordeiro. Foi ele quem, segundo os registros siderais, coordenou a vinda das legiões de seres espirituais para o mundo por ocasião do nascimento do Cordeiro — os quais, mais tarde, fortaleceram o Cristo durante o episódio da tentação e deram-lhe atenção.[18] Os

[17] Cf. Mt 1:20.

[18] Cf. Mt 4:11.

guardiões da humanidade, cuja existência é atestada nos Evangelhos e no Apocalipse como sendo os exércitos do céus,[19] estavam preparados para defendê-lo com suas legiões. A presença deles é registrada na entrada do sepulcro que abrigou o corpo físico do Cordeiro após a morte,[20] assim como foram os guardiões de Miguel que anunciaram a ressurreição.[21] Como se não bastasse, orientaram os primeiros cristãos nos momentos de perigo, livraram-nos das prisões,[22] envolveram-se com as diversas nações e seus governantes ao longo da história e, por fim, são apresentados como agentes de Deus nos momentos finais deste período histórico, quando o mundo passará para uma etapa de regeneração.

"Levando-se tudo isso em conta, podemos chegar a uma conclusão. Se, nas palavras do maior representante do país das estrelas, o ministério, o serviço e a assistência da equipe de guardiões do bem faz jus a tamanho destaque, é

[19] Cf. Mt 18:10; Ap 9:16.

[20] Cf. Lc 24:4.

[21] Cf. Mt 28:2-7.

[22] Cf. At 5:19; 12:7 etc.

de se pensar quanto o assunto merece ser compreendido e considerado, especialmente neste momento grave que o mundo espiritual atravessa."

Jamar falava tomado de profundo sentimento de devoção, envolvimento e fortíssimas convicções:

— Aprofundando o pensamento — ainda em conformidade com o vocabulário bíblico, apenas para facilitar-nos a compreensão —, é possível afirmar que as igrejas ou religiões do mundo têm seu guardião ou, com mais acerto, quem sabe, possamos dizer que existe uma categoria ou hierarquia de guardiões responsáveis pelos agrupamentos religiosos, como esclarece o livro profético.[23] Atendo-nos apenas aos escritos ditados pelo próprio Cristo[24] ao médium João na ilha de Patmos, já se pode concluir que o grande drama milenar da humanidade envolve, na verdade, muito mais do que aquilo que é visto pelos olhos comuns dos encarnados. O drama milenar ou o conflito dos séculos, cujos lances estão em andamento na atualidade do planeta Terra, é uma história que envolve espíritos: os agentes do

[23] Ap 1:20; 2:8,12,18; 3:1,7,14.

[24] Cf. Ap 1:1,10-11.

caos e os agentes da ordem; as legiões chamadas luciferinas e os exércitos de Miguel. Para observar com maior clareza esse fato, basta estudar o último livro da Bíblia com atenção e se perceberá como o Cristo inseriu em todo o contexto da história humana a presença de seres espirituais que hoje conhecemos como guardiões do bem e da justiça.

"Nas Escrituras, a hierarquia de guardiões é apresentada como uma organização dividida em *principados, poderes* ou *potências, tronos* e *domínios.*[25] Essa classificação é muito clara nos autores neotestamentários e condiz com a realidade que observamos do lado de cá da vida. Cada grupo tem sua especialidade, exerce determinada função. Os guardiões se revelam peritos no trato com os problemas e desafios da humanidade terrestre e extraterrestre no tocante às questões da justiça. E digo extraterrestre porque se lê no livro profético, assim como atestam as palavras do nosso irmão das estrelas aqui presente, que existem seres de conformação diferente da que tem o homem da Terra a interagir com nosso orbe. Trata-se dos 24 anciãos ou seres mais experientes que a humanidade, bem como dos 4

[25] Cf. Rm 8:38; Ef 1:21; 3:10; Cl 1:16; 2:15; 1Pe 3:22.

seres viventes[26] — repare que o livro Apocalipse fala de seres *viventes*, e não *humanos*, como indicativo de que ostentam aspecto muito diverso daquele que os seres humanos da Terra apresentam.

"Além de todas essas considerações, o último livro da Bíblia informa-nos sobre uma batalha iniciada nas regiões celestiais,[27] ou seja, fora dos domínios materiais do mundo físico ou mesmo entre as estrelas, conforme sugere o texto sagrado. Essa alusão ao grande conflito milenar é muito importante quando se sabe que tudo o que ocorre na Terra importa diretamente aos filhos das estrelas. Ou seja, caso o planeta sofra alguma ação devastadora, seja através de uma guerra nuclear ou de outra forma qualquer, isso afetaria diretamente o sistema de vida do cosmos. Não ignoramos que tudo se encontra ligado por fios invisíveis aos olhos humanos; por conseguinte, tudo o que acontece com a Terra dispara um tipo de efeito dominó por outros recantos do universo ou, pelo menos, na galáxia da qual fazemos parte. Essa realidade explica por que os guardiões, num trabalho

[26] Cf. Ap 4:4,6,8-10; 5:5-8,11,14; 6:1,6; 7:11,13; 11:16; 14:3; 15:7; 19:4.

[27] Cf. Ap 12:3-4,7.

muitíssimo mais amplo do que geralmente imaginamos em nossa restrita visão da realidade, ocupam-se com dimensões, planetas, sistemas estelares e até galáxias inteiras.

"Sob esse ponto de vista, entendemos que os guardiões são mais do que espíritos representantes da lei suprema; são também — e principalmente — uma força, uma energia de ação, uma face da lei soberana, que regula o equilíbrio entre as forças representativas do caos e da ordem, onde quer que se manifestem."

Jamar pareceu dar uma pausa em seu pensamento. À nossa volta, imagens do contexto cósmico do trabalho dos guardiões projetavam-se vivamente. E talvez devido à ação do visitante do espaço, à influência de seu pensamento mais adestrado, os presentes recebiam o influxo de imagens e paisagens também na própria mente, além de perceberem o perfil espiritual e sideral de personagens e energias, forças e hierarquias ligadas ao poder vibratório dos guardiões da lei e da justiça.

— Conforme nos falou o ancião do espaço, bem como segundo depreendemos dos relatos bíblicos — continuou o amigo Jamar —, podemos perceber que essa força ou potência, que se dá a conhecer como uma entidade ou como hierarquias que denominamos guardiões, encontra-se presente em todos os entroncamentos vibratórios do universo. Acha-se representada, de alguma maneira e por espíritos experientes, onde quer que se manifestem conflitos, nos locais onde se detectam entrechoques de energia, desde o recanto mais longínquo do universo, em distâncias incomensuráveis para os humanos, até as encruzilhadas emocionais e da vida em geral, no cotidiano das pessoas. Neste último caso, manifesta-se na figura dos conhecidos exus da tradição africana, geralmente muito mal compreendidos em seu papel de organizadores das correntes de pensamento e dos fluxos vibracionais. Sem falar, é claro, no papel importante que desempenham na esfera de ação a que estão associados, que diz respeito ao estabelecimento e à manutenção da ordem e da disciplina nos domínios mais próximos dos homens. Conforme se vê, a cadeia composta pelos diversos níveis hierárquicos dos guardiões é bastante ampla, considerando-se as diversas especialidades das equipes que dela fazem parte."

Jamar não poderia ter sido mais claro. As palavras e o pensamento que irradiava eram tão intensos e cheios de cor e vibração, de significado e conhecimento, que os próprios especialistas presentes logo adotaram a postura mental e emocional do guardião. Reverência pela vida, profunda submissão ao pensamento diretor do universo e, sobretudo, comprometimento e firmeza de propósitos inquebrantável, a serviço da humanidade terrestre, eram os sentimentos que permearam a todos naquele instante.

Após a exposição de Jamar, Anton, um dos maiores representantes da lei e da ordem à frente dos guardiões, alguém diretamente ligado ao governo oculto do mundo, tomou a palavra, talvez para complementar:

— Temos de considerar algo mais, meus amigos. Nós, que, segundo nossa própria classificação, integramos o primeiro comando dos guardiões, não somos muito conhecidos pelos habitantes do planeta, nem mesmo pelos que se dizem mais espiritualizados. Grande parte dos religiosos e espiritualistas está muito restrita a seu próprio meio, ao campo de atividades onde atua — que, embora frequentemente marcado pela abnegação e pelo altruísmo, costuma ser pouco abrangente. Geralmente, desconhecem a rede de atividades mais intensa e importante dos guardiões superiores. Como vocês sabem, ocupamo-nos de questões mais globais e ambientais — estas, no sentido mais cósmico do que limitado ao aspecto da biologia e do clima do planeta, em sua feição puramente física. Lidamos com ações que possam preservar e perpetuar a vida no planeta, em todas as suas dimensões, inclusive a física. Aqueles que têm notícias acerca de nossa atuação ainda não nos podem compreender o modo de existir, a maneira de trabalhar, tampouco os mecanismos que envolvem nossas atividades, nos bastidores da vida.

"Sendo assim, prosseguiremos de modo oculto, ainda, até que seja necessária uma intervenção mais direta ou enfática de nossa parte, até mesmo associados aos amigos das estrelas, tendo em vista o que falamos a respeito dos seres de outros mundos, que nos auxiliam neste momento de transição pelo qual o planeta passa. É sabido que contamos com o apoio e a supervisão deles nos momentos de reurbanização da Europa, após as grandes guerras do século XX, quando vasto contingente de espíritos foi alocado em outros continentes. Esse auxílio foi realizado a princípio timidamente, mas de modo cada vez mais ostensivo pelos irmãos de outros mundos, e agora se faz novamente presente, uma vez que enfrentaremos um período de resgates coletivos, de desafios mais amplos. Acima de tudo, a ajuda se intensifica por estarmos em meio ao processo seletivo dos espíritos da Terra e, nesse assunto, os irmãos do espaço são nossa máxima referência.

"Não ignoramos que eles já viveram momentos como este que atravessamos em nosso mundo. Especialmente estes amigos — apontou Anton em direção aos visitantes estelares —, os quais estão conosco na dimensão extrafísica de nosso satélite natural, já enfrentaram processos de transmigração em seus mundos de origem, já passaram por juízos gerais, periódicos, escatológicos e, por isso mesmo, estão aptos a compartilhar experiências com os guardiões da Terra. Neste momento em que considerável parcela da humanidade encarnada e desencarnada adentrará um período de maior intensidade em sua história, em todos os sentidos, a supervisão de guardiões das estrelas é muito bem-vinda ao nosso mundo e à nossa organização.

"O processo de transição de eras já começou e, à medida que o tempo corre, as batalhas e os desafios se intensificarão, até que tudo esteja transformado. Mas, até lá, teremos pelo menos mil anos de trabalho pela frente, reconstruindo a civilização sobre novas bases. Enfim, meus amigos, o mundo ideal, as pessoas ideais e os valores ideais ainda estão distantes da nossa realidade. Aguarda-nos muito trabalho; não nos enganemos a esse respeito."

Q

**UANDO O GUARDIÃO** Jamar fez a imersão no passado, durante os momentos em que sua mente esteve sob o impacto das emoções e dos acontecimentos vivenciados no alvorecer da história da humanidade, naturalmente ele se ressentiu, e suas energias foram afetadas pelas situações e emoções experimentadas. Entrar em sintonia com outra mente, mesmo que visando a finalidades construtivas e de estudo, implica algum desgaste, por mínimo que seja, pelo menos no momento de compartilhar experiências, fluidos e, principalmente, emoções. Dividir boas lembranças e memórias que auxiliem a busca do conhecimento faz nascer certa gratidão, além de gerar satisfação e plenitude espiritual. Contudo, não se pode ignorar o desgaste que emoções intensas provocam, uma vez que não se partilham apenas alegrias, mas também conflitos, inerentes à caminhada de todo espírito. E a história humana e universal é repleta de conflitos.

No momento em que se aborda o passado da humanidade, o advento de seres extraterrestres nos processos de transmigração planetária, naturalmente evocam-se conflitos de toda sorte. Desde situações mal resolvidas, de cunho pessoal, até eventos cósmicos que, embora todo o conhecimento espiritual que se possa ter a seu respeito, ainda guardam pormenores desconhecidos. Talvez alguns possam considerar que conhecer detalhes acerca de situações que estão a anos-luz de nosso interesse imediato pode se confundir com a chamada cultura inútil. Além disso, ao revisitar a história humana por meio da imersão temporária nos registros da memória alheia, é importante levar em conta que encontramos a visão daquele que compartilha os eventos, isto é, uma espécie de depoimento, que evidentemente se dá sob seu prisma particular, e revela seu lado da verdade.

Ouso perguntar: será que alguém já se dispôs, como pesquisador, a ouvir o que os espíritos da oposição têm a dizer sobre a filosofia de vida que adotam, procurando conhecer a ótica deles a respeito de nossas verdades, do método que usamos para administrar a política espiritual com a qual nos identificamos?

Penso que conflitos existem e existirão, onde quer que haja desafios. E estabelecer contato com seres que já vivenciaram o processo de expurgo planetário por certo é travar contato com traumas, conflitos existenciais, sociais e cósmicos de grande magnitude. Dessa forma, o espírito mais preparado, considerado elevado e esclarecido em nosso meio, ainda assim, está longe de alcançar a sabedoria, em toda sua extensão.

Com Jamar não ocorreu diferente. Como um espírito humano, e humano na verdadeira acepção do termo, o guardião se abalou ao entrar em sintonia com as emoções e o significado que aqueles eventos tinham para o espírito que compartilhou com ele as impressões.

Após uma semana de refazimento, de repouso, o guardião retomou seus estudos e observações. Desta vez, foi convidado a retornar ao panorama mais próximo da Crosta a fim de participar de um encontro promovido por Watab, seu amigo, que agora ocupava sua posição anterior, como chefe dos guardiões da noite. Esse espírito, de origem e aspecto africano, promovia uma excursão a determinados ambientes religiosos, principalmente no Brasil. Compareceria a um encontro de líderes dos novos espíritos admitidos no colégio dos guardiões, uma espécie de universidade livre, na qual os seres que trabalhariam como sentinelas do bem se submeteriam a longo período de preparação, estudando diversas questões relativas à nova atividade. O convite de Watab veio em boa hora, pois assim Jamar poderia reencontrar o velho amigo Pai João, que acompanharia a excursão de aprendizado com os novos líderes dos guardiões da noite.

E foi assim que ambos se reencontraram no ambiente da cidade dos guardiões, localizada em região bem próxima da Crosta, num local denominado por muitos espiritualistas de umbral. Na verdade, trata-se de uma dimensão localizada na chamada *zona de libração* ou limiar entre duas dimensões: as regiões mais densas e a dimensão espiritual. Nesse plano astral ou emocional todos os instintos, emoções e pensamentos desorganizados tomam forma de maneira impressionante, povoando a paisagem natural daquele mundo com o resultado das criações mentais inferiores, das emoções oscilantes e em ebulição dos habitantes do mundo astral, cuja densidade pode ser classificada como semimaterial. Erguem-se aí postos de socorro, cidadelas, metrópoles inteiras da civilização extrafísica, além de se esconderem aí, nos intricados desfiladeiros e vales mais sombrios, as escolas iniciáticas de magos negros, os postos de observação e laboratórios de entidades perversas e de conduta duvidosa.

Como não podia deixar de ser, é também ali a localização mais apropriada para uma das mais importantes bases de apoio dos guardiões da luz. Uma vez que os espíritos que comporão a falange dos guardiões necessariamente devem lidar com entidades de variado padrão energético e vibratório, e precisam envolver-se nos fluidos mais densos e muitas vezes perniciosos, a fim de defenderem os ideais da humanidade renovada, esse ambiente é dos lugares que melhor oferece condições para prepará-los e treiná-los. O umbral é a maior escola das inteligências a serviço da humanidade.

Pretender lidar apenas com espíritos superiores e viver com o pensamento em regiões sublimes pode redundar em enorme decepção para aqueles que vivem de maneira mística. Os espíritos mais elevados deixaram o céu há muito tempo. Em outras palavras, os céus estão vazios, pois aqueles que se colocaram a serviço da política do Reino, da filosofia de vida do divino Cordeiro, desceram para as regiões sombrias, no intuito de trabalhar duramente pela renovação, reurbanização e reacomodação da humanidade desencarnada, visando realizar ampla limpeza energética, fluídica e quase material no ambiente próximo à Crosta. É hora de trabalho — e trabalho árduo. Trabalho prazeroso, que provoca imensa satisfação naqueles que querem ver o mundo diferente e melhor.

Jamar descia vibratoriamente ao encontro de Pai João quando avistou uma figura no mínimo exótica. Um homem caminhava, porém dando mostras de que o fazia com grande dificuldade. A seu lado, outra pessoa, que parecia ter alguma deficiência, mostrava a aparência de um morador de rua, costumeiramente visto pelas cidades dos homens. Ao aproximar-se dos dois espíritos de aspecto quase doentio, sujos e com o rosto seriamente marcado por rugas profundas, notou em um deles uma espécie de cicatriz, que descia do lado esquerdo, como se houvesse sofrido algum ferimento grave que se curara, mas não sem deixar o sinal nada agradável de se observar. Para compor o quadro, um dos homens exalava um cheiro ruim, próprio de pessoas há muito sem se banhar.

Jamar passava pelo local acompanhado de cinco guardiões, dois deles estudantes do colegiado. Ao ver os dois seres de aspecto rude, deixou os guardiões que o acompanhavam e adiantou os passos, pisando firme no solo lodoso da região sombria. Ao longe, a figura de Pai João aproximava-se também, vindo da cidade das estrelas, a Aruanda, de onde partia para as tarefas noutras regiões. Jamar pediu a atenção dos dois seres e logo entabulou uma conversa com ambos:

— Que bom revê-los por aqui, meus amigos!

— Estamos a caminho das regiões sombrias, Jamar. Soubemos de sua promoção a trabalhos mais expressivos — falou um dos homens, que andava mancando, com dificuldade.

— Espero poder contar com a ajuda de vocês. Preciso estudar muito a fim de corresponder ao investimento de Miguel e de Anton. Além disso, é claro, eu mesmo serei o maior beneficiado.

— Você conseguiu em pouco tempo o que a média dos humanos consegue em séculos, meu filho — falou o homem de cabelos longos, sujos e crespos, com uma voz rouca, quase gutural.

Enquanto conversavam, Pai João aproximou-se dos três, compondo o grupo de seres de aparência tão diversa:

— Fico feliz por reencontrá-los, meus amigos — disse o pai-velho sorridente, embora o local não oferecesse nada de agradável. — Assim que me desincumbir de uma tarefa junto aos guardiões, estarei junto com vocês. Tenho um desafio apresentado por Watab, que nos aguarda no colegiado.

Como se respondesse ao comentário feito anteriormente a seu respeito, Jamar acrescentou:

— Depois de pouco mais de 8 décadas junto aos guardiões da noite, tive a honra de ser convidado por Miguel.

Pai João acrescentou, como se tivesse ouvido a conversa anterior entre os três:

— As notícias correm longe, pois todos na Aruanda já sabem disso. Ângelo, é claro, já publicou algo a respeito no *Correio dos Imortais* — referindo-se ao periódico da Aruanda.

— Mas vamos lá, meu amigos — tornou um dos espíritos. — Temos algumas orientações para vocês. — Ao falar assim, retirou uma espécie de embrulho pequeno de um embornal, uma bolsa muito suja que carregava consigo. Era um documento qualquer, um tipo de papel com algumas frases, o qual entregou a Jamar.

Emocionado, o guardião olhou para Pai João e agradeceu, imensamente reconhecido pelas orientações recebidas ali, num dos recantos mais obscuros do mundo astral, das mãos das próprias entidades que aprendera a venerar e admirar. Os dois espíritos, meneando a cabeça para Jamar e Pai João, prosseguiram rumo a novas tarefas, em regiões ignotas do submundo. Jamar voltou-se para os outros guardiões que o acompanhavam; juntamente com Pai João, encaminharam-se para a cidade onde se localizava o colégio dos filhos da luz.

Após um percurso mais ou menos longo em meio à matéria poeirenta daquela região, e pulando aqui e acolá para se livrarem de pedras pontiagudas e de espinheiros que compunham a paisagem estranha daquelas paragens, um dos guardiões, intrigado e ao mesmo tempo incomodado com o encontro entre Jamar e os dois espíritos — que, para ele, tinham aparência horrenda —, pediu permissão para perguntar, antes que chegassem ao local onde se reuniam os guardiões de Watab:

— Perdoe-me, senhor — falou, quase gaguejando. — Mas poderia me esclarecer algo que me incomoda bastante? Desculpe, não queria me intrometer em seus pensamentos, contudo...

— Fale, meu amigo — respondeu Jamar, olhando ora para Pai João, ora para o guardião completamente sem graça.

— Não pudemos evitar perceber sua conversa com os dois espíritos tão diferentes de nós, tanto na aparência quanto na vibração. E vimos que vocês receberam orientações deles... Não entendo! — falou, olhando para os demais guardiões, como quem expressasse o incômodo geral com a situação.

— Ah! Aqueles espíritos? São velhos amigos nossos: Estêvão e Zarthú. Estão a caminho de outras regiões do submundo. Eles são emissários do Alto e nos orientam, quando podem, em questões mais relevantes, que tenham a ver com o destino da humanidade...

O guardião não sabia o que dizer. Já ouvira falar de Zarthú e Estêvão, mas aqueles espíritos que vira eram totalmente diferentes do conceito que ele e os demais faziam acerca de espíritos superiores. Onde estava a aura radiante de ambos? E aquela aparência, tão humana, degradada, miserável mesmo?

Pai João riu gostosamente e prosseguiu com Jamar rumo à cidade de apoio dos guardiões. Os demais, que os seguiram, teriam agora muito que pensar e muitas ideias a refazer a respeito de conceitos como evolução, elevação espiritual, espíritos superiores e assemelhados.

Enfim, chegaram ao local onde encontrariam Watab e sua equipe. E ali se retemperaram da viagem longa e das dificuldades inerentes à inóspita paisagem. Quando Watab chegou ao salão onde se reuniam para determinar o alvo de suas ações, Pai João estava ao lado de Jamar e ambos observavam um mapa numa estrutura de cristal, o qual indicava o provável local para onde se dirigiriam.

— Que bom que vieram! — saudou Watab ao ver os dois amigos conversando e consultando o documento. — Assim ficaremos mais bem assessorados.

— Não poderia deixar de vir de forma alguma, meu filho — retrucou Pai João. — Você sabe quanto o assunto me interessa e creio mesmo que tenho algo a oferecer aos meninos — disse ele, referindo-se aos novos líderes dos guardiões.

— Estamos observando as indicações de lugares onde os novos líderes poderão obter o máximo de conhecimento com a ajuda de nosso João Cobú — falou Jamar.

Depois de consultar detalhadamente o mapa, Pai João principiou, sugerindo o local onde poderiam visitar na próxima noite.

— Como você deseja maiores informações sobre o mito de exu tanto no candomblé quanto na umbanda, sugiro, Watab, meu filho, que não demoremos muito. Amanhã à noite haverá uma sessão em determinado barracão de candomblé numa cidade próxima a Salvador, na Bahia. Acredito que lá poderemos obter alguns detalhes para que os novos guardiões possam formar uma ideia melhor sobre os exus, e como são vistos em sua feição de sentinelas desses agrupamentos, nesse importante núcleo do candomblé. Mais tarde, iremos a um segmento da umbanda; lá, também, colheremos informações sobre o tema.

Jamar trouxera detalhes sobre os guardiões superiores em sua imersão ao passado. Agora, deveriam conhecer alguma coisa dos espíritos classificados como sentinelas ou conhecidos como a polícia do astral.

— Não fiquei sabendo, ainda, de sua viagem no tempo, meu amigo! — exclamou Watab, como que aguardando algum tipo de revelação.

— Não se preocupe, pois Ângelo se incumbirá de transmitir tudo a você e aos demais. Quem sabe encontremos algum tempinho para conversar e possa lhe passar pessoalmente alguns detalhes?

Watab ficou bastante entusiasmado com a perspectiva de conhecer algo mais a respeito da estrutura dos guardiões. Mas não quis perder tempo ali, pois teriam uma boa caminhada pela frente. Chamou os dois amigos e se dirigiram a um salão onde eu já os aguardava.

— Convidei Ângelo para nos acompanhar, pois, pelo trabalho que desenvolveu junto aos nossos agentes na Crosta, creio que o tema muito possa lhe interessar — explicou Watab.

— Vamos, meu filho, pois teremos de vencer uma tempestade de energias que poderá atrasar nossa excursão — Pai João comentou, a respeito da sua preocupação quanto aos fluidos densos daquela dimensão.

Após reunir os líderes dos guardiões e Pai João fazer as devidas recomendações quanto às atitudes de segurança e a como se comportar no ambiente aonde iriam, todos saíram pelo pátio principal do colégio.

Uma luminosidade pálida parecia ser a principal fonte de luz naquelas regiões inóspitas, embora, na cidade propriamente dita, os guardiões houvessem criado uma espécie de sol artificial, que produzia luz e calor para toda a comunidade astral. O aparato tecnológico erguia-se acima da cidade dos guardiões, de maneira a chamar a atenção de quem passasse por aquelas paragens. Suspenso por forças gravitacionais produzidas a partir de alta tecnologia, o equipamento irradiava uma luz muito parecida com a do Sol, embora em intensidade bem menor. Era tal a suavidade da luz e o aconchego por ela proporcionado que era possível ter a impressão de que se estava numa cidade em planos menos densos. Porém, os guardiões não ignoravam que ali, onde a cidade estava incrustada, a natureza era sobremaneira inquieta, insólita e assustadora. Era uma região muito próxima da dimensão dos homens; por isso mesmo, as formas-pensamento aderiam com facilidade às construções astrais, o que obrigava a equipe a ficar de prontidão, revezando-se em turnos, a fim de evitar que a toxicidade das formas mentais produzidas tanto por encarnados como por desencarnados viesse a corroer a estrutura delicadíssima da matéria astral na qual eram erguidas as construções da cidade.

Viam-se escadarias montanha acima. Em cima das montanhas, destacamentos de guardiões montavam guarda, vigiando atentamente os arredores; afinal, ali estava longe de ser um céu. Pairava sobre eles a ameaça constante de um ataque repentino de forças contrárias e de opositores do Cordeiro.

Os guardiões jamais menosprezavam o quesito segurança, pois a própria razão de ser dessa imensa equipe de servidores da luz estava eminentemente associada a esse fator. Se dormiam, o faziam com um olho só, enquanto o outro permanecia aberto — como brincavam os sentinelas entre si. Os sentidos estavam constantemente em alerta, com a atenção voltada a cada detalhe, a cada sombra e a cada vulto, fossem de animais, homens ou formas mentais invasivas. Aliás, esta era uma das falas preferidas de Watab: estar alerta sempre, estar sempre acordado, jamais descuidar da segurança, em hipótese alguma confiar que tudo está tranquilo. A Terra ainda não era um paraíso e, enquanto isso fosse verdade, estariam de prontidão, cônscios de seu papel como um destacamento dos poderosos guardiões a serviço da suprema lei.

No que concerne ao trabalho dos servidores da luz no plano físico, enquanto encarnados, os guardiões também não dormem jamais. O simples fato de estar imerso na carne oferece grande risco para os agentes da justiça e da misericórdia divina, já que, muitas vezes, acabam por se distrair do foco central de suas vidas e das metas traçadas antes do mergulho no mundo físico. São humanos e, por isso mesmo, passíveis de muitos erros, próprios da caminhada. Em razão disso, os guardiões ficam atentos para preservar seus aliados de certos tropeços no caminho, tais como ataques energéticos, emocionais ou espirituais que possam causar impacto devastador sobre suas vidas. Entretanto, não podem tudo, não evitam tudo, pois, entre eles, os guardiões, sabe-se que sem a parceria e a participação de seus protegidos não há como preservá-los indefinidamente dos riscos se a eles se expõem repetidas vezes. Ou seja: o trabalho é de parceria. Sem imposições, mas sem tirar das pessoas que merecem assistência a oportunidade de vivenciar situações que lhes possam trazer algum aprendizado ou conhecimento, mesmo que tais experiências sejam amargas, algumas vezes.

Uma vez que são agentes da lei e da justiça, há outra coisa que jamais podem fazer: evitar que seus pupilos ou auxiliares no Invisível enfrentem a justa medida e as consequências de seus atos. Como todos estamos inseridos no concerto da lei de causa e efeito, muitas coisas boas e outras consideradas ruins ocorrem como produto de nossas ações no passado; dessa realidade não há como escapar. Diante das colheitas individuais ou coletivas inseridas no contexto cármico, nem os guardiões, nem os chamados anjos protetores, mentores ou mestres podem impedir que seus protegidos recolham da vida a medida exata do que semearam. O que podem fazer é poupá-los daquilo que não está programado ou que seja desnecessário vivenciar, desde que o indivíduo busque sintonia com eles e tome as devidas medidas de segurança emocional, mental e até mesmo física. É preciso saber que, do lado de cá da vida, não há mágica, mas seres que, embora invisíveis, operam também dentro dos limites impostos pela suprema lei. Esta faz com que todos, em qualquer dimensão, sejam tratados sem privilégio e sem paternalismo, independentemente do trabalho que realizem ou da importância que julguem ter no contexto geral.

**O som dos** atabaques parecia irradiar por todos os lados, mas, na dimensão onde nos encontrávamos, produziam um efeito que dificilmente os encarnados conseguiriam imaginar. As vibrações dos tambores em ritmo cadenciado, aliadas ao cântico que os adeptos entoavam, repercutiam no ar à nossa volta de maneira incomum. Fluidos daninhos, muitas vezes contaminados, formas-pensamento desorganizadas ou malsãs, larvas astrais e outras criações mentais das pessoas ali presentes eram levados do ambiente, como se rajadas de vento os expulsassem. Mas eram apenas o vibrar dos atabaques, do som por eles emitido, e a música cantada num idioma diferente que causavam movimento na atmosfera astral. Não havia nenhum espírito a projetar sua força mental sobre os fluidos do ambiente; era pura e simplesmente a repercussão dos cânticos e do ritual. Algo puramente mecânico. Será que os adeptos tinham consciência do que ocorria? Saberiam do efeito dos cânticos sobre os fluidos da natureza astral?

Pai João sabia das minhas considerações, mas preferiu ficar em silêncio. Creio que me deixaria descobrir por mim mesmo. Aproximamo-nos devagar, com muito respeito, do ambiente do barracão de candomblé. Era um candomblé de raiz, muito representativo da cultura africana.

Fora do barracão, à esquerda, uma construção havia sido erguida. Para lá se dirigia um dos adeptos do culto, que trazia nas mãos algo que eu desconhecia. Uma vela acesa iluminava tanto o ambiente físico em torno do rapaz quanto sua própria aura, que parecia estar impregnada das irradiações da vela em si. Era puramente um objeto material, mas o que eu via era qualquer coisa de diferente, uma espécie de fonte de energias, que se propagavam em nossa dimensão de maneira incomum. A aura do rapaz parecia absorver tanto as reverberações luminosas emitidas pela vela quanto algo mais que dela emanava. E talvez porque minha observação fosse a mesma da maioria dos guardiões ali presentes, Pai João resolveu falar, respeitoso e reverente:

— Para os que trabalhamos em planos mais sutis, talvez o uso de elementos ou ferramentas como a vela seja considerado dispensável, uma vez que manipulamos certas energias na fonte da natureza etérica e astral. Porém, meus filhos, temos de considerar a cultura africana e também as crenças de nossos irmãos. Não podemos correr o risco de examinar ou julgar alguma coisa somente tendo por base nosso ponto de vista e aquilo que acreditamos. Como viemos até aqui para estudar a ação dos guardiões na vida de nossos irmãos, teremos de fazê-lo sob outro prisma, segundo suas crenças e sua cultura.

Pai João falava e, ao mesmo tempo, demonstrava em suas palavras profundo respeito pelo que ocorria à nossa volta.

— Não vamos nos aprofundar na cultura africana ou nos ensinamentos do candomblé, pois esse não é nosso objetivo. Precisamos entender como a concepção do trabalho dos guardiões funciona em determinadas comunidades. O rapaz que observam carrega o *padê* de exu e está *despachando* o guardião, segundo a crença de seu culto. A vela em suas mãos deixa de ser um simples aparato físico, pois além da luz que emite, de ordem puramente material, está impregnada das vibrações da fé dos nossos irmãos que se reúnem neste ambiente. Se, por um lado, sabemos que objetos materiais não exercem nenhuma influência sobre os espíritos,[1] não podemos dizer o mesmo da fé, das crenças pessoais ou das energias emanadas das pessoas, elementos que tornam os objetos materiais potentes transformadores elétricos, magnéticos, isto é, convertem-nos em condensadores energéticos de grande valia dentro do sistema de culto a que pertencem. As irradiações da vela não procedem da vela em si mesma, mas das energias mentais e emocionais aí aglutinadas, reunidas e condensadas. São o resultado da ação da mente dos adeptos sobre o objeto, sobre a vela, o que a faz emanar a substância que veem em seu entorno.

"Talvez possam entender isso sob um aspecto diferente" — falou Pai João olhando para Watab e Jamar, pois ambos sabiam que alguns dos guardiões estavam entrando em contato com o ambiente de um barracão de candomblé pela primeira vez. Como vinham estudando o trabalho dos guardiões em todas as dimensões onde atuavam, precisavam saber algo a respeito do mito em torno da entidade ou da força cósmica conhecida como exu pelos praticantes de certas religiões.

[1] Cf. KARDEC, Allan. *O livro dos espíritos*. 1ª ed. esp. Rio de Janeiro: FEB, 2005. p. 344-345, itens 553-554.

"Devemos, em outra oportunidade, estudar com mais detalhes certas leis da física e da eletrônica, a fim de entender melhor o que se passa aqui, em seus mínimos detalhes. Mas vejamos alguns aspectos. Aquilo que falei sobre *despachar exu* é algo dificilmente compreensível levando-se em conta somente o conhecimento e as práticas religiosas tradicionais do Ocidente. Mas, para nossos irmãos, isso se reveste de um imenso significado. Nenhum culto, nenhuma reunião importante dentro da cultura africana se realiza sem primeiro pedir a proteção da enigmática figura de exu, que representa o guardião do culto, da nação e, muitas vezes, o guardião individual responsável pelo bom andamento dos trabalhos. Reparem no que acontece ali" — falou, apontando a construção onde o rapaz se ajoelhava para depositar a vela e os demais apetrechos que trazia em suas mãos; ferramentas do culto, como ensinou Pai João.

Assim que o homem se ajoelhou, pronunciando algumas palavras em idioma africano e cantando baixinho, de maneira que somente nós pudemos ouvir, depositou a oferenda no chão, ao redor de alguns símbolos e ferramentas. Imediatamente, foi produzido um efeito que verdadeiramente nos espantou. Uma luminosidade a princípio fraca, mas imediatamente aumentando em intensidade, irradiou-se em torno da construção. De um e outro lado, vieram seres que, para minha visão, em particular, apresentavam formas um tanto quanto diferentes das nossas, dos seres humanos em geral. Emitiam um ruído particular, que parecia o som emitido pelos golfinhos. Era algo muitíssimo diferente de tudo o que eu vira até então.

Um dos guardiões se adiantou curioso, enquanto Jamar, Watab e Pai João permaneciam em silêncio, acompanhando o fenômeno. O guardião voltou seu olhar para João Cobú e perguntou, cheio de curiosidade:

— Que se passa aqui? Para mim, este fenômeno é muito semelhante ao que ocorre quando erguemos um campo de força tridimensional em torno de algum ambiente de trabalho ou de nossos agentes encarnados.

— É algo muito semelhante ao que ocorre aqui, meu filho. À parte alguns elementos que são próprios da crença de nossos irmãos, eles estão erguendo um campo de forças em torno do barracão. Ocorre que esse campo, ignorado por muitos dos adeptos, é formado pelas energias emanadas das próprias pessoas aqui presentes, da fé dos praticantes do culto. Tais irradiações, oriundas de sua fé, do poder de suas rezas e cânticos, fazem com que as energias acumuladas ao longo dos anos, naquilo que chamam de *assentamento de exu*, irradie-se em torno do ambiente.

"Mas aqui, particularmente — não ocorre o mesmo em todos os cultos dessa natureza, fez questão de esclarecer o pai-velho —, a personalidade de exu é, na verdade, aquilo que conhecemos como elementais. As entidades que vocês observam acorrendo ao chamado do nosso irmão são seres da natureza, empregados no culto com a finalidade de proteção energética. Por isso, a forma diferente que todos notaram. Os elementais são muito utilizados no culto do candomblé, mesmo que muitos zeladores de santo não saibam com o que estão lidando. Neste lugar, especialmente, exu também está associado à ideia dos antepassados, dos espíritos que fundaram o culto quando encarnados e, agora, zelam pelo bom andamento das atividades. A fim de garantir a segurança energética do ambiente, usam o conhecimento que possuem para chamar os elementais, seres da natureza, que respondem solícitos ao chamado ou à evocação feita. Entretanto, em alguns cultos existem variantes dignas de investigação e estudo."

Dando um tempo para nossas observações, Pai João

deu um passo atrás, ficando mais próximo de Jamar, que olhava com interesse. Se para este nada daquilo era novidade, para os novos líderes dos guardiões era algo no mínimo curioso. Notamos que, à medida que o homem à nossa frente cantava, mais e mais seres elementais vinham em sua direção. Enquanto isso, um espírito, que até então se mantivera quase escondido, disfarçando sua presença ao máximo, tornava-se agora mais visível, talvez percebendo nossa presença. Ele a tudo coordenava e fazia com que os elementais se colocassem em torno de todo o terreno onde se situava o barracão. Mas com frequência nos olhava de soslaio, talvez por não compreender nossa presença.

Uma luminosidade irradiada pelos elementais envolvia toda a construção. Os cânticos e o som dos atabaques não cessavam. Presenciávamos a formação de um campo de forças baseado pura e unicamente nas energias emanadas pela fé dos praticantes do culto, muito embora de alguma maneira fosse sustentado pela pilha energética constituída pelo chamado assentamento. Segundo Pai João explicou mais tarde, o que observávamos era produto de pura magia, pois os candomblés trabalham com a magia da natureza.

— Exu, aqui, na concepção desta raiz africana, neste culto em particular, é a força ou o polo negativo, o que não significa ruim; está em oposição aos orixás, que representam o polo positivo. Ele é uma espécie de guardião, mas não é tido, em nenhum momento, como o espírito de alguém que já tenha vivido sobre a Terra. Exu, neste culto, é uma força divina, cósmica, essencialmente ligada à ação dos elementais.[2]

— Então esse tipo de guardião, conforme é cultuado ou evocado neste cenário, não tem relação com a equipe dos guardiões, da qual fazemos parte? É isso mesmo que entendi? — perguntou um dos novos líderes.

— Perfeitamente, meu filho. Geralmente, nos cultos em solo brasileiro, desde os de raiz africana até os de interpretação protestante, passando pelos umbandistas, espíritas e católicos, todos acreditam, à sua maneira, na proteção es-

[2] Para maiores esclarecimentos sobre os elementais naturais, agrupados sob a denominação *espíritos da natureza* na codificação espírita (cf. Ibidem. p. 337-340, itens 536-540), consulte o volume 2 da série Segredos de Aruanda (PINHEIRO. Pelo espírito Ângelo Inácio. *Aruanda*. 13ª ed. rev. ampl. Contagem: Casa dos Espíritos, 2011. p. 86-98, cap. 7). Há esclarecimentos importantes nesse trecho, inclusive sobre a opção por adotar a nomenclatura do esoterismo clássico, *elementais*.

piritual daqueles que se identificam como guardiões. Contudo, cada qual tem uma ideia própria sobre quem sejam tais entidades. No caso desta casa onde estamos, chamada *casa de Exu*, os seres extrafísicos que acorrem ao seu chamado são na verdade, como podem perceber, espíritos mais primários, seres da natureza ou elementais. Notadamente aqui, são coordenados por um espírito que guarda uma ligação particular com o grupo que ora visitamos. Um dos fundadores desta roça de candomblé, agora desencarnado, sente-se diretamente responsável pela preservação da fé e da segurança dos adeptos, de modo que acaba assumindo o papel de guardião do lugar. É ele quem coordena os elementais que sustentam toda a sua proteção magnética.

Outro guardião demonstrou curiosidade sobre a eficácia desse tipo de proteção. Interrompeu Pai João delicadamente e perguntou:

— Na sua opinião, esse tipo de proteção erguida aqui é realmente eficaz? O campo de energia emanado da fé dessas pessoas é suficiente para preservá-las de ataques energéticos de grande intensidade?

— Bem, meu filho — respondeu o pai-velho, solícito —, isso dependerá do tipo de energia antagônica que virá de encontro ao tal campo. Não podemos ignorar que nossos irmãos lidam quase unicamente com forças da natureza; embora o riquíssimo conhecimento que possuem da lei do santo e de tudo que envolve os rituais e a filosofia de vida adotada por eles, é inevitável perceber que desconhecem certas questões da realidade além-túmulo. Aliás, não é só com eles que é assim; podemos dizer o mesmo a respeito de espíritas, umbandistas, católicos e os demais. Ninguém detém conhecimento pleno da vida no Invisível. O essencial ainda é invisível ao olhar dos homens. Então, de volta à realidade deste agrupamento, a eficácia de sua estrutura espiritual dependerá muito tanto da espécie de energia com a qual lidam quanto do gênero de espírito que promover um eventual ataque energético.

"Por exemplo, caso enfrentem um mago negro, entidade perversa e conhecedora da vida oculta tanto ou mais do que muitos supostos mentores que se mostram por aí, dificilmente este grupo sobreviverá a uma investida de tal magnitude. O mesmo se daria se deparassem com a abordagem de algum cientista que trabalha em oposição ao progresso e às leis da evolução.

"Contudo, são muitíssimo eficazes estes recursos ao enfrentarem forças semelhantes às que encontram diariamente. Estão suficientemente capacitados para abordar contaminações fluídicas de intensidade variada, uma vez que os irmãos dos candomblés detêm conhecimento e habilidade invejáveis ao manejarem ervas e certas leis da natureza do mundo oculto, embora restritos ao campo de ação em que militam. Do mesmo modo, com grande maestria são capazes de fazer frente a ofensivas provenientes de feiticeiros e suas feitiçarias, sobretudo a manipulação de elementais. Os amigos espíritas ainda estão distantes de poder solucionar com êxito essa situação, em boa medida, infelizmente, devido ao orgulho desmedido de dirigentes e médiuns, mas também devido à falta de preparo, que decorre principalmente do preconceito que os impede de estudar e admitir que nem tudo sabem, e que a vida oculta é bem mais desafiadora do que podem supor com os parcos conhecimentos superficiais de que a massa de praticantes dispõe."

A fala de Pai João foi muito elucidativa para todos nós. Não poderia ter sido diferente, afinal foi iniciado no culto do candomblé de *ketu* na última existência física, tendo sido zelador do povo de santo. Ante o conhecimento do pai-velho, Jamar e Watab mantiveram-se calados, preferindo deixar a cargo dele a condução da equipe de guardiões.

Antes de sairmos daquele local em direção ao barracão propriamente dito, outro integrante do grupo comentou:

— Mas se aqui os adeptos do culto e os iniciados utilizam sangue e sacrifício de animais para evocar a força de Exu, então podemos dizer, sem sombra de dúvida, que tais entidades, sejam elementais ou espíritos que já viveram na Terra, nada têm a ver com nosso trabalho. Nós nunca, jamais compactuamos com esse tipo de prática!

— Pois é, meu filho. Mas é preciso analisar a questão mais profundamente antes de formar um juízo, sob pena de incorrermos numa simplificação. Imagine a hipótese de um alto oficial da polícia militar ou do exército que age em conformidade com a importância do posto que ocupa e da tarefa que lhe foi confiada. Contudo, a rede de manutenção da ordem pública é composta pelos mais diversos agentes, e não só por esses oficiais. São muitas outras pessoas: desde os policiais de todos os níveis hierárquicos, do soldado mais raso ao tenente, até os seguranças privados, em seus variados estágios de capacitação — de vigilantes de lojas e eventos aos de bancos, grandes empresas e personalidades —, passando por todas as corporações paramilitares e não militares, como a polícia investigativa, as guardas municipais e metropolitanas, os agentes carcerários etc. Enfim, trata-se de uma rede ampla e altamente capilarizada, cujos integrantes, em boa parte, trabalharão nas ruas, diretamente ligados ao público, e muitíssimas vezes em zonas onde existe grande corrupção, marginalidade e outros obstáculos ao trabalho que pretendem realizar os que representam a lei em instâncias e níveis distintos.

"Evidentemente, em alguma medida, elementos dessa hierarquia flertarão com o mundo que pretendem policiar. Agora, a pergunta que cabe é: pode nosso oficial hipotético abdicar da contribuição de elos dessa cadeia, condenando determinadas práticas sumariamente, em todas essas organizações? Aliás, ele nem sequer dispõe de autoridade para isso, pois nem todos esses elos se reportam a ele. Pode ele aplicar o mesmo critério com todos os integrantes dessa imensa rede de proteção e segurança, quando as atribuições e responsabilidades de cada um são de abrangência tão diversa? Determinadas práticas se tornam mais ou menos graves dependendo da representatividade daquele que a adota; não há dúvida. Mais do que isso: de um ponto de vista pragmático, pode ele abdicar da contribuição de alguma dessas categorias, em nome de qualquer conjunto de regras? Ou, quem sabe, declarar guerra a qualquer uma delas, empreendendo uma operação para separar o joio do trigo? Mas, nessa eventualidade, quem estabelecerá a comunicação com aquele mundo que determinados agentes conhecem tão bem, justamente porque guardam íntimas relações com ele? Não são respostas fáceis nem dilemas simples, mas se apresentam de maneira muito concreta para a administração que compete àquele oficial exercer.

"Dito de outra maneira, mas reiterando meu argumento: pode o oficial suspender a colaboração desta ou daquela engrenagem, limitando-se a empregar apenas os elementos que considera ideais, acima de qualquer suspeita? Alguém pode questionar até mesmo se é possível erradicar todo vestígio de corrupção das instituições citadas e de outras sob seu comando direto ou influência, já que são humanas, formadas por seres humanos...

"Sendo assim, não será atitude mais inteligente da parte do oficial utilizar essa máquina em seu proveito, colimando os objetivos maiores, de que tem ciência, extraindo o melhor produto que ela pode fornecer? A meu ver, não se trata de leniência com práticas que se deseja coibir e que são próprias do mundo, mas, sim, de aceitação da realidade e das limitações humanas. Em todas as esferas de poder e de atuação há comportamentos intoleráveis; uma vez ultrapassados certos limites, não há como tergiversar com os infratores. Não obstante, trata-se de reconhecer que não é possível adotar o mesmo nível de exigência com todas as peças, tampouco prescindir da contribuição de qualquer das engrenagens.

"Reforça a reflexão que desejo provocar a realidade de que as armas e os métodos empregados pelo policial que faz rondas na rua são de uma natureza — aliás, depende bastante, até, da rua onde monta guarda —, ao passo que os recursos e abordagens do detetive, no decurso de uma investigação, são de ordem completamente diferente. O mesmo paralelo se pode traçar entre um general das forças armadas, um oficial de alta patente e, de outro lado, o segurança privado que atua num estabelecimento comercial, por exemplo. E não me refiro a armas apenas no sentido bélico, é claro, mas às técnicas e à estratégia de que cada um lança mão ao enfrentar os desafios inerentes à função ou ao papel que desempenha.

"Ainda mais complexidade ganham os contornos e

meandros da situação se considerarmos que, no mundo real, e não no campo das hipóteses, existem também oficiais graduados corruptos, assim como há inúmeros seguranças, soldados e vigias fortemente comprometidos com a ética e o sentido do trabalho que representam, cada qual a sua maneira.

"Levando-se em conta tudo isso, voltemos a analisar a estrutura de manutenção da ordem do lado de cá da vida. De forma semelhante ao que se nota no quadro descrito, podemos compreender que determinados grupos de seres, mesmo trabalhando sob outro tipo de orientação e sem estarem sujeitos à coordenação dos guardiões ou ao sistema hierárquico dos comandos,[3] que pauta nosso trabalho, podem — efetivamente, a despeito disso tudo — levar grande benefício às comunidades às quais se vinculam. Mesmo não sendo guardiões, no sentido que essa palavra adquire para nós na Aruanda e nas regiões superiores, inegavelmente

[3] Os comandos dos guardiões são descritos um a um no capítulo 8 do livro indicado a seguir, notadamente a partir da p. 423. (cf. PINHEIRO, Robson. Pelo espírito Ângelo Inácio. *Legião*. 11ª ed. rev. Contagem: Casa dos Espíritos, 2011. p. 413-441. O reino das sombras, v. 1.)

prestam um serviço concreto e substancial a seus tutelados.

"Não se pode esquecer que muitos desses sentinelas ou espíritos protetores, assim como a maioria dos chamados mentores individuais, são simplesmente espíritos familiares, algo já elucidado por Allan Kardec na codificação espírita,[4] mas que muita gente menospreza ou não avalia corretamente. Espíritos familiares muitas vezes são comprometidos com aquele pupilo em particular ou com o grupo a que se afeiçoam, mas isso não significa que detenham grande conhecimento ou sejam capazes de lidar com situações mais complexas. São apenas pessoas de boa vontade, que procuram fazer a parte que lhes cabe no âmbito de ação que alcançam; tão somente isso."

[4] "Os parentes e amigos (...) quase sempre vos protegem como Espíritos, de acordo com o poder de que dispõem". "O progresso do Espírito familiar guarda relação com o do Espírito protegido". O espírito protetor é "sempre de natureza superior, *com relação ao protegido*. Os Espíritos familiares se ligam a certas pessoas (...) com o fim de lhes serem úteis, dentro dos limites do poder, quase sempre muito restrito, de que dispõem. São bons, *porém muitas vezes pouco adiantados e mesmo um tanto levianos*" (KARDEC. *O livro dos espíritos*. Op. cit. p. 317, 325, 327, itens 488, 509 e 514. Grifos nossos).

Concedendo-nos uma pausa para digerirmos o significado de suas palavras, como que entendendo nossa limitação, em especial com relação ao sistema de culto que observávamos naquela noite, Pai João continuou, logo após:

— Aqui, meus filhos — desta vez dizia se dirigindo a todos nós, e não apenas ao autor do comentário anterior —, as questões nas quais se envolvem os elementais e os prováveis espíritos familiares presentes restringem-se à esfera familiar, emocional, afetiva e ao campo dos envolvimentos sexuais, sejam eles às escondidas ou extraconjugais, sejam às claras. Muito dificilmente se verá por aqui um estudo de ordem metafísica, que tenha por objetivo perscrutar a existência de uma estrutura espiritual como aquela a que estamos acostumados. Questões passionais e financeiras, além da compulsão por jogo, bebida e outras práticas, dão o tom do trabalho e são o alvo principal das consultas realizadas, a despeito da grandeza do conhecimento secular armazenado e administrado por estes núcleos de espiritualidade nascente.

“Enquanto certas entidades que aqui militam não se apegam aos sacrifícios nem ao sangue oferecido, vendo tal prática apenas como manifestação ritualística, e não como fruto da necessidade de quaisquer espíritos, há muitos casos de espíritos dependentes de bebidas como cachaça, cerveja, uísque, vodca ou espumante. Permanecem ligados a elas, em sintonia com a vontade de médiuns e dirigentes que ainda não souberam migrar ou elevar a frequência de suas atividades anímico-mediúnicas. Alguns seres há que são mantidos dependentes do plasma sanguíneo e de rituais exóticos, enquanto outros, ainda, consorciam-se com marginais do astral, espíritos trevosos e malfeitores, em troca do plasma que seus protegidos oferecem.

"Contudo, de maneira nenhuma podemos dizer que todos os cultos são assim e que todos os adeptos procedem da mesma forma. Por trás de tudo, existe a intenção, e é isso o que define, muito mais do que a prática em si, de que lado estão tanto espíritos quanto seus aliados no plano físico.

"Uma heroica mulher disse certa vez que mais valem as mãos que ajudam do que as que se juntam para rezar. Essa lição precisa ficar impregnada em nossas mentes, em nossos espíritos, uma vez que encontraremos muita gente de boa intenção e muitos espíritos também de boa vontade, em todo lugar onde militarmos. Muitos erram não porque querem errar, mas porque não sabem fazer diferente;

porque sua cultura os ensinou assim. Outros, porque, quando lhes foi dada a oportunidade de conhecer algo diferente, quem fez a oferta não soube apresentá-la de forma respeitosa, segura e clara. Então, meus filhos, olhemos esses nossos irmãos aqui ou onde formos como pessoas tentando acertar, segundo sua crença, seu grau de conhecimento e a especialidade que cada um desempenha, em cujo trabalho a Providência Divina chamou cada qual a colaborar."

Depois da fala do pai-velho, adentramos o ambiente do culto, onde alguém parecia coordenar todo o ritual. Roupas coloridas, colares de contas de todas as cores, o perfume dos incensos e defumadores tomavam conta do barracão. Pai João somente entrou e nos deixou entrar após pedir permissão a uma entidade que se encontrava em guarda na porta. Era um homem alto, musculoso, de porte imponente. Vestia um traje que lhe conferia uma feição ainda mais robusta, máscula, mesmo, e ostentava uma capa negra sobre os ombros, caindo-lhe até a altura dos joelhos, porém sem parecer extravagante. Lembrava mais, talvez, um cavaleiro do século XIX, com suas roupas de época. Vi que o homem curvou ligeiramente a cabeça ante a presença de nosso instrutor e falou:

— Salve Xangô, que nos vem visitar. *Kaô*, meu pai!...

— Salve sua banda, guardião. Salve seu chefe, sua falange e seu axé! — respondeu Pai João, sem que nós entendêssemos o significado do que diziam.

Somente depois é que penetramos, de fato, o barracão de candomblé. E tudo o que vimos, pelo menos no plano físico, foi muita alegria, música, cor e emoção. As pessoas estavam eufóricas, enquanto o ogã ditava o ritmo dos atabaques e o tom de alguma música cantada em coro, num idioma africano.

— Aquele sentinela à porta é um dos espíritos que trabalham sob o comando de um guardião conhecido, nos cultos de procedência ou influência africana, pelo nome de Tranca-Ruas. Aquele com quem conversei não é o líder da falange, mas um dos subordinados ao chefe do grupo, embora atenda pelo mesmo nome de seu líder espiritual.

Olhando para nós, que estávamos extasiados com a beleza do culto, Pai João chamou a atenção para o que acontecia:

— Vejam os médiuns agora e observem os detalhes do que ocorre aqui.

Observamos atentamente, e meu olhar, particularmente, deparou com uma médium ou iaô, como era chamada ali, no momento exato do transe. Segundo a explicação prevalente entre os adeptos, era um orixá que incorporava naquele momento. O atabaque tocava um ritmo especial enquanto alguém segurava um instrumento na mão direita, acompanhando o fenômeno, que se dava no meio do salão. Vi que uma luminosidade descia do alto, em meio a uma descarga elétrica que atingia em cheio o sistema nervoso da médium. Ela se remexia toda, num tipo especial de movimento, enquanto era envolvida por inteiro pela energia, que ao mesmo tempo penetrava nos centros de força, causando um afastamento abrupto do duplo etérico da mulher.

Pai João esclareceu:

— Reparem que não é um espírito incorporante que assume a médium, mas um tipo de energia que emana de algum lugar e é canalizada diretamente por ela. É algo muito diferente do costumeiro transe mediúnico, tanto na umbanda quanto no espiritismo. Aqui vemos uma força da natureza, algo que merecia toda a atenção dos pesquisadores do espírito, mas que infelizmente não encontra ressonância nos interesses daqueles que dizem conhecer profundamente a vida espiritual. O orixá incorporante que vemos pode ser considerado o orixá menor, enquanto a fonte de onde emana essa energia não humana, ou seja, não oriunda de um desencarnado, é o Orixá maior, que está em oposição vibracional a Exu, conforme expliquei. Trata-se de algo ainda incompreendido por nossos irmãos espíritas, uma força ainda não estudada pelos que afirmam conhecer a verdade espiritual. De todo modo, não é aqui que nos deteremos; devemos ir a outro aposento enquanto ocorrem aqui as manifestações dos orixás sagrados do candomblé.

Pai João nos conduziu a outro aposento enquanto deixávamos para trás o som dos atabaques, os cânticos dos fiéis e a dança contagiante das entidades, que uma a uma incorporavam em seus filhos.

Adentramos um cômodo onde vimos diversas peças de louça organizadas de maneira singular. Alguns pratinhos dentro de uma vasilha maior estavam dispostos em torno de um tipo de tigela, dentro da qual víamos uma pedra circundada por alguns símbolos estruturados em metal. Envolvendo tudo, uma espécie de colar de contas delicadas, além de outros, muitos outros recipientes semelhantes, todos delicadamente trabalhados e decorados.

— Resolvi trazer vocês aqui, meus filhos, apenas para mostrar os assentamentos dos orixás e para fazer uma ponte com os assentamentos de Exu, o guardião dessa comunidade. Não nos demoraremos muito, pois o que nos interessa é perceber o significado e a forma como essa energia age, desde que estimulada por pessoas que sabem manipulá-la. Neste cômodo estão os chamados assentamentos de santo. Para vocês terem uma ideia do que veem – explicou, convidando-nos a observar mais os efeitos extrafísicos do que aquilo que pertencia ao mundo das formas –, estamos diante de um potente transformador energético, magnético e etérico. O chamado pai de santo ou zelador do orixá, conhecedor do processo mágico que envolve as manipulações etéricas, magnetizou estas pedras sagradas com a força do orixá; elas são guardadas neste ambiente considerado sagrado pelos adeptos do culto. É preciso entender que existem forças e processos vibracionais que, ainda hoje, permanecem ignorados pelos estudiosos do espiritualismo. Até porque a maneira como tais objetos são magnetizados é conhecida exclusivamente pelo zelador do orixá; trata-se de conhecimento repassado apenas por via oral, sendo proibido escrever qualquer dos segredos que envolve o processo iniciático e os rituais sagrados.

Miramos atentamente e vimos uma luz muito intensa

emanar de cada recipiente que continha as pedras dos orixás. Pisávamos num santuário, um lugar sagrado, e nosso pensamento foi todo de reverência àquelas forças da natureza, que desconhecíamos por completo. Pai João queria que entendêssemos a fonte geradora da proteção espiritual daquele ambiente e dos fiéis ali reunidos. Dos objetos à nossa frente partia uma energia, rodopiando em diversas cores, subindo em direção ao infinito. Não conseguimos ver para onde ia, em que direção exata, pois o fluxo de energias subia sempre em espiral, movimentando-se com imenso magnetismo e sumindo muito acima da construção onde estávamos e onde ocorria o culto. Em meio aos raios, cores e vibrações, percebíamos vultos semelhantes à forma humana, porém mais refinados, adelgaçados, como que dançando ou movimentando-se, vestidos de fogo e outras manifestações da energia vibrada dos orixás. Era algo que, particularmente, nunca havia visto. Creio mesmo que, além de Pai João, somente Jamar tinha conhecimento do que ali se passava. Watab, mantendo-se em respeitoso silêncio, olhava intensamente, aguçando suas percepções sobre o fenômeno que ocorria à nossa frente.

— Este é o assentamento dos orixás cultuados neste

barracão. E assim como se assenta ou magnetiza essa força da natureza chamada Orixá, também se pode fazer o mesmo com a força correspondente ao elemento Exu. Ou seja, para essa comunidade, Exu é uma espécie de Orixá, uma força primordial que se opõe ao caos e regula as forças da evolução. É claro que a explicação, segundo o vocabulário e a concepção de nossos irmãos deste culto, é diferente desta. Se falo assim, é para que entendam que, na visão deles, a presença de um guardião — isto é, de uma força reguladora da lei que rege os entroncamentos energéticos ou encruzilhadas energéticas — tem implicações muito mais amplas; guardião, para eles, não é um ser desencarnado, um espírito ou entidade incorporante, pensante, de alguém que viveu sobre a Terra algum dia. Essa força, essa energia geradora da vida, quer seja Orixá ou Exu, é considerada uma emanação divina; trata-se de forças vivas da natureza, que, na Terra, podem ser representadas por entidades, exus e orixás que incorporam em médiuns, de acordo com a vibração do reduto ou elemento natural com que sintonizam.

“O que vemos aqui me faz lembrar do templo erguido por Moisés no deserto, o qual abrigava a arca sagrada tantas vezes descrita no Velho Testamento.[5] Aquele aparato tão caro e representativo para o povo hebreu era uma espécie de assentamento da entidade protetora nacional, conhecida como Jeová ou Javé, que era intimamente ligada àquela gente. Seguramente podemos afirmar que, de alguma maneira, os sacrifícios e oferendas praticados no templo judaico, mais tarde transferido para Jerusalém, encontram correspondência no ensinamento referente aos orixás. Ambas as tradições fundam-se numa realidade e num conhecimento prévio trazido ao mundo por seres mais experientes, e que hoje se restringiu, se podemos assim dizer, e só é compreendido dentro de um sistema ritualístico, com a simbologia que lhe é característica. Entretanto, por trás disso tudo, existe algo maior, muito maior do que possamos cogitar."

— Então a força representada por Orixá e por Exu pode ser comparada às consciências diretoras dos aglomerados estelares, os seres que dirigem as constelações, enfim?

Desta vez foi Jamar quem respondeu à pergunta do guardião, adiantando-se a Pai João:

— Perfeitamente, meu amigo. Temos aqui uma repre-

[5] Cf. Ex 25:14; 37:5; 40:20; Dt 31:25; 1Cr 15:2; Js 3:6; 6:11; 1Rs 6:19 etc.

sentação, um simbolismo dessas energias superiores, que vibram muito além da realidade humana no planeta Terra. Algo que o homem atual está ainda distante de conceber. Se podemos avançar ainda mais, afirmo com absoluta convicção que o culto aos orixás tem raízes nos antigos continentes de Lemúria e Atlântida, quando extraterrestres trouxeram à Terra certos conhecimentos e certas informações acerca de como manipular as energias do cosmo e focalizá-las, adaptando-as à realidade humana. Decorridos os milênios, restaram conhecimentos fragmentários, que foram considerados sagrados e se tornaram objeto de cuidado de poucos iniciados. Estes os administraram já modificados em sua feição original, de maneira que a religião é apenas o reflexo do que restou de tal verdade, do manancial trazido do espaço.

Pai João completou, arrematando a explicação:

— Isto que hoje é tido como magia, no passado, nos templos de iniciação espiritual, constituía a ciência da época. Atualmente, não há uma explicação racional para esses fenômenos. Esperamos que venha o momento de a humanidade adquirir o conhecimento dessas forças vivas da natureza, que estão em todo o universo. Nesse dia, os homens ascenderão a uma etapa de conhecimento em que lidarão com as energias originais, naturais, primordiais, porém não primitivas, no sentido de atrasadas. No futuro, o que hoje se vê aqui como culto aos orixás, como a força de Exu, o guardião do mundo oculto, será algo bem conhecido e compreendido por uma civilização livre de preconceitos. O homem descobrirá, um dia, que aquilo que diz ser crendice ou que tem na conta apenas de rituais exóticos é o que restou de um conhecimento original, superior, de uma ciência que perdemos ao longo do processo histórico. E esse saber será redescoberto ou, quem sabe — falou, olhando significativamente para Jamar —, trazido de volta pelos irmãos das estrelas, de maneira que a humanidade nova, o novo homem, possa se relacionar mais intensamente com as fontes geradoras e mantenedoras da vida no universo.

Depois da fala de Jamar e Pai João, sabíamos um pouco mais sobre o mito de Exu em algumas comunidades de raiz afro e compreendemos melhor que o conhecimento oculto de muitas religiões pode, na verdade, ser o fragmento de um saber ancestral, trazido ao mundo no nascer da civilização, no início da história de nossa humanidade. Mais uma vez, ficou claro para todos nós que a existência dos guardiões da humanidade foi pressentida. De tal forma fez parte das culturas de todas as épocas e continentes, que a importância do trabalho e das atividades dos guardiões está na própria base da vida do cosmos. Trata-se de algo universalmente concebido tanto quanto necessário para a segurança energética, emocional, física e espiritual de todos os povos, não somente do planeta Terra.

A visita a esse grupo de adeptos de determinado culto de raiz africana nos levou inclusive a rever os conceitos admitidos sobre o trabalho dos guardiões, guias e mentores. Enfim, tínhamos muito o que pensar a partir de agora. Cada vez mais, acumulavam-se informações e conhecimentos sobre a natureza, os objetivos e as metas dos guardiões do bem e da humanidade.

# 5

# POMBAGIRA

# N

**ÃO DEMORAMOS MUITO** por ali. Nosso objetivo era mesmo observar de perto o significado do trabalho dos guardiões para aquele agrupamento religioso, ou melhor, o que eles entendiam por guardiões, que ideia faziam a respeito. Além disso, desejávamos averiguar se a força ou entidade que cultuavam como sendo os guardiões adquiria, para eles, o mesmo significado que para nós.

Chegamos à conclusão de que os guardiões — no candomblé em geral e, sobretudo, naquela vertente de *ketu* em particular — revestiam-se de significado diferente do que assumiam os guardiões superiores para nós. Não que fosse uma concepção primitiva ou atrasada, conforme alguns tendem a pensar; era apenas diferente. Não falávamos da mesma coisa, das mesmas entidades, muito embora houvesse naquele culto espíritos comprometidos com o trabalho; eram os chamados antepassados, aqueles que no plano astral defendiam a ordem, a disciplina, o prosseguimento das atividades e a manutenção da fé dos adeptos. Mas eles não estavam associados à ordem de guardiões a que pertenciam Jamar, Watab e tantos outros amigos a serviço da humanidade.

Digamos que lá, entre o povo de santo, existia o comprometimento com o bem, a bondade e a fé. Contudo, não podíamos afirmar que o comprometimento se voltasse à humanidade como um todo, tampouco a outros grupos em particular. E constatar esse fato não era desmerecer o trabalho de nossos irmãos. É importante mencionar que nos dedicávamos apenas à pesquisa espiritual, à investigação, sem pretender estabelecer qualquer juízo de valor; nosso objetivo não era designar quem era *do bem* e quem era *do mal*. Longe de nós! Pelo contrário, até ali a excursão também demonstrara que, para fazer o bem, não é obrigatório pensar e agir como nós, nem tampouco pertencer ao mesmo grupo. De forma nenhuma. Cada um faz o que pode e como pode em benefício geral.

Concluímos que há também outra realidade a considerar. Muitos seres considerados elevados — mentores, protetores e guardiões —, em muitos casos, não passam de espíritos familiares. Nem sempre são aquilo que aparentam ou que seus médiuns queriam que fossem. Em nossas observações, a partir de agora, não teríamos como evitar essa constatação. Diante das pretensões de qualquer ser, encarnado ou desencarnado, médium, sensitivo ou dirigente espiritual, seria necessário ponderar muito, qualquer que fosse sua religião ou origem espiritual.

E foi assim que, na próxima noite, fomos visitar um terreiro propriamente dito, um terreiro de umbanda, ou de uma das vertentes da sagrada umbanda — e não um barracão ou uma roça de candomblé. Deveríamos optar entre tantas ramificações existentes, pois, na umbanda, ainda não existe um denominador comum sob o qual todos os cultos se reúnam ou se entendam, do ponto de vista filosófico ou doutrinário. O mapa mostrado por Watab apontava centros de umbanda esotérica, umbanda pés-descalços ou pés no chão, como se diz em alguns lugares, umbanda de Omolocô, umbanda mista com candomblé, umbanda mista com espiritismo, entre outras variantes. Como não dispúnhamos de muito tempo para visitar cada uma delas, escolhemos aquela onde melhor pudéssemos observar: um terreiro respeitado por muitos encarnados no estado do Rio de Janeiro.

Quando chegamos ao terreiro, ouvimos o barulho dos atabaques, numa clara alusão ao fato de que aquele agrupamento trazia elementos africanos em seu ritual. Ouvimos o pai de santo tirar um ponto, cantar uma música, na qual ele evocava os exus ou guardiões utilizando a terminologia própria da umbanda. Eram nomes mágicos, cabalísticos, com um sentido que só podia ser compreendido em detalhes por alguém que pertencesse àquele culto. Haviam terminado de defumar o ambiente, mas ali, diferentemente do que presenciáramos no barracão, encontramos diversas entidades, espíritos humanos, de seres que viveram na Terra. Reuniam-se índios de diversas origens e negros procedentes da África, da Bahia e de outros rincões. Alguns conservavam a forma perispiritual ainda muito semelhante à que tiveram quando encarnados, nos tempos da escravidão.

Havia ali outros tipos, também. A maioria, inclusive, eram figuras curiosas, que ostentavam outra roupagem espiritual. Encontramos muita gente da boemia carioca, aqueles espíritos que, quando encarnados, pertenceram à noite; mulheres e homens que, em algum momento da vida, compartilharam noitadas em cabarés, boates e casas noturnas em geral. Alguns, vestidos a caráter, lembravam o estereótipo do malandro — terno alvo acompanhado de sapatos vermelhos —, enquanto outros vestiam terno preto, porém com calçados totalmente brancos, formando um quadro de época, no mínimo curioso.

Encontramos também alguns malandros de rua, espíritos que claramente não tinham nenhum objetivo comum àqueles descritos anteriormente. Iam e vinham de um lugar para outro, em meio ao povo que chegava ao local, claramente acompanhando algumas das pessoas presentes. Em suma, o clima espiritual era totalmente diverso do que vimos no barracão de candomblé. Parecia que uma festa estava prestes a começar e que os convidados eram todos encarnados. A aparência dos espíritos era o mais próxima possível de um grupo de encarnados que se reúne, por exemplo, para uma noite de churrasco e bebedeira com apresentação de música brega.

Pai João aproximou-se de uma entidade que parecia conhecê-lo de algum lugar.

— Salve sua banda, guardião da meia-noite! — falou Pai João para o homem forte e corpulento que estava, ao que parece, montando guarda ali, naquela noite.

— Salve pai-velho, mensageiro da Aruanda! Que bons ventos o trazem por aqui? Logo hoje que é gira da esquerda!?

— Que bom revê-lo, meu amigo. Estamos aqui com alguns companheiros de Aruanda e de planos mais altos. Viemos em paz, apenas estudar e aprender com os irmãos desta seara.

— Aprender o quê, meu velho? Pelo que sei, vocês lá de Aruanda é que têm muito a nos ensinar. Aqui ainda estamos restritos ao ambiente do terra a terra...

— Que nada, guardião! Todos temos muito o que aprender e também desaprender em nossa caminhada. De qualquer maneira, peço permissão para adentrar o recinto sagrado antes que os trabalhos comecem.

— Eu não teria forças nem moral para impedi-los, caso quisesse, meu pai. Embora acredite que aqui vocês poderão se decepcionar com os resultados dos trabalhos. Presto serviço em outro lugar, em outro terreiro, e acho que lá vocês poderão colher melhores frutos em suas observações.

— Não temos tempo, meu amigo — falou Pai João, bondoso e reconhecido pela atenção da entidade que nos recebeu. — Podemos ficar por aqui mesmo?

— Claro, meu pai! Fique à vontade. Se precisar, indico um dos trabalhadores sob minhas ordens para que oriente vocês no que precisarem.

— Não queremos de forma alguma dar trabalho, meu filho. Ficaremos apenas por pouco tempo, somente o suficiente para algumas breves observações.

Falando assim, Pai João apontou para nós, e Jamar tomou a dianteira, juntamente com Watab. Adentramos o ambiente onde se realizaria a reunião propriamente dita. Alguém saía exatamente quando adentramos o local, segurando em uma mão um copo de cachaça e, em outra, uma vela preta e vermelha. E gritava, a plenos pulmões:

— Exu Emojubá! Exu Emojubá! Salve Exu!

Enquanto isso, o toque dos atabaques — eram três — definia o ritmo das cantigas, que, diga-se de passagem, não estavam assim tão afinadas. Mas, pelo que pude perceber, os médiuns juravam estar afinados, e o canto, harmonioso. Não foi preciso muito esforço para penetrar os pensamentos do grupo de médiuns, que dançavam em círculo enquanto o homem com a vela e a bebida fazia o ritual, despachando exu, o guardião da porteira.

Pai João pediu para que olhássemos o que ocorria ali, junto ao médium, enquanto a música evocava sete exus conhecidos e teoricamente trabalhadores daquele lugar. Assim que o homem se colocou quase de joelhos diante de uma construção que lembrava bastante a que vimos fora do barracão do candomblé — a casa de Exu, conforme Pai João explicara —, umas 15 entidades de aspectos os mais diversos acorreram ao local para cheirar ou aspirar os fluidos emanados da bebida oferecida. A visão foi um pouco chocante para os novos líderes guardiões, que assistiam pela primeira vez a uma situação do gênero. Mas a cena não terminou por aí. A entidade que Pai João cumprimentara logo na chegada caminhou celeremente para o local onde eram depositadas a bebida e a vela de dupla cor. Deu um grito bem forte, que foi ouvido por todos nós, e, segurando uma espécie de arma na mão direita, talvez algo similar a uma lança, bateu com ela no chão. As entidades, enfim, saíram em debandada, deixando ali somente o homem corpulento de plantão.

Pai João aproximou-se mentalmente do espírito que já conhecia, e pudemos ouvir o diálogo mental entre os dois, o que, portanto, dispensava que Pai João nos falasse a respeito:

— Estes não são guardiões coisa nenhuma, meu pai. Você já os conhece muito bem. Não precisamos desse tipo de coisa nem de bebidas para trabalhar. Mas os quiumbas, estes sim, aproveitam a ignorância alheia e tentam de alguma forma sorver os fluidos materiais de maneira a satisfazerem a sede e o vício. Infelizmente, não posso fazer nada em relação aos médiuns lá dentro.

Pai João apenas assentiu, pois a fala do guardião da

meia-noite denotava que não compactuava com aquela prática. O pai-velho preferiu não emitir sua opinião. Afinal, estava ali apenas para estudar e nos conduzir em determinadas reflexões.

Quando os trabalhos começaram, o ritmo da música se modificou. Quase todos os médiuns, à exceção de dois, pareciam possuídos, tendo em vista o barulho, a gritaria e a euforia que tomou conta do ambiente. Uma mulher se remexia toda, levantando a saia a ponto de mostrar as roupas íntimas. Ria a ponto de parecer estar sob efeito de alguma das bebidas alcoólicas que corriam soltas por ali. Os novos líderes dos guardiões se entreolharam, sem entender o que acontecia. As roupas eram coloridas. Havia homens vestidos com capas, alguns empunhando algum tipo de faca, enquanto outros dois seguravam tridentes ou coisa semelhante nas mãos. Os médiuns fumavam charutos, e o clima ficou intensamente poluído, inclusive para nós, espíritos. Notei que os dois mais quietos, incorporados que estavam — aliás, os únicos verdadeiramente incorporados —, foram deixados de lado, pois os presentes queriam saber apenas dos que xingavam palavrões e grunhiam, bastante desequilibrados. Sinceramente, nem os quiumbas ou mesmo os boêmios que vimos ao chegar comportavam-se com tamanha algazarra e tanta falta de respeito perante as questões espirituais, tal como aqueles médiuns, que queriam a todo custo demonstrar que estavam incorporados com "seus" exus.

Uma das entidades que permanecia ao lado dos dois médiuns incorporados achegou-se a nós, notando o olhar de desconforto dos guardiões sob o comando de Watab e Jamar. Após cumprimentar Pai João de maneira reverente e cortês, falou, constrangida:

— Perdoe-nos, minha gente! Temos tentado de alguma maneira impor certa disciplina ao lugar, mas os próprios médiuns não querem saber de espírito. Querem é parecer incorporados, e assim o que resta é o desrespeito com o templo que os abriga, com os guias que de longe os orientam e conosco, os guardiões pessoais. Não encontramos respaldo no comportamento dos médiuns nem dos dirigentes. Perdoem-nos! — suplicou a entidade, deixando claro quanto estava envergonhada com o que ocorria ali.

Uma mulher levantou a saia rodada com uma das mãos, enquanto a outra segurava uma taça de bebida, dando gargalhadas e estremecendo, como se estivesse tendo um ataque epiléptico. Honestamente, é a imagem que me veio ao ver a mulher supostamente incorporada. As pessoas que foram ali em busca de orientação achegaram-se, cada qual, a um dos médiuns com seus respectivos espíritos pretensamente incorporados. Começavam a gira e as consultas, em meio a cânticos, bebidas, fumo, fumaça e muita confusão mental e espiritual. Eu quis sair do ambiente, mas Pai João me pediu carinhosamente que ficasse por mais alguns momentos. Definitivamente, aquilo ali não era a umbanda comprometida com o bem e a caridade.

Não era e nem de longe se parecia com um trabalho sério, em que entidades comprometidas com o bem estivessem envolvidas. Contudo, como era uma aula, uma forma de mostrar aos guardiões de Watab e Jamar o conceito que o povo fazia a respeito do trabalho espiritual dos verdadeiros guardiões, resolvi ficar um pouco mais, sentindo-me indignado por ver tamanha falta de respeito com as entidades verdadeiras.

Pai João não esperou muito para falar, uma vez que ele mesmo não compactuava com o que se passava por ali:

— Vejam, guardiões — disse, olhando para a equipe de Watab. — Vejam como os médiuns se comportam como atores, interpretando aquilo que faz parte de suas crenças e fantasias. Notem que os "exus" que incorporam não são entidades verdadeiras; os médiuns, como não estudam e gostam de se conservar na ignorância das questões espirituais, interpretam cada qual um papel, de acordo com o que pensam e creem.

Um dos guardiões manifestou sua opinião, dirigindo-se a Pai João:

— Não sei como pessoas de bem conseguem ver nisso aqui alguma coisa de espiritual, de sério e útil...

— Há muita gente de bem, meu filho, que nem sabe se existe alguma coisa além do que veem aqui. São pessoas boas, honestas e que procuram algo mais que a simples vida material; almejam algo de metafísico, mas o que têm a disposição nem sempre é o melhor. Na umbanda, considerando-se a raiz de Guiné e outras vertentes sérias, existe um imenso respeito pela personalidade de exu. Ele é o guardião das ruas, das casas, das comunidades religiosas, segundo a interpretação de umbandistas conceituados e de pessoas de bem, comprometidas com a verdade espiritual. Mas aqui é diferente. Queria apenas que sentissem o drama que muita gente passa ao se confrontar com uma ideia errônea a respeito de venerandas entidades como a que chamamos de exu. Vejam aquela filha ali — apontou Pai João para uma mulher que jurava estar possuída por uma pombagira.

Ela rodopiava no meio do salão, parecendo um pião; quase caiu, de tal forma estava afetada pela bebida. Não fosse um dos trabalhadores do lugar, que a amparou a tempo, com certeza teria caído no chão como uma pedra.

— As pessoas fazem uma ideia errônea a respeito das entidades femininas chamadas de pombagiras ou bombojiros, como dizem alguns. O que nego-velho não entende é por que tantos filhos pensam que tais entidades necessariamente têm de ser espíritos de antigas prostitutas. Infelizmente, a maioria desconhece o trabalho das guardiãs e a maneira como servem à causa do Cristo, tal como ocorre com a própria equipe dos guardiões. Parece que muitos homens e mulheres, ao chegar em ambientes como este, deixam aquilo que foi reprimido emergir repentinamente, na sua feição mais sedutora e sexualizada, revelando alguns instintos duramente reprimidos na vida cotidiana. Como evitam assumir que eles próprios é que são assim, atribuem a supostas entidades aquilo que está dentro de si, o que se traduz no comportamento desequilibrado. É animismo puro e simples, além de desconhecimento e desrespeito com entidades que trabalham de modo muito mais abrangente, e não com esse perfil difundido por médiuns ignorantes da realidade espiritual.

Mal Pai João acabara de falar, adentrou o ambiente uma entidade feminina, uma mulher vestida elegantemente, trajando um tipo de uniforme reconhecidamente da equipe de guardiãs sob o comando de Semíramis e Astrid, que nós conhecíamos. Ela olhou para nós e depois para as médiuns que diziam estar incorporadas com guardiãs ou pombagiras, como falavam naquele terreiro, e comentou:

— Meu Deus! Preferiria participar de um desfile na Marquês de Sapucaí e rever as fantasias e roupas de bom gosto da Portela ou da Mangueira, quem sabe até as evoluções da Beija-Flor na avenida, pois ali, sim, teria um espetáculo de rara beleza.

Pai João olhou a guardiã de soslaio, e ela com certeza entendeu o pensamento do velho, que, talvez para disfarçá-lo, sorriu delicadamente. A guardiã cumprimentou-nos, indignada com o que via à sua frente.

Próxima da mulher que dizia incorporar uma pombagira, havia outra, invisível aos olhos mortais, embora sem condições de transmitir o pensamento à pseudomédium.

Estava tão embriagada com os fluidos vitais e as emanações alcoólicas de sua parceira encarnada que, como espírito, necessitava ainda mais de ajuda que a outra, que se fazia passar por médium.

Foi exatamente no momento em que observávamos a situação que entrou no ambiente um velho conhecido nosso. No meio umbandista ele era conhecido como Exu das Sete Encruzilhadas. Cumprimentou a todos elegantemente e, logo após, nos falou como se estivesse o tempo todo por ali, vigiando cada detalhe:

— Olhem com atenção o que ocorre no corpo físico da mulher, em seus órgãos vitais — indicou-nos o espírito.

Até então nos ativéramos meramente ao que ocorria à nossa volta, no entorno tanto físico quanto espiritual, o que não poderia passar desapercebido. Mas quando detivemos nosso olhar na constituição orgânica da mulher que se passava por médium, ficamos impressionados com o que vimos. Fluidos perniciosos passavam do espírito visivelmente embriagado para a mulher, o qual, por sua vez, absorvia os fluidos densos a cada tragada de charuto que esta dava. Era como se as emanações do charuto se confundissem com a respiração da entidade viciada. Em determinado momento, quando se esvaziara a taça que a suposta médium tinha em mãos, a entidade raivosa grudou na garganta da mulher com suas unhas vermelhas e pontiagudas enquanto, com a boca, tentava sugar as emanações do álcool direto da boca de seu alvo. Durante a cena dantesca, mas digna de compaixão, a obsidiada gritava, quase sufocada:

— Champanhe! Champanhe! Mais champanhe!...

Nem de longe era champanhe o que se servia ali, mas sim um vinho frisante barato, da mais baixa qualidade. Mas a diferença nem a médium nem o espírito sabiam...

Vimos como o fígado, o estômago e a região genital da pessoa encarnada recebiam um fluxo de larvas e bactérias astrais provenientes do fantasma, o espírito que estava em processo de simbiose psíquica com a infeliz criatura. A guardiã a nosso lado, mesmo sentindo asco diante do que observava, no que concerne ao fenômeno anímico e à teatralização por parte de quase todos os médiuns, fez menção de retirar a infeliz entidade da presença da mulher que quase sufocava, mas foi detida pelo espírito Sete, que a impediu de continuar:

— Não adianta retirar a entidade que vampiriza a mulher. Ambas estão ligadas de maneira tão intensa que, mesmo sendo feita uma intervenção, durante o sono, no desdobramento da médium, ambas se sentirão atraídas uma pela outra. Já tentamos várias vezes, e o fenômeno se repete. Sem esclarecimento, sem estudo e sem modificação da forma de pensar e sentir, não há como evitar o intercâmbio infeliz. Agora — tornou a falar o exu — reparem no orientador espiritual da casa, observem o que ocorre com ele.

Olhamos e vimos um quadro em nada melhor que o anterior. O homem era acompanhado por duas entidades boêmias, nítidos frequentadores da noite, dos inferninhos e de baladas outras. As entidades pareciam quase expulsar o espírito dele do corpo, disputando a todo custo cada célula e cada molécula. O dirigente dos trabalhos também parecia embriagado, segurando um copo com cachaça numa das mãos e, na outra, um charuto. Suava em bicas, escorrendo-lhe o suor na camisa, aberta até o peito, enquanto enxugava o rosto com uma toalha que trazia envolta no pescoço. O exu Sete Encruzilhadas comentou o fato que ocorria diante de nossos olhos:

— Lamentavelmente, os verdadeiros guardiões do trabalho tiveram de se retirar da presença do corpo mediúnico. Devido aos excessos, tivemos de nos afastar temporariamente, a fim de não comprometer nosso trabalho e nossa reputação. Ficaram aqui certas entidades que na umbanda são classificadas como quiumbas, ou seja, marginais do plano astral, que se fazem passar por exus. Mistificam a tal ponto que fica difícil, inclusive para o dirigente dos trabalhos, o médium responsável pela condução das atividades neste terreiro, distinguir um do outro. Contudo — apontou em direção aos dois médiuns que permaneciam incorporados no canto do salão —, aqueles nossos amigos são o esteio da casa, embora não ocupem nenhuma posição de destaque nesta comunidade. Na verdade, costumam ser alvo da rejeição dos demais, devido ao fato de trabalharem mais tranquilos, sem o aparato que os outros utilizam. Através deles, nenhuma entidade, incorporada ou não, faz uso de bebida ou tabaco, como podem perceber.

— O que ocorre — interferiu Pai João, falando pausadamente — é que a personalidade de exu é muito diferente do que a maioria dos médiuns quer acreditar e fazer acreditar. Exu é uma entidade elegante, cheia de compostura; é o guardião das ruas, das coisas sérias; é o ponto de equilíbrio entre o caos e a ordem, responsável direto pela segurança física, energética e até mesmo emocional.

— E as pombagiras ou bombojiros, como são chamadas as guardiãs nas tendas de umbanda, não são em verdade espíritos de prostitutas. Estas que aqui estão, se fazendo passar por guardiãs, possibilitam-nos entender o que muitas vezes se diz sobre esses espíritos femininos, mas é evidente que se encontram em estado lamentável de degradação emocional e sexual, mesmo após a morte do corpo físico. As guardiãs não compactuam com nada disso, com essa pantomima toda — tornou a falar Sete, o exu que nos esclarecia.

Um dos guardiões da equipe de Jamar e Watab, tomando a palavra, perguntou algo que talvez fosse dúvida de muitos de nossa equipe:

— E por que vocês usam nomes que soam tão estranhos para nós, como Sete Encruzilhadas, Marabô, Tranca-Ruas e outros semelhantes?

— Somos seres humanos como quaisquer outros — respondeu o espírito Sete. — Temos nomes comuns, também. Contudo, na umbanda e no candomblé, lida-se com magia e, portanto, os nomes são cabalísticos, mágicos e representativos muito mais da cultura religiosa em si do que da parte dos indivíduos que militam nessa feição de trabalho. Os nomes fazem parte de uma ritualística própria da religião candomblecista e, de modo um pouco diferente, da umbandista. Mas do lado de cá, conservamos os nomes que ostentávamos quando encarnados. Se utilizamos os nomes com feição cabalística, é porque ainda precisamos nos ater aos limites da terminologia religiosa ou cultural e às necessidades dos irmãos que ainda falam e entendem essa linguagem. Devemos nos comunicar conforme o público que temos, falar de tal maneira que nos entendam e usar o vocabulário a que estão habituados.

A explicação tão simples da entidade que se apresentava como exu sanou uma dúvida enorme, que pairava sobre a natureza e a identidade de certos espíritos ligados à umbanda, mas principalmente aqueles que se identificam como guardiões das ruas, das encruzilhadas e das porteiras, ou seja, das entradas e saídas. Para complementar, a mesma entidade acrescentou:

— Exu é um tipo de guardião. Os chefes principais, líderes de falange, estão ligados aos comandos dos guardiões superiores. Mas não ocorre o mesmo com todos os subordinados, com aqueles que trabalham na vibração deste ou daquele chefe de falange; pelo contrário. Entretanto, nosso trabalho não tem a mesma abrangência que o de vocês. Como há diferenças entre o trabalho de um recruta, um soldado, um cabo, um tenente ou um general, assim também nossa especialidade difere da de vocês. Enquanto sua tarefa alcança toda a humanidade, nós nos atemos às questões que envolvem as pessoas com quem mantemos ligação mais ou menos estreita. Além disso, atuamos em certas instituições e em ruas e bairros em geral, visando estabelecer a organização e a disciplina quanto pudermos, uma vez que dependemos da resposta humana às nossas ações.

Concedendo breve intervalo para que pudéssemos absorver as palavras e o alcance delas, arrematou:

— Vocês podem até encontrar um guardião superior trabalhando, por exemplo, ao lado de uma pessoa, protegendo-a, dependendo da importância do trabalho que realiza. Por outro lado, desconheço qualquer exu que trabalhe ligado a questões mais abrangentes, como, por exemplo, na seleção de espíritos que irão para outros mundos ou mesmo junto a instituições representativas como ONU (Organização das Nações Unidas), OTAN (Organização do Tratado do Atlântico Norte), Médicos sem Fronteiras, e junto a dirigentes de países diversos.

"Nosso trabalho é ao lado dos homens comuns, coibindo a ação de espíritos desordeiros, evitando que tomem conta das casas de caridade, das instituições sociais e beneméritas. Atuamos de forma a evitar que causem transtorno e desordem, seja no ambiente de reuniões mediúnicas sérias, seja evitando desastres nas ruas e acidentes nas estradas, por exemplo; em suma, policiamos o cotidiano da população. Sem nossa ação, haveria muito mais acidentes automobilísticos, além de número bem maior de assaltos, crimes e outras situações complexas, que poriam em risco a vida e as conquistas das comunidades.

"Evidentemente – concluiu –, não podem esperar que sejamos conhecidos pelos mesmos nomes em outros países. No Brasil, onde teve origem a história recente da umbanda e onde o candomblé floresceu de maneira especial, assim como em alguns outros países latinos e algumas comunidades africanas, podemos até ser conhecidos como exus, com alguma variante para esse nome. Em outros lugares, porém, as religiões nos deram nomes diferentes e o povo nos batizou de outra forma, de modo que falar em exu, por exemplo, nos Estados Unidos, cuja cultura espiritual é muito diversa da que vemos na nação brasileira, soaria muito mais exótico e bizarro do que nossos nomes utilizados na umbanda soam a seus ouvidos. Dessa forma, o nome é o que menos interessa, é o menos importante, seja ele cabalístico ou comum. Mais do que os nomes pelos quais nos conhecem, importam as realizações, o caráter da entidade e a marca que deixa ao se dedicar ao bem e à ordem a seu modo."

Pai João, sorrindo, demonstrando satisfação com a fala de Sete Encruzilhadas, resolveu dar nova contribuição:

— Todos os países têm auxiliares invisíveis; todas as nações, guardiões responsáveis por ruas e casas. As pessoas são protegidas de acordo com o campo que abrem para tal, o merecimento de cada um, entre outros fatores. Aliás, é uma regra que não falha: é preciso merecer, tanto para obter o auxílio das entidades comprometidas com o bem quanto é necessário ter mérito para ser obsidiado por um espírito mais inteligente, ou especialista.

Olhando para nós para medir o impacto da tese que acabara de expor, teceu um comentário explicativo:

— O tipo de obsessor de uma pessoa depende muito da importância do trabalho que ela desenvolve, do perigo que esse mesmo trabalho representa para o obsessor ou a organização a que ele pertence, considerando os mais sofisticados. Algo semelhante ocorre em relação ao guardião particular. Não veremos um guardião superior assumir o papel de proteção de uma pessoa que nada faz de concreto ou nenhuma ação representativa tenha, de maneira mais abrangente, em prol da humanidade. Esse princípio vale para pessoas e instituições. Naturalmente, a proteção é proporcional ao serviço prestado, ao merecimento da pessoa ou instituição e também ao grau de relevância que detém no trabalho de auxílio espiritual, comunitário ou humanitário.

"Seja como for, ao analisar o trabalho daqueles que são conhecidos como exus, é preciso convir: ai do mundo se não fossem os guardiões das ruas, das encruzilhadas vibratórias. Ai dos motoristas, pois da forma como dirigem seus veículos, caso os guardiões a que no Brasil chamamos de exus não fizessem seu trabalho, seria muito, muito pior a realidade das cidades; a quantidade de acidentes aumentaria exponencialmente. O mesmo registro vale para os pedestres, que se lançam à frente dos carros sem o menor constrangimento. Basta observar o modo como a maioria das pessoas dirige para se acreditar na proteção espiritual existente no cotidiano do mundo. Poderia citar inúmeros outros exemplos, mas acredito que seja o bastante para se ter uma noção do trabalho dos exus, dos guardiões e seus auxiliares, no mundo de hoje."

Um dos guardiões de Watab e Jamar respirou profundamente, talvez instigado pelo pensamento que as palavras de Pai João inspiraram. Depois de ligeiro silêncio, que facilitou nossas reflexões, o pai-velho teceu mais alguns comentários dignos de registro:

— Também podemos pensar na importância do trabalho das guardiãs. Não me refiro, aqui, ao tipo psicológico representado pelos médiuns, como se as guardiãs fossem prostitutas ou outros espíritos femininos marginalizados e também acorrentados aos comportamentos viciosos. Refiro-me àqueles espíritos valorosos que, em sua feição feminina, trabalham ligados ao sentimento e às emoções, onde quer que existam conflitos dessa natureza.

"Observem, por exemplo, os embates verbais e energéticos entre nossos irmãos pentecostais e os grupos que eles consideram opositores, representantes do mal, do diabo ou apenas contrários às interpretações que fazem da Bíblia e do Evangelho."

Sete Encruzilhadas olhou para nós significativamente

e, respirando fundo, deu um exemplo para ilustrar a fala de Pai João:

— Recentemente certas organizações evangélicas se manifestaram em Brasília. Na ocasião, um pastor de renome no cenário brasileiro, famoso por sua postura de condenação da homossexualidade, organizou um evento para protestar contra o direito dos cidadãos *gays* obterem reconhecimento legal da união entre pessoas do mesmo sexo. A situação tomou uma proporção alarmante à medida que os evangélicos foram incitados a se manifestar. Se não houvesse o trabalho das guardiãs, ao intervir nas formas mentais e emocionais, ao desdobrar líderes do movimento religioso e lhes apresentar uma visão diferente, destruindo as formas-pensamento carregadas de emoções violentas e conturbadas; se porventura elas não tivessem interferido de forma decisiva, contundente e eficaz, muito provavelmente teríamos assistido a situações pouco diferentes do que se vê, por exemplo, com os fundamentalistas de certas religiões orientais. O resultado teria sido muito mais truculento e lamentável do que teriam previsto os representantes que incitaram o povo àquela manifestação vergonhosa. Foi graças ao trabalho das guardiãs do bem que foram amenizados os efeitos das emoções despertadas e da ação de alguns líderes religiosos.

— As guardiãs, meus amigos — tornou Pai João de Aruanda —, desempenham um papel bem mais representativo e abrangente no contexto social do que se pode ver neste terreiro que ostenta o nome sagrado da umbanda. Nem de longe sua atuação se resume ao envolvimento com questões de ordem sexual das pessoas que procuram médiuns irresponsáveis, que ocasionam a propagação de uma ideia errônea sobre o nobre trabalho desse destacamento da polícia astral, a polícia feminina da dimensão onde nos encontramos.

"Agora, é verdade que cada um, cada médium tem o espírito que merece, o mentor que merece e o guardião que merece. No caso que vemos aqui, o que ocorre é que a médium, cujos desejos sexuais estão mal resolvidos, e as emoções se encontram tão desequilibradas quanto doentes, atrai espíritos do mesmo quilate. Aproximam-se dela apenas seres do plano astral com comportamento semelhante e gostos mais ou menos equivalentes aos dela. A única linguagem que ela conhece é este palavreado chulo, que beira à imoralidade. Seus desregramentos e a própria confusão mental e emocional são atribuídos, por ela própria, a um espírito que, segundo acredita, é uma pombagira. Dessa forma, as pessoas que vêm em busca de consulta espiritual, por não conhecerem a estrutura de serviço das guardiãs, confundem médium com espírito e acabam interpretando esses excessos como se provenientes de uma guardiã. Na verdade, mais de 90% do conteúdo transmitido é da mulher encarnada, enquanto ambos, espírito e médium, vivem intricado processo obsessivo, cuja conotação é de simbiose mental e emocional. Também aqui vale a lei da atração espiritual. Se levarmos em conta os consulentes que procuram espíritos desse porte, encontrarão exatamente o que pretendem, na medida exata do merecimento e da conduta de responsabilidade ou irresponsabilidade que adotam."

Ante a fala de Pai João, esclarecendo-nos sobre o assunto, a guardiã da equipe de Semíramis que estava conosco acrescentou:

— Imagine se alguém verdadeiramente de bem, no mundo, entre os encarnados, procuraria uma pessoa cronicamente embriagada, visivelmente sob o efeito do álcool, com um comportamento tão vulgar e lascivo e que demonstra emoções tão destoantes e desajustadas, em busca de uma consulta de natureza psicológica, isto é, com o intuito de buscar conselhos sobre sua vida sentimental e outras situações que envolvem suas emoções. Por certo o consulente não encontrará nesta pessoa nenhuma seriedade, nem mesmo capacidade de aconselhar, pois que ela própria, a consultada, é quem clama por ajuda urgente, de preferência internando-se numa clínica especializada. Facilmente, nota-se que é mais necessitada do que quem lhe pede socorro e ajuda.

"Na relação entre espírito e encarnado diante de nós acontece algo equivalente. O espírito ao lado da mulher que se diz médium está num estado tão lastimável, o que se traduz num comportamento tão alterado, que sabemos se tratar de uma entidade vampira, que suga as energias da mulher sob efeito do álcool, bem como dos desprevenidos consulentes que a procuram. Imaginem se em nosso destacamento permitiríamos a presença de espíritos assim tão desequilibrados? Meu Deus... Como sabem, são exigidos anos e anos de dedicação e estudo, além de um comportamento o mais próximo possível da idoneidade, no mínimo fiel e coerente, para ser admitida como guardiã. Somente após mais de 30 anos de trabalho e estudo é que um espírito de natureza feminina pode ser admitido em nossa corporação. Apenas isso basta para concluir que vemos ao lado da suposta médium algo que jamais poderia caracterizar uma guardiã de verdade."

Continuamos a observar a chamada reunião mediúnica, a sessão de terreiro. Logo entendemos que, na umbanda de raiz, aquela que prima pela caridade, o respeito e a disciplina dos médiuns e consulentes, jamais se veriam situações como as que se apresentavam diante de nós. Entre um médium e determinada pessoa da plateia havia claro envolvimento sensual, com direito a flerte por parte da pseudoentidade comunicante, que a todo custo tentava seduzir a consulente. Era nítido como o médium irresponsável se valia da crença da mulher de que ele estava incorporado para tirar proveito da situação. De tão patético, o quadro não merecia mais comentários.

Ficaram bem claros para nós, principalmente com o auxílio de Sete e Pai João, o papel representativo de exu, a verdadeira face das guardiãs e o que estava por trás de muitas pretensas manifestações de espíritos aos quais os médiuns chamavam de pombagiras. Definitivamente, não havia como confundir a função real das guardiãs, o papel que representam no desempenho de tarefas nobres, com o que muita gente mal informada e muitos médiuns com más ou segundas intenções levavam as pessoas a crer. Uma vez que não estávamos ali para discutir a validade ou não de tais práticas — ainda consideradas, por alguns, como espirituais —, resolvemos regressar à cidade dos guardiões, mas com farto material para os novos líderes estudarem, compreendendo a grandeza, a abrangência e a seriedade dos trabalhos de seres verdadeiramente comprometidos com o bem das sociedades e dos homens que as compõem.

Pai João despediu-se de nós e foi juntar-se aos espíritos Zarthú e Estêvão em outras tarefas. Sete Encruzilhadas foi convidado por Watab e Jamar a fazer uma exposição sobre o trabalho nobre de guardiões de sua equipe na universidade da cidade espiritual onde os guardiões se reuniam. Haveria muito tempo e material para estudar.

Ao retornar a nossas atividades diárias, Jamar conversava conosco, aproveitando o momento para fazer um convite a seu amigo particular, Watab, companheiro de tantas batalhas:

— Queria que fosse comigo para o QG dos guardiões, na Lua, meu amigo. Lá teremos novas oportunidades de observação, e creio que você poderá, após um estágio por lá, levar mais instrumentos e conhecimento para nossos amigos que estão se especializando no trato com os seres das regiões sombrias.

— Fico honrado com o convite, amigo, mas agora preciso muito me dedicar a algumas questões urgentes, pois soubemos que alguns grupos de magos negros, ligados a religiões fundamentalistas do Oriente, arquitetam nova ofensiva para abalar a confiança de políticos, investidores e empresas do mundo todo em certos países europeus. Caso essa ação se concretize, teremos muito barulho pela frente. Chegou até nós outra informação que também reclama urgência. Em região astral bem próxima ao Brasil, ocorre um conclave entre políticos desencarnados e magos que intentam implantar o fundamentalismo religioso na política daquelas terras. Para isso, buscarão desacreditar o país diante da comunidade internacional, fazendo com que o povo sofra novo período de recessão, ainda mais intenso do que aquele em curso na Europa.

— Você está verdadeiramente engajado nessa luta, amigo! — exclamou Jamar. — Pode contar comigo para o que necessitar. Pedirei a Anton um destacamento especial a fim de auxiliá-lo; especialistas na política, na religião e em assuntos do gênero, dos quais deve precisar. Estaremos juntos nessa tarefa. Pode contar comigo.

— Sinto-me mais confortável com a sua ajuda, Jamar. É uma responsabilidade e tanto coordenar os especialistas da noite. Por décadas, enfrentamos juntos os magos negros e algumas organizações de cientistas, mas agora que me vejo sem você à frente dos guardiões da noite, sinto um peso a mais da responsabilidade.

— É assim mesmo, amigo. Exatamente isso se passa comigo ao ascender a outro domínio, assumindo novo grau de responsabilidade junto aos guardiões superiores no QG lunar. Mas não estamos sós. Assim como Anton tem se mostrado um irmão e amigo, amparando-me neste início de jornada, estarei por minha vez ao seu lado, o quanto puder, e farei de tudo para que tenha tempo de se adaptar à nova situação. De qualquer forma, o aguardarei assim que se desincumbir de suas tarefas.

Watab se iluminou de satisfação e confiança no amigo de longa data. Desde os dias antigos da Babilônia, de eras remotas, nos momentos de catástrofes coletivas na velha Atlântida, rompendo as trevas da Idade Média e agora, nos últimos 80 anos dedicados a especializações, combates e guerras astrais, os dois amigos caminhavam lado a lado, auxiliando um ao outro na conquista de novas posições para os guardiões da luz. Juntos enfrentaram reis, depuseram ditadores, defenderam cristãos, capturaram um dos mais representativos príncipes dos famigerados *daimons* e viram surgir os primeiros lampejos de um novo dia para a humanidade. Uma amizade que rompeu os séculos só poderia se fortalecer mais ainda numa parceria tão intensa e numa união mais profunda, movida pelos ideais do Cordeiro. Juntos seriam uma força considerável e um potencial nada desprezível neste momento de gestação da nova Terra, do novo homem e de uma humanidade renovada.

Mas até lá, até que o Reino, a política divina se concretizasse no mundo, a conjunção de forças representada em Watab e Jamar seria um fator a ser levado em conta pelos opositores da política do Cordeiro. De um lado, Jamar, de posse de recursos agora mais amplos, em união íntima com os especialistas de Watab, de outro, saberiam enfrentar com êxito os desafios que certamente surgiriam na caminhada.

— Como estão indo os projetos de nossos agentes no plano físico, meu amigo? —, perguntou Watab a Jamar.

— Estamos progredindo, Watab. Lembra quanto tivemos de trabalhar no período de reurbanização da Europa, a partir dos anos 1940?

— E como lembro!... Foram anos em que nos dedicamos diuturnamente a especializar novos auxiliares para nos apoiar nos eventos marcantes que enfrentariam a Europa e os países para onde seriam relocados os espíritos advindos de experiências no velho continente. Agora temos um desafio maior ainda...

— Estou ansioso para ver como os novos agentes receberão nossa proposta. Precisamos preparar novos guardiões do bem entre os encarnados, sem demora. E ter novos parceiros implica lidar com crenças pessoais, manias religiosas e expectativas. Temo, meu amigo, que bem poucos sobreviverão às decepções, pois muitos dos chamados alimentam noções fantasiosas ou, no mínimo, distantes da realidade, a respeito do trabalho.

— Pois é, Jamar. Também me preocupo com nossos novos agentes. No fim das contas, acredito que ocorre, em diversos países onde fundaremos grupos de apoio a nosso trabalho, algo semelhante ao que sucede em nossa dimensão, com os novos candidatos a guardião. Demandará longo tempo a criação de uma força-tarefa respeitável. Mas não desanimemos. O grupo de agentes trabalhará muito. Podemos confiar em nossos parceiros; são tão determinados que não se permitirão, de maneira nenhuma, desanimar ou desistir da empreitada que lhes propôs.

Esboçando um sorriso ligeiro, discreto, percebido apenas por uma leve descontração nos lábios, o guardião Jamar arrematou:

— Temos uma turma muito determinada, mesmo. E é de se notar que, entre eles, apenas dois gozam de uma condição social de algum modo favorável, digamos, ao trabalho. Quanto aos outros, são tão ou mais confiáveis e esforçados como esses dois do continente europeu. Então, vamos nos preparar para receber novos amigos, novos agentes do Invisível. Temos um grande trabalho pela frente e só teremos cinco anos para preparar essa turma!...

— Cinco anos de desafios e lutas... mas de muitas conquistas, também! — respondeu Watab pensativo.

— Creio que o maior desafio será desconstruir certas crenças e ver emergir uma nova mentalidade e um novo entendimento sobre o que significa trabalhar conosco, os guardiões. Isso, sim, será talvez o cerne do desafio.

— Nada que não esteja a nosso alcance, amigo. Depois de tantas lutas ao longo dos séculos, de tantos desafios e guerras etéricas e astrais, enfrentando a estrutura antagônica de legiões de seres, imagine se não conseguiremos?

Os dois amigos se despediram aí mesmo, para depois se reencontrarem em novos campos de lutas e trabalho.

6

# GUARDIÕES DE MUNDOS

ÃO LOGO WATAB terminou as tarefas na cidade dos guardiões, e depois de passar na cidade das estrelas, a Aruanda, visitando a universidade local, mas principalmente o lugar onde os guardiões estudavam, assinalou para Jamar que estava pronto para ir ao QG dos guardiões superiores.

A Aruanda estava em festa, pois diversos seres do espaço se reuniram em auditórios espalhados por toda a cidade a fim de falar à comunidade. Vieram espíritos de diversas cidades espirituais, localizadas na mesma dimensão da Aruanda e em outras mais próximas. Organizou-se um evento de grandes proporções, pois era a primeira vez que os filhos das estrelas se dispunham a falar diretamente ao cidadão comum das metrópoles situadas no plano astral superior do planeta. De modo geral, eles eram bastante reticentes quanto a se apresentar em público ou se dirigir a plateias muito numerosas. Eram dois dias de intensa atividade. Os hotéis estavam repletos de espíritos que gostavam de estudar e sentiam o chamado espiritual para se especializar como guardiões do bem e formar núcleos em suas cidades espirituais. Nosso Lar enviou uma comitiva de mais de 200 espíritos, que foram selecionados para representar a comunidade. Grande Coração, que vibra na mesma frequência de Aruanda, enviou quase 500 representantes, e outras cidades, como Vitória Régia e Eretz Israel ou Cidade do Renascimento, localizada sob os céus da Palestina, entre tantas situadas na Europa e no continente americano, se fizeram presentes por meio de caravanas numerosas. Aruanda sediava esse encontro patrocinado por diversos espíritos representantes do pensamento universalista, que investiam na difusão de novos conhecimentos para a humanidade desencarnada e encarnada.

Jamar encontraria Watab exatamente no primeiro dia em que um dos representantes *annunaki* falaria para a mais numerosa plateia de todas que se reuniam na cidade. Os guardiões superiores, que mantinham ali na Aruanda um dos seus mais importantes colégios, estavam a postos por toda parte. Alguns destacamentos de mongóis, guardiões que atuavam sobretudo na Ásia, e legionários de Maria, imponentes como sempre, também estavam de prontidão. Quanto aos espíritos admitidos no colégio dos guardiões, mas ainda sem especialização, serviam à comunidade dando informações aos visitantes, conduzindo-os aos locais onde se realizariam as palestras e a outros mais, nos quais ocorreriam diversas atividades envolvendo os seres das estrelas. Os guardiões participavam ativamente da vida na comunidade, mas principalmente ali e naquele momento, em que a Aruanda recebia diversas delegações, caravanas de espíritos e representantes de diferentes dimensões.

No salão onde nos reunimos — eu sempre silencioso, porém com uma curiosidade atroz sobre os temas das palestras —, continuei tomando minhas notas, de maneira a mais tarde editar os textos e, quem sabe, passá-los à frente, não apenas no *Correio dos Imortais*, mas em futuros livros. A bandeira com fundo branco e a imagem do planeta Terra tremeluzia à frente de todos. A figura do planeta era envolvida por várias estrelas, e o conjunto todo simbolizava a Terra unida. O dourado que margeava as estrelas parecia refletir o futuro da raça humana. Contemplar aquele símbolo, ainda que por breves instantes, enchia-nos de emoção e fazia emergir em quantos o mirassem o sentimento de amor pela humanidade e o desejo de servir como agentes transformadores, principalmente neste momento em que a Terra adentrava um período de intensa renovação, marcada por reformas intestinas e de grande relevância. Não havia ali, na cidade espiritual, quem não se emocionasse ao encarar a flâmula tremeluzente.

O amplo auditório apresentava lotação máxima, repleto de espíritos advindos das cidades representadas pelas caravanas. Na abertura da palestra, um dos guardiões superiores apresentou-nos o irmão das estrelas, conforme eram chamados os representantes de outras raças. Visitavam-nos havia já algum tempo, porém somente agora foram favoráveis a participar deste evento, que poderia nos auxiliar bastante a compreender as atividades dos guardiões no que se refere à transmigração planetária e aos momentos vividos pelos habitantes das muitas dimensões de nosso orbe. Indiscutivelmente, tratava-se de um momento peculiar, que movimentava forças, energias e seres de dimensões diferentes. O objetivo era formar largo contingente de voluntários que trabalharia em prol da renovação da humanidade, da reurbanização extrafísica e do relocamento daqueles espíritos que seriam deportados do planeta.

O ser das estrelas trazia no semblante algo que lembrava a população nórdica da Terra, embora os traços característicos que o diferenciavam do tipo humano. Adentrou o ambiente causando certo rebuliço entre os presentes; após curvar-se ligeiramente em direção à plateia, em sinal de respeito, tomou a palavra sem demora. Seriam projetadas suas imagens mentais numa espécie de tela etérica à nossa volta, em tons naturais e de forma tridimensional. O habitante de outro mundo falou-nos, a princípio, pausadamente:

— Há mais de 60 anos que representantes de povos do espaço têm entrado em contato com alguns governos do planeta Terra. O governo norte-americano foi um dos que recebeu uma comissão de determinado povo da Via Láctea, com o objetivo de colocar fim à possibilidade de uma guerra nuclear em seu mundo.[1] Desde o evento que marcou a conquista do espaço por parte de dois países de seu orbe, foram avistadas e mapeadas estruturas existentes no satélite natural a que chamam Lua. O lado oculto desse astro — oculto para quem observa a partir da Terra — guarda segredos que somente são conhecidos nos círculos mais restritos de cientistas e por algumas agências de inteligência de poucas nações.

[1] Certamente, um dos mais célebres episódios é o que ocorreu em 8 de julho de 1947, em Roswell, Novo México, nos Estados Unidos, noticiado pelas Forças Armadas à época. (Para esclarecimentos adicionais, consulte: PINHEIRO, Robson. Pelo espírito Ângelo Inácio. *Crepúsculo dos deuses*. 2ª ed. rev. Contagem: Casa dos Espíritos, 2010. p. 117.)

"Mais adiante no tempo que vocês denominam século XX, logo no início da segunda metade dele, travaram-se novos contatos com seres pertencentes a uma raça adiantada em tecnologia, cuja ciência é superior à terrestre. Esse contato foi feito de maneira mais expressiva com governos de três países. Durante o encontro com um deles, em especial, acertou-se que, em troca de tecnologia, tais seres teriam liberdade para testar determinados recursos em pessoas de diversas partes do planeta, isto é, realizar experimentos científicos, cujas finalidades se relacionavam à sobrevivência da espécie extraterrestre. Tais ações resultaram em algumas abduções a partir de então, ao longo de pelo menos três décadas, de maneira mais intensa. Logo após, algumas excursões foram efetuadas por habitantes de mundos mais adiantados – apenas do ponto de vista tecnológico –, visando conhecer certas áreas da Terra e realizar pesquisas em áreas como genética, as quais pudessem redundar em benefício para essas raças.

"Contudo, nem sempre os contatos partiram de seres esclarecidos ou, segundo sua forma de pensar, comprometidos com a ética cósmica. Embora tenham conquistado uma tecnologia muito superior àquela que o habitante terreno tem desenvolvido, há seres para os quais o homem terrestre não passa de um objeto de pesquisa ou até mesmo cobaia, usado a fim de atingirem seus objetivos. Trata-se de atitude análoga à do próprio homem perante os animais do seu mundo. Muitas das tecnologias que hoje se veem na Terra, às quais pouco a pouco as massas ganham acesso, são o resultado dessa troca de favores, que previu uma incursão ao planeta, planejada e acertada com determinado governo que pretende deter o poder sobre as demais nações do orbe.

"Foi exatamente no início dos anos 1990, diante de todos esses acontecimentos, que alguns guardiões decidiram intervir. Eles atuam ou têm como campo de ação o conjunto de sistemas e estrelas da qual seu sol faz parte. Resolveram interferir diretamente na marcha da história, buscando contato com o governo mais expressivo entre as nações da Terra através de duas maneiras: de um lado, por meio de ondas de rádio; de outro, usando o poder do pensamento, num fenômeno conhecido por vocês como telepatia. Estamos falando de seres que respondem pela segurança tanto física quanto energética da rede de estrelas que vocês denominam de constelação, da qual a Terra é um dos mundos, e o Sol, um dos principais focos de vida e energia."

Mesmo estando no início de sua exposição, o ser das estrelas nos surpreendeu com a quantidade de informações apresentadas. Eu ignorava, então, que aquela não era a única palestra do gênero realizada na Aruanda. Havia conterrâneos daquele ser em outros auditórios, simultaneamente, abordando temas semelhantes e complementares entre si. Mais tarde, procurei me inteirar de todas as abordagens, a fim de reunir as diversas informações apresentadas pelos amigos do espaço.

— Não poderiam os guardiões estelares permitir que seu mundo fosse destruído pelo uso indiscriminado de tecnologia nuclear, pois, caso isso ocorresse, não somente a vida no planeta Terra ficaria indelevelmente comprometida, como também os diversos sistemas das estrelas próximas. No passado que vocês, terrestres, contam em eras e milênios, houve um ataque maciço a um dos mundos de seu sistema solar. A ocorrência produziu um desequilíbrio gravíssimo nos sistemas de vida vizinhos e reclamou a atenção das inteligências mais dinâmicas e expressivas no que concerne à condução, preservação e segurança dos chamados biomas ou sistemas de vida dos mundos.

"Os guardiões entraram em cena e, após diversos contatos por ondas eletromagnéticas, interferindo nas comunicações e manipulando-as diretamente por meio de alta tecnologia, resolveram se mostrar a um grupo composto por cientistas e membros de famílias mais representativas, que controlam determinado ramo do poder, além de alguns poucos membros do governo da tal nação.

"Jamais poderiam permitir que o mundo terreno sofresse algo parecido com o que aconteceu, no passado remoto, no sistema solar, devido à irresponsabilidade dos seres que vocês conhecem como dragões. A estrutura de vida de outros orbes, ainda hoje fragilizada pelo abalo de proporções galácticas em épocas pregressas, não ficaria imune a forças que desencadeassem uma hecatombe nuclear. Reitero que os efeitos seriam desastrosos para outros mundos na amplidão; portanto, não somente a Terra teria seu destino marcado profundamente por um evento desse porte, como também diversos orbes e civilizações sentiriam o abalo de repercussões siderais. Entre outros aspectos que se poderiam citar, há as ondas eletromagnéticas irradiadas, a possibilidade de mudança na órbita do planeta e o desmembramento do sistema Terra-Lua, sem contar a repercussão vibratória de milhões ou bilhões de vidas ceifadas irremediavelmente e de maneira não programada pela administração solar. Todos esses fatores trariam consequências muitíssimo desastrosas para a vida em outros orbes do espaço, além de afetar as civilizações nas dimensões próximas à crosta terrestre."

Falando outra vez pausadamente, a fim de que os representantes das cidades espirituais ali presentes pudessem refletir sobre o significado e alcance de suas palavras, continuou, ainda mais elucidativo:

— As cidades estruturadas na matéria astral, etérica e mental do seu mundo seriam abaladas profundamente com a emissão de radiações provenientes de uma possível catástrofe nuclear. Como se não bastasse o efeito radioativo, que dizer da chegada em massa de bilhões de almas despreparadas, cuja vida física fosse ceifada de modo abrupto, ou seja, num quadro crítico e de crise aguda? As cidades das dimensões etéricas e astrais seriam afetadas em toda forma de vida, uma vez que os seres espirituais que lá vivem, mesmo numa civilização além-física, definitivamente não se encontrariam preparados para algo de proporção tão devastadora como a que se desenhava nos horizontes do orbe.

As informações sobre os estragos e as consequências de uma eventual guerra de proporções épicas, que propagasse carga tóxica em volume tão devastador, como o que se veria num conflito nuclear global, de fato mexeu com muita gente ali. Muitos nunca haviam imaginado como situações de grande complexidade no mundo físico pudessem interferir tão intensamente nas regiões etéricas e astrais mais próximas da Crosta.

— Eis por que os guardiões estelares e do sistema, também conhecidos como anciãos, devido à experiência imemorial em lidar com situações de risco iminente, resolveram interferir — continuou o visitante do espaço. — Deram um ultimato a alguns governos da Terra. Deixaram claro que teriam condições de influenciar de tal modo a tecnologia e afetar tão intensamente os laboratórios que poderiam, efetivamente, impedir, em todo o planeta, os processos de fusão e fissão nuclear, causando severo prejuízo a muitos setores da indústria e da ciência humanas. No contato que tiveram com tais governos e o grupo seleto de pessoas influentes, apresentaram esse ultimato e demonstraram, de maneira eficaz, por meio de um experimento, quanto poderiam influenciar não somente aparatos científicos, mas também as reações da própria população e da opinião pública. Seriam capazes de se mostrar aos habitantes ostensiva e claramente, oferecendo evidências cabais da existência de outras formas de vida inteligente no universo.

"Caso tais ameaças se concretizassem, sucederia incomensurável prejuízo financeiro, o que provavelmente acarretaria a derrocada do sistema econômico mundial. Contudo, primeiramente seriam afetados os países mais desenvolvidos, cujo parque tecnológico e científico depende mais largamente das operações nucleares e dos processos de fissão e fusão de átomos. Uma revelação em massa da visita de seres de outros mundos aos habitantes de seu planeta, particularmente naquele momento histórico, desencadearia uma reação mundial que dificilmente seria contida pelos governantes. Imaginem o caos das religiões tradicionalistas, as revoltas sociais e desordens generalizadas, a euforia que tomaria conta das ruas de todos os países. Esse conjunto de fatores de ordem política, econômica, social e cultural acabaria por provocar o caos nas bolsas de valores, além da derrocada do poder estabelecido e da incapacidade de administrar a loucura generalizada que decorreria de uma ação como a que fora prometida. Ou seja: os anciãos usaram contra as autoridades estabelecidas o que lhes é mais caro: a manutenção do poder, em todas aquelas esferas."

Eu nunca havia avaliado o que uma reação assim, em cadeia, poderia provocar, tampouco a extensão do que se seguiria caso os visitantes do espaço se mostrassem do modo como descrevia o ancião. Era algo a se considerar seriamente.

— Os guardiões de mundos só agiram assim, dando um ultimato, ao terem notícia do acordo feito entre alguns governos de seu mundo e aqueles seres do espaço, que, embora detivessem tecnologia e ciência mais desenvolvidas, eram movidos por interesses que poderiam ser largamente prejudiciais à raça humana. Como resultado da ação dos anciãos, a partir de contatos mais intensos e insistentes, os governos da Terra deram início à política de desarmamento nuclear. Os principais países alvo das comunicações com seres do espaço mantiveram seu arsenal, em certa medida, embora se sentissem de alguma forma responsabilizados por eventuais incidentes envolvendo energia nuclear. É preciso mencionar que nações como Estados Unidos, Canadá, Inglaterra, Alemanha, França e China, entre outras, já tiveram contatos diretos com os conhecidos seres a que seus pesquisadores chamam de *greys*.

As imagens projetadas no ambiente mostravam seres de aparência humanoide, cinzentos e com olhos negros que nos pareciam desproporcionais, sobressaindo da fisionomia. Seres pequenos, entre 1,2 e 1,6m, no máximo, apareciam ao lado de dirigentes norte-americanos e de outros países. Reuniões levadas a cabo às escondidas, sob forte esquema de segurança, vinham à tona nas cenas cheias de realidade, de maneira a não deixar dúvidas quanto ao que ocorrera. Após o próprio visitante olhar as projeções por alguns momentos, dando-nos tempo de absorver os detalhes, que iam muito além do que suas palavras conseguiam exprimir, continuou com o relato:

— Segundo os guardiões de mundos, uma das ações mais preocupantes no que diz respeito ao destino da Terra, em época recente, foi o fato de que os próprios cientistas do seu orbe enviaram ao espaço, registrado em placas de ouro, o endereço sideral de seu planeta. O objeto maior de preocupação dos guardiões estelares foi a segurança de sua civilização e a possibilidade de outros seres, também imersos em matéria semelhante àquela que constitui os corpos dos humanos terrestres, encontrarem seu mundo, de posse dessa informação. A preocupação dos anciãos reside no fato de que existem civilizações no universo que ainda não despertaram para o compromisso com a ética cósmica, aquilo que vocês classificam como política divina. São civilizações que alcançaram um estágio de tecnologia e avanço científico muito maior do que vimos na Terra atualmente. Se porventura esses seres mais truculentos encontrassem tal endereço sideral, os terrestres correriam o risco de assistir à repetição daquilo que ocorreu quando os europeus chegaram às Américas, porém em escala global. O que se seguiu à chegada das naves marítimas que aportaram no Novo Mundo foi a destruição da cultura e da civilização nascente. Evidentemente, se isso ocorrer em escala cósmica, os índios da história corresponderão aos homens da civilização terrena atual. Então, podem entender a grande preocupação de nossos povos do espaço, de nossos sistemas estelares, dos próprios guardiões dos mundos, com o que se passa no planeta Terra.

Novamente, a fala do visitante do espaço não deu margem a dúvidas. Havia algo muito sério ocorrendo em nosso planeta, que reclamava a intervenção externa de parte dessa equipe de vigilantes dos mundos. Algo que a massa humana desconhecia e que alguns, apenas alguns, suspeitavam.

— Agora que a humanidade terrena está adentrando um período crítico, no qual serão selecionados os seres que aqui permanecerão e aqueles que serão repatriados, nós, seus irmãos das estrelas — acentuou nosso visitante sideral —, nos sentimos na responsabilidade de falar primeiro a vocês, que estão mais conscientes da realidade da vida em outras dimensões. Falar e tomar parte, como temos feito lado a lado com os guardiões deste orbe, a fim de lhes dar suporte e colocar a disposição conhecimentos e experiências sobre o processo de transmigração, que ora se opera, em escala global. Não é fácil para nenhum mundo o período de renovação; não é simples ter de enfrentar a mudança radical no comportamento mundial. Trata-se de uma modificação dos valores, os quais definirão papéis, tipo de governo, política e qualidade de vida da população.

Novas imagens foram projetadas diretamente a partir da mente de nosso conferencista, que conseguiu impressionar a plateia. Ciente do alcance de suas palavras, que poderiam até ser captadas, intuídas ou inspiradas em outros lugares e por outros espíritos, deu o tom preciso a fim de estimular todos a tomarem posição quanto à maior participação junto àqueles que trabalham por um mundo melhor e renovado:

— Não ignoram que, desde as décadas de 1930 e 1940, consolidou-se gradativamente no plano político-econômico terrestre uma espécie de governo paralelo ou invisível, composto por um grupo de pessoas e por famílias que passaram a ter forte influência e controle sobre os bastidores de tudo o que ocorre entre as nações. Aos poucos, concentraram tanto poder e dominaram a tal ponto, que diria, mesmo, que esse governo invisível determina acontecimentos e guerras, e decide quais economias cairão e quais serão acobertadas. Formada por uma coalizão de poderosos, essa espécie de clã é patrocinada por seres de outros mundos, que aqui vieram realizar as experiências científicas que mencionei, sem compromisso com o bem da humanidade terrena.

"Graças a esse governo invisível, algumas nações hospedaram seres do espaço em troca de tecnologia, desde a década de 1940 da sua história. Nessa mesma época, e também alguns poucos anos antes, alguns seres extraterrestres visitaram o país chamado Alemanha. Muitas das experiências lá realizadas pelos cientistas do regime nazista foram patrocinadas, inspiradas e executadas em associação com os não terráqueos que pretendiam desenvolver um ser híbrido através de experiências genéticas, já que sua civilização perdera, ao longo das eras, a capacidade de procriar. Agentes alemães, norte-americanos e de outros países abrigaram cientistas de certa casta extraterrestre, e o mundo conheceu um período terrível e grave em sua história. As mortes, que chegaram aos milhares, bem como as incontáveis atrocidades decorrentes das tentativas de manipulação genética levada a cabo por esses seres, somente foram interrompidas quando a equipe de sentinelas dos mundos aportou em seu planeta.

"Tudo isso que falamos hoje a vocês tem por objetivo lhes permitir compreender as diversas intervenções que os guardiões siderais tiveram de empreender nos chamados países desenvolvidos. Não fossem elas, há muito a Terra teria conhecido outra guerra, e de proporções tão devastadoras que a humanidade se veria às voltas com perturbações, talvez, inimagináveis. Sem contar que as civilizações extrassolares, por certo, receberiam as repercussões da destruição e das energias aqui desencadeadas.

"Portanto, irmãos terrestres, conclamamos vocês à suma tomada de consciência concernente à urgência do trabalho que os guardiões realizam. Enquanto isso, guardiões planetários rondam a atmosfera terrena e mantêm na Lua, entre outros locais do sistema solar, uma das suas mais importantes bases, onde montam guarda, mais ou menos permanente, sobre os povos e governos da Terra."

O chamado à consciência tocou-me profundamente. Fazia eco com o chamado que Miguel fizera há bem pouco tempo, ante o qual imensa quantidade de espíritos havia se reunido a fim de oferecer sua contribuição no momento de transição planetária.

— Visto sob essa ótica, o problema enfrentado neste mundo — continuou a explicar o ser extrassolar — envolve a participação de seres do espaço, de representantes de mundos cuja política se opõe a tudo aquilo que vocês entendem como sendo o lado bom, o bem, a ética, a justiça e a equidade. A manipulação e a subjugação da humanidade como um todo é patrocinada por forças sobre-humanas, por seres que estão há séculos em contato com seu mundo. Embora somente neste momento a verdade sobre eles venha à tona, é imprescindível e inadiável que agentes do bem na dimensão física tomem conhecimento desses fatos, pois agora, mais do que nunca, todos os habitantes das cidades etéricas e astrais do planeta precisam de auxiliares cada vez mais conscientes do grande drama, do grande conflito que aflige e se acerca dos povos da Terra. Pela orquestração de inteligências extrafísicas, extraterrestres e extrahumanas, a humanidade vem sendo manipulada, subjugada ao longo dos séculos, e as massas lamentavelmente cedem ao comando hipnótico de dois dos maiores instrumentos de manipulação mental e emocional de todas as épocas: a religião fundamentalista e a mídia."

O ser do espaço interrompeu brevemente a fala, enquanto sua mente projetava imagens de diversas partes do mundo, de diversas nações sendo visitadas por alienígenas, seres do espaço, que faziam contato com governos e representantes de países da Terra. Abduções e outras intervenções diretas, levadas a cabo por seres disfarçados entre humanos, sendo realizadas à luz do dia, de maneira a subjugar sociedades inteiras e manipular determinados acontecimentos históricos. E as imagens falavam mais que suas palavras. Após deixar o silêncio fazer o pano de fundo para as suas projeções, alguém da plateia, representando um grupo advindo de Nosso Lar, pediu a palavra:

— O nobre amigo falou-nos sobre o fato de que, se algum

dia os seres do espaço se mostrassem no mundo físico de maneira mais ostensiva, causariam o colapso da economia mundial, da sociedade e da religião. Como pode justificar tal afirmativa? Poderia nos explicar mais sobre o assunto?

— Irmão da Terra — retomou o ser humanoide, com aspecto que lembrava as pessoas da Escandinávia —, podemos falar sobre uma tecnologia que pudesse ser posta a serviço da sociedade de maneira mais abrangente, aberta, e oferecesse ao mundo grande volume de conhecimento, hoje restrito somente ao círculo dos donos do poder e do que chamei de governo invisível. A cura de muitas doenças já estudadas, com resultados vitoriosos, ocasionaria a derrocada do sistema de riqueza e poder dos grandes laboratórios da indústria farmacêutica, uma vez que há nesse bojo elementos que invertem a lógica ou demonstram a falência do modelo de medicina vigente. A tecnologia que utiliza o eletromagnetismo e certas energias geradas em outras dimensões, uma vez compartilhada com todos os países, acarretaria a renovação da matriz energética e, por conseguinte, o colapso da organização financeira que sustenta os governos e governantes do planeta, dado o papel-chave que tal setor tem na ordem econômica.

“Do ponto de vista social, o contato mais íntimo com povos do espaço levaria o caos ao *status quo* religioso quando fosse descortinada outra visão da chamada verdade, da força e sabedoria suprema que vocês chamam de Deus. Isso abalaria o poder das grandes correntes e instituições religiosas, pois inevitavelmente se formariam outras religiões, centradas nas informações científicas e na existência comprovada de vida além da Terra. Até onde nossos estudos indicam, a maior probabilidade é que uma guerra se instalasse entre as religiões novas e as tradicionais, gerando um tributo de dor, perseguição, intolerância e radicalismo, ainda bem maior do que hoje se observa entre os fundamentalistas. Isso sem falar na abordagem entre sensacionalista, fatalista e alarmista que predominaria na imprensa, incitando o caos e a instabilidade da ordem vigente. Em suma, acreditamos que a verdade abrupta poderia ser bastante mais prejudicial do que se supõe; por isso, muito gradualmente é que virá à tona a realidade da vida em outros mundos.

“Enquanto isso, a população está sendo preparada para assimilar nova mentalidade, de caráter cósmico, universalista. Atualmente, temos inspirado artistas a produzir material farto, a fim de preparar a população para entrar em contato com novas inteligências de outros mundos de maneira mais expressiva, uma vez que, até agora, somente foram feitos contatos diretos com governos, algumas corporações e pessoas indicadas pelas agências de inteligência dos países contatados. Filmes, uma vasta literatura e a própria rede de comunicação global estão sendo utilizados para lançar ideias novas sobre a habitabilidade de outros mundos e a presença de viventes em outros orbes. Dessa forma, pretende-se preparar o campo mental e emocional da população, de modo que possam receber sem grandes impactos a visita mais ostensiva de nossos irmãos de humanidades do espaço. Todos esses recursos têm sido inspirados pelos guardiões dos mundos, que entram em contato direto com produtores, artistas e algumas poucas pessoas que têm recursos para influenciar a multidão através da indústria cultural e de setores da mídia."

As explicações de nosso amigo das estrelas abriram uma nova dimensão em nossa mente, sobre a possibilidade de um encontro às claras entre os habitantes do espaço e os filhos da Terra, com provas conclusivas acerca de presença deles. Enquanto digeríamos as últimas palavras, outro espírito pediu a palavra, agora de uma caravana de uma das cidades espirituais localizadas nos céus da Europa:

— Aqueles que você chama de guardiões dos mundos são espíritos como nós ou são seres viventes, da mesma dimensão dos encarnados no planeta? Poderia nos esclarecer sobre a natureza deles?

— Temos os dois casos — respondeu o ser extraterrestre. — Existem os guardiões de mundos que vivem e vibram em dimensões próximas daquela considerada física pelos mais modernos estudos de espiritualistas do seu planeta; para os chamados viventes, é como se fossem desencarnados. Trata-se da dimensão etérica, segundo a concepção espiritualista: uma dimensão plasmática, mas ainda muito material para que nós possamos considerar que esses guardiões sejam espíritos. Contudo, devido à diferença vibratória que essa dimensão guarda relativamente à matéria bruta do mundo dos encarnados, os habitantes comuns da Crosta não conseguem ver e perceber os seres que aí vivem e vibram, trabalham e se movimentam.

“Os guardiões de mundos têm a constituição dos seus corpos materiais quase tão brutos quanto a constituição de corpos puramente físicos, o que faz com que passem desapercebidos pela população ordinária de vários planetas. Não obstante, ao mesmo tempo em que isso ocorre, também podem, sob determinadas circunstâncias, fazer-se perfeitamente visíveis e perceptíveis a esses mesmos habitantes, devido à natureza semimaterial, plasmática, de seus corpos. Adensam-nos segundo sua vontade, obedecendo a certas leis que regem as vibrações da matéria em todo o universo. Por isso mesmo, percorrem vastos domínios do universo, indo e vindo de um globo a outro, à medida que se dedicam ao policiamento e à pesquisa, bem como à interferência necessária, em caso de ameaça maior à estrutura física e astral de outras civilizações.

"Além desses, existem os guardiões de mundos que vivem e vibram na mesma frequência da matéria física mais bruta, da qual são constituídos os corpos dos terrestres encarnados. Trabalham como agentes mais próximos das dimensões onde vivem os homens deste mundo e deslocam-se em artefatos tecnológicos materiais. Detêm largo domínio sobre uma tecnologia que somente é colocada a serviço da preservação da vida universal, da segurança de orbes onde são detectados fatores de risco de grande proporção. Entretanto, respeitam de modo intransigente o momento evolutivo de cada população e civilização. Não compartilham sua tecnologia e jamais agem abruptamente, de maneira a serem percebidos pela gente despreparada.

"Sendo necessário, entram em contato direto com representantes de governos, especialmente quando estes, devido ao desejo desmedido de poder e à ambição sem limites, colocam em risco não somente o sistema de vida do planeta, mas ameaçam desencadear efeitos que repercutirão em planetas e sistemas estelares vizinhos. Exclusivamente nesse caso é que entram em contato direto com alguns habitantes ou parte da população, exatamente como ocorreu com a Terra, a partir da segunda metade do século XX, ainda com maior intensidade a partir da década de 1980, quando se viram compelidos a intervir no sistema de comunicação humano, marcando encontros e reuniões com dirigentes de algumas potências do seu planeta.

"Como cheguei a mencionar, caso não tivessem feito isso, já há muito teria sido deflagrada uma guerra de proporções mundiais e com potencial bélico suficiente para abalar o cerne da estrutura de vida e a estabilidade do globo terráqueo. Uma hecatombe nessas proporções afetaria o equilíbrio delicado existente entre a Terra e a Lua. Por consequência, as forças gravitacionais que preservam o satélite natural na posição que hoje ocupa se desestabilizariam, alterando a posição da Lua no espaço. Se porventura ocorresse algo assim, caso a Lua se deslocasse apenas ligeiramente de sua órbita em torno da Terra, isso já seria suficiente para afetar toda a vida na superfície, causando maremotos, *tsunamis*, furacões e outros fenômenos atmosféricos em grande escala, que destruiriam muitas conquistas da sua humanidade. Além disso, uma guerra desse porte levaria ao colapso todo o sistema de comunicação mantido pelos satélites artificiais em torno do planeta, o que acarretaria um retrocesso geral, quase um retorno à época medieval, sem os recursos que a tecnologia proporciona à atual civilização."

Novamente outro espírito pediu a palavra antes que o visitante continuasse, aproveitando breve pausa em sua fala:

— Você referiu-se à preocupação dos guardiões dos mundos com o fato de a localização do planeta Terra haver sido grafada em placas de ouro e levadas a bordo de uma sonda especial há alguns anos. Alertou-nos sobre a probabilidade de seres mais evoluídos tecnologicamente descobrirem e mapearem nosso endereço cósmico e nos encontrarem. Mas o que dizer destes seres que já estão aqui na Terra conduzindo experiências científicas em associação com os governos de diversos países ou em troca de tecnologia? Não nos encontraram, porventura?

— Desconhecem, meus irmãos da Terra — retomou sua fala tranquilamente, ainda imprimindo nas telas sensíveis à nossa volta as imagens mentais —, a imensa variedade de seres, reinos e situações que existem no universo. A Terra é ainda um planeta jovem, e as inteligências de outros mundos, encarnadas em corpos materiais, que aqui aportaram desde algumas décadas, não representam nem de longe o maior problema enfrentado pela humanidade.

"Esses representantes que aqui vieram, os chamados *greys*, são apenas cientistas como os seus, que executam experiências na tentativa de misturar o tipo humano ao de outros mundos, especialmente o deles mesmos. A civilização dos *greys* encontra-se no ocaso da existência; eles não conseguem mais se reproduzir mediante os processos naturais de seu mundo de origem. Por isso, levam adiante experimentos com os tipos humanos, recorrendo à manipulação genética como um gesto de extremo desespero, na esperança de encontrar uma solução para o problema enfrentado por sua raça. É relativamente comum encontrar humanos encarnados que foram abduzidos e, na ocasião, obrigados a manter relações íntimas com estes e outros seres por eles capturados em outros orbes. Essa é uma tentativa desesperada de obter um ser híbrido ou algo do gênero. Atualmente, os *greys* somente se reproduzem através do processo que vocês conhecem palidamente com o nome de clonagem, cujo resultado não é equivalente ao produzido pelas vias naturais do seu mundo e do deles, que guardam características muito semelhantes entre si.

"Contudo, afora os *greys*, há, no espaço, povos guerreiros, para os quais muitos recursos existentes em seu mundo, como os minerais, por exemplo, representam valioso instrumento para manter e fabricar elementos preciosos à sua tecnologia. Esses povos ainda não descobriram o endereço da Terra; caso isso se verificasse, seu planeta não teria condições de enfrentar um inimigo mais poderoso, vindo de fora do sistema solar, nem mesmo com todo o aparato tecnológico atual. É disso que falei, ao me referir a possíveis encontros com seres beligerantes do espaço. Graças à interferência dos guardiões de mundos, foi possível encontrar a tempo a sonda lançada, e, por ora, a localização do planeta Terra está preservada."

A palavra do ser extrassolar tocara fundo mais uma vez, provocando reflexões importantes com vistas a nossos projetos futuros.

Enquanto essa conferência se desenrolava num dos maiores salões existentes na Aruanda, nas instalações de um dos teatros da cidade, ocorriam exposições, espetáculos de teatro emotivo e outros eventos envolvendo a presença dos seres das estrelas. Os guardiões da Terra recebiam os representantes de outros mundos de forma a difundir uma consciência global ou cósmica entre os participantes de diversas cidades astrais e etéricas em torno do planeta. As palavras do ser que nos visitava eram muito elucidativas; além disso, traziam às nossas mentes um conceito de responsabilidade com a morada terrena e a vida em todas as dimensões, que dificilmente teríamos condições de desenvolver por conta própria. De minha parte, acredito sinceramente que a presença desses seres em nosso mundo, mas principalmente aqui na Aruanda, seja parte de um grande planejamento divino, mais diretamente patrocinado por Miguel, uma vez que ele é o responsável maior pela administração da lei e da ordem, da justiça e da equidade para os povos na

Terra, em todas as suas dimensões. Disso não tive dúvidas ao presenciar o primeiro encontro de forma tão ostensiva.

— Podemos saber quais tipos de seres ou quantos tipos de raças estão em contato com nosso mundo? — perguntou agora um representante de Nova Aurora. — Essa informação poderia auxiliar muito em nossas pesquisas, principalmente no que tange ao momento de reurbanização pelo qual estamos passando, nas dimensões próximas à Crosta.

— Desde épocas em que seu mundo ainda figurava na classificação dos planetas como classe B ou, segundo seu próprio vocabulário, como mundo primitivo[2] — esclareceu o nosso amigo visitante —, dois povos, incialmente, vieram para cá, constituindo o ramo principal de povos humanoides, embora de orbes diferentes. Atualmente, há mais de 20 raças em contato direto com seu mundo, embora a maior parte seja de seres pacíficos, que interferem em eventos marcantes de alguns países e vivem em sintonia com a realidade social do seu planeta. É comum encontrá-los entre os habitantes, caminhando disfarçados pelas ruas das cida-

[2] Cf. KARDEC, Allan. *O Evangelho segundo o espiritismo*. 1ª ed. esp. Rio de Janeiro: FEB, 2005. p. 84-85, cap. 3, itens 3-4.

des ou influenciando, de alguma maneira, certos acontecimentos sociais, sob o comando dos guardiões de mundos. Para falar de outras raças, utilizaremos do vocabulário conhecido entre os pesquisadores e alguns cientistas, apenas para evitar a criação de termos novos.

"A raça mais comum, e que explicamos estar desde há algumas décadas em contato com governantes de alguns países, são os conhecidos *greys*. Comumente são vistos por pessoas que foram abduzidas para experimentos científicos. Têm uma estatura entre 0,6m e 1,2m — no máximo 1,6m, em poucos casos. Sua constituição física apresenta sinais evidentes de modificação genética, devido a experimentos realizados em seu mundo original, com vistas a preservar-lhes a raça. Houve efeitos colaterais, e alguns órgãos começaram a atrofiar; por essa razão, procuram em outros planetas seres que guardam algum grau de parentesco genético com sua raça. Fazem experimentos que julgam urgentes, a fim de preservar sua espécie ameaçada de extinção. Como é de se imaginar, os que são avistados nos processos de abdução e acasalamento com terráqueos não são os dirigentes. Aqueles que dão as ordens entre eles têm estatura menor e olhos profundamente negros e arredondados. Estes, sim, são os arquitetos de todo o planejamento de uma possível parceria entre os governos terrenos e seus representantes.

"Outros são muito parecidos com a espécie humana. São os capelinos e os *annunaki,* seres que guardam o parentesco genético mais próximo de vocês, terrestres. Dos primeiros restam poucos; se aqui ainda permanecem, é para rastrear, pesquisar e obter notícias dos conterrâneos que, no passado remoto, aqui ficaram. Trata-se de um grupo relativamente pequeno, já que a maioria retornou aos mundos originais há mais de 3 milênios, segundo a contagem de tempo dos homens. O segundo grupo, formado pelos *annunaki,* proveniente de um mundo localizado além da órbita daquele que é considerado oficialmente como o último dos planetas do sistema solar, é composto por seres que aqui permanecem, porém em estado comparável ao que vocês chamam de desencarnados, em corpos energéticos ou semimateriais. Constituem um grupo altamente perigoso; seus líderes constituem o máximo perigo já enfrentado até o momento pela Terra. São representados, numa escala de poder, pelos chamados dragões e por seus correligionários, por escravos ou seres modificados mentalmente que os servem, chamados espectros, uma raça que foi subjugada, escravizada e hoje se encontra quase totalmente impotente para resistir aos comandos hipnóticos de seus dominadores.

"Além desses, alguns outros tipos existem; porém, mesmo que tenham algum planejamento contrário ao sistema de vida patrocinado pelas consciências cósmicas que orientam os surtos evolutivos da galáxia, não oferecem perigo aos habitantes do seu mundo. São em menor número e de baixa capacidade ofensiva.

"Por fim, há aqueles que representamos os vigilantes dos mundos, os guardiões dos planetas extrassolares; trabalhamos em sintonia com os guardiões superiores da Terra. Evitamos entrar em contato direto com a civilização encarnada por entendermos que ainda não há maturidade suficiente para administrar um contato mais expressivo entre nossas humanidades. Por isso, restringimo-nos à comunicação com inteligências extrafísicas como vocês. Aproveitamos a oportunidade desses encontros para despertar mais consciências, trocar experiências e, de alguma maneira, dar nosso apoio à sua humanidade nos empreendimentos levados a cabo pelos guardiões superiores, no processo de seleção de almas que está em andamento. Apoiaremos no futuro, caso haja necessidade, a evacuação de almas das regiões inferiores para os locais onde se reunirão na hora derradeira da seleção e do repatriamento sideral."

As palavras do habitante de outro mundo serviram para que fortalecêssemos a convicção anterior de nos unirmos num grande movimento em prol da renovação da humanidade. Enquanto nosso visitante conversava com os demais participantes, respondendo as questões levantadas, Jamar chegou a meu lado e comentou suas impressões a respeito dos eventos que nos aguardavam. Respirando fundo, embora de maneira delicada, o guardião falou pausadamente:

— Uma das tarefas que teremos pela frente, meu amigo — comentou, abraçando-me — é resgatar, naqueles que ficarem cá na Terra, o sentido e o valor de coisas como bom caráter e educação elementar, que começa com a simples cortesia ou as boas maneiras — relembrando expressões como *muito obrigado, com licença, até logo, por favor*... Coisas assim, que deveriam ser aprendidas na infância de nossos irmãos e mantidas por toda a existência. Aliás, trabalhar em prol de um mundo renovado não significa apenas investir em atividades psíquicas e mediúnicas, em capacidades anímicas de desdobramento ou coisas do gênero. Precisamos reaprender a viver em comunidade, numa grande família universal, resgatando esses valores, que serão marca da convivência pacífica no mundo renovado.

"Aqueles que sobreviverem aos eventos que definirão os destinos da nova humanidade serão conhecidos pela delicadeza, cortesia, perseverança, a fim de levar avante os projetos, bem como pela confiabilidade e determinação. No que se refere aos espíritos repatriados, nem sempre serão identificados por sua característica energética violenta, antiética ou pela autocorrupção. Serão facilmente reconhecidos, também, por características como propensão à inconstância ou pelo fato de não serem confiáveis quando assumem alguma tarefa ou compromisso. Mesmo envolvidas em ambientes mais espiritualizados, essas almas demonstram que não são dignas de confiança; prometem muito e realizam pouco ou nada. Além disso, corrompem-se moralmente com enorme facilidade, não levando avante compromissos e responsabilidades assumidos em nome da causa que dizem abraçar. Essas características de nossos irmãos de humanidade nosso visitante das estrelas desconhece, pois o que devemos reaprender, ensinar e assimilar é algo natural na cultura de seu povo; já faz parte dela há milênios."

Fiquei ouvindo Jamar e imaginando um mundo renovado, uma humanidade que tivesse à frente o compromisso de reconstrução do planeta e o recomeço de uma civilização. Mas imaginei um mundo onde não houvesse bom senso nem respeito às pessoas e aos compromissos assumidos, tampouco educação básica, tão essencial para se entender e exercitar a educação do espírito. Pois era lamentável ver como os próprios encarnados que se diziam nossos agentes apresentavam, frequentemente, as características de quem seria deportado. Parece que o guardião me entendeu os pensamentos, pois esboçou aquele seu sorriso enigmático, disfarçado. Quem sabe para que eu não prosseguisse no tema, Jamar modificou o rumo da conversa, perguntando:

— E Raul e Irmina? Tem notícias deles? Parece que estão envolvidos em muito trabalho por aí.

— É, parece que você despertou uma fera adormecida dentro deles. Estão eufóricos, envolvidos até a alma e fazendo de tudo para concretizar os planos que você transmitiu para a turma de agentes do bem. Imagine que Raul está até querendo se mudar para perto de Irmina, visando facilitar o trabalho de ambos!

Jamar esboçou um sorriso novamente, mas manteve-

-se calado por alguns momentos, somente abrindo a boca para nova pergunta, que não guardava relação com a primeira. Ele soube disfarçar com imensa habilidade os próprios pensamentos, evitando que eu pudesse sequer imaginar o que pensava a respeito de Raul e Irmina Loyola.

— E nosso amigo Watab? Parece-me que está envolvido imensamente nos eventos em Aruanda. Espero encontrá-lo logo, pois tenho notícias graves para compartilhar com ele.

"Notícias graves?" — fiquei pensando comigo. Como alguém era portador de notícias *graves* e ficava tão tranquilo, falando de situações corriqueiras, de pessoas amigas, sem sair por aí correndo, esbaforido, procurando as devidas soluções? Eu teria muito mesmo o que reaprender com nosso amigo guardião. Ele notou mais uma vez meus sentimentos e pensamentos e se pronunciou:

— Puxa, amigo Ângelo! Até mesmo Raul descobriria seus pensamentos sem nenhum esforço — falou em tom irônico. — Mas não se preocupe! Enquanto estou ao seu lado, ao mesmo tempo estou em contato com Irmina e Raul, e ambos estão a caminho, também. Watab está se desincumbindo de algumas tarefas junto a alguns filhos das estrelas e vem ao nosso encontro. Ao mesmo tempo, chegarão recursos, enviados por Anton, diretamente em nosso astroporto, onde estão estacionados os aeróbus...

Deus me livre de gente assim, de pessoas com essa mania de ler pensamentos, antecipar as coisas e providenciar tudo. Agora já sei de onde Raul tirou a mania tão antipática de antecipar os perigos, procurar e dar resposta antes do problema ser apresentado, mapear emoções e fazer um esboço mental das pessoas. E Irmina, então? Com a característica de intrometer-se nas emoções das pessoas, manipular a vontade dos outros, de maneira a conduzi-los para os objetivos que ela determina... Isso tudo era culpa de Jamar. Convivência com gente assim produz cada resultado...

Ele riu, agora gostosamente, enquanto esses pensamentos passavam por minha cabeça. Não tive alternativa, a não ser cair na gargalhada junto com o guardião. Quando eu ainda ria, ele havia se calado repentinamente, como se nunca houvesse esboçado um sorriso sequer. Ainda haveria de entender o jeito desse amigo...

Enquanto conversávamos, chegamos à periferia da metrópole espiritual, onde se localizava o campo de pouso de nossos veículos extrafísicos. Watab nos aguardava levemente ansioso. Ao longe, os edifícios de controle dos aeróbus e das duas grandes naves dos visitantes das estrelas. À nossa direita, a grande nave-comboio dos guardiões em forma de estrela erguia-se majestosa, formando um quadro impressionante. Era o mesmo aeróbus com o qual visitamos as regiões ínferas, onde viviam os dragões. Havia sete compartimentos, todos em formato de estrela, que se juntavam ou se separavam e tinham autonomia de voo suficiente para fazer a volta em torno do Sol e, depois, imergir nos fluidos densos do planeta, após reabastecer as células de energia nas forças titânicas emanadas pelo astro-rei.

Jamar recebeu Watab com imensa alegria estampada na face. Eram amigos de longa data; juntos já haviam deixado sua marca em vitórias e conquistas em nome do Reino e de sua política, ou da política do Cordeiro, a quem representavam. Enquanto se abraçavam, Irmina e Raul aproximaram-se na companhia de Kiev, que estava incomodado com as brincadeiras de Raul — para variar. Irmina ria das reações do guardião de procedência russa. Ele se incomodava com as ironias de Raul, que vinha empertigado, vestindo um traje ridículo do século XIX. Assim que se aproximou mais, Jamar olhou bem para ambos e, depois de encarar Raul de cima a baixo, falou:

— Desculpe, amigo, mas você não vai a uma tourada — e, falando assim, tocou a cabeça do nosso amigo e depois a de Irmina, e logo os trajes dos dois se modificaram para algo mais funcional. Era o traje de combate dos guardiões, feito especialmente para agentes encarnados desdobrados, com todos os recursos de defesa energética e magnética compatíveis com tarefas mais urgentes e perigosas. Assim que Irmina viu as vestimentas, percebeu-lhes a natureza e comentou:

— Meu Deus, Jamar! Então, teremos guerra? Afinal, estes são os trajes de combate nas regiões sombrias.

Raul deu um pulo de alegria e um grito tão alto que Jamar levou as mãos aos ouvidos. Nada o deixava tão feliz quanto a perspectiva de enfrentar um perigo iminente.

— Temos ventos fortes pela frente, meus amigos. Vamos nos dirigir ao veículo que nos conduzirá.

Watab pareceu ter adivinhado que o amigo faria esse convite, pois logo em seguida vimos um numeroso destacamento dos guardiões da noite, espíritos especialistas em lidar com magos negros, aproximar-se e se dirigir ao aeróbus ou nave dos guardiões. Outros grupos se aproximaram do veículo, embarcando, também. Ao todo, eram sete destacamentos de especialistas que estariam envolvidos na tarefa que Jamar logo nos apresentaria.

O aeróbus levantou voo na atmosfera de Aruanda, subindo ao alto como uma pluma, sem nem sequer sacolejar ou fazer algum movimento abrupto que pudéssemos registrar. Ali estavam reunidos os especialistas de Jamar e Watab. Aguardava-nos uma tarefa das mais importantes, que decidiria muitas coisas, pondo em movimento mais elementos em favor da renovação do planeta. Outros agentes desdobrados foram requisitados, além de Irmina e Raul. Nos encontrariam oportunamente. A Estrela de Aruanda, nome dado ao veículo que nos conduzia, partiu rumo a novas tarefas numa imersão em dimensões além do mundo físico. Na Aruanda, ficaram os irmãos das estrelas realizando conferências e encontros, fortalecendo em milhares de espíritos o desejo de trabalhar por um futuro melhor para a humanidade do planeta Terra.

7

# OS ESPECIALISTAS

# A

**S CORES DA** alvorada coloriram o céu, dando-lhe uma tonalidade encantadora. Talvez os homens na Crosta jamais dessem o devido valor a esse espetáculo de beleza tão incrível quanto inspiradora.

A cidade parecia despertar para uma nova etapa de suas atividades febris, acalentando em seu seio mais de 10 milhões de almas, que não descansavam diante das responsabilidades assumidas, quais sejam a elevação e o esclarecimento próprios, além da manutenção sustentável da vida e do ecossistema astral. Árvores de tamanho variado erguiam-se aqui e acolá, dando um toque sutil de elegância à cidade, que convivia harmonicamente com a natureza. Havia um equilíbrio planejado na arquitetura da metrópole.

Em algum lugar, um pequeno grupo de viventes era esperado para compor o seleto time de dedicados guardiões do bem. O tecido fino da realidade estava para ser rompido quando os viventes aguardados se materializaram diretamente no ambiente extrafísico da verdadeira vida, a vida do espírito.

Uma ave passou rasgando a imensidão, emitindo som característico, e encheu o ar de doces e suaves murmúrios, acompanhada por um grupo de sílfides e silfos que singravam os ares no entorno, conduzindo o bando para outras paragens. Um grupo de seres sublimes, angelicais, vestidos a caráter, assemelhando-se a anjos guerreiros, rasgou a película que delimita as dimensões astral e espiritual; a membrana psíquica de delicadíssima textura rompeu-se, e centenas de seres se materializaram sobre a comunidade, advindos de regiões superiores.

Um dos pais-velhos que caminhava pela planície, em direção às montanhas, olhou acima e viu um personagem com indumentária dourada penetrar a dimensão onde nos encontrávamos. Transportado literalmente pelas forças de sua mente, simplesmente apareceu, acompanhado de seguidores e guerreiros. O rompimento da realidade ocorreu mais uma vez, porém de maneira espetacular, quando os céus da cidade astral se rasgaram com relâmpagos disfarçados de elementos que seriam facilmente confundidos com a aurora boreal. Eram os agentes encarnados, que penetravam também, no mesmo momento, o portal dimensional que levava à Aruanda.

Não obstante, o olhar do pai-velho deslocou-se e fixou exatamente o guardião que pairava sobre a cidade. O ser condensou-se, tornando sua feição humana mais visível e perceptível, de modo que sua aparência ressaltasse mais intensamente, ainda que sem disfarçar a aura que o iluminava, dando-lhe um aspecto mítico. Trajava um tipo de roupa que mais parecia uma armadura feita de puro ouro, e segurava na mão direita um instrumento de conformação metálica, uma espada também rebrilhando com os reflexos da luz que iluminava a paisagem da cidade dos espíritos. Um tipo de capacete elegantemente esculpido parecia envolver o crânio de aparência máscula. A armadura do crânio, um elmo elegantemente sustentado pela cabeça do anjo da justiça, deixava à mostra o rosto de expressão sublime, que impunha seriedade e respeito. Não era possível ver os cabelos de tão tremenda criatura, não antes que ele tirasse o aparato que lhe cobria o crânio, segurando-o sob o braço com a mão que antes estava desocupada. Então, podiam-se ver os cabelos, cortados em estilo militar, iluminados por uma luz suave, como se pó de ouro os impregnasse, evolando-se ao redor da cabeça quando se mexia, resultando em um efeito fantasma dourado com reflexos prateados. Era Jamar, o guardião da humanidade, que descia sobre a cidade de Aruanda para encontrar o amigo, acompanhado pelo séquito de seres que compunha a comitiva de vigilantes da luz, os especialistas que vinham de planos mais sutis.

A Estrela de Aruanda, veículo que nos conduzia, prosseguiu na rota que Jamar programara juntamente com Watab. Dentro do aeróbus, um grupo considerável, composto por sete destacamentos de guardiões e guardiãs, reunia-se no ambiente comum aos compartimentos do veículo. Enquanto forças poderosas conduziam a nave dos guardiões rumo ao destino previamente traçado, Jamar realizaria uma conferência, na qual falaria ao contingente ali reunido. Ao todo, contavam-se mais de 200 guardiões especialistas entre os que nos acompanhavam.

Quanto a mim, considerava-me uma exceção ali. Nem mesmo Raul e Irmina sentiam-se estranhos ao ambiente, pois ambos, durante o período entre vidas, antes de reencarnar, já eram conhecidos dos guardiões e foram cada qual treinados a seu tempo, antes de imergir na realidade dos viventes para executar as tarefas que lhes competiam. Além deles, um grupo menor, com agentes que atuavam ao redor do planeta, auxiliava de perto os especialistas. Era eu apenas o repórter de guerra, um correspondente que levaria notícias para ambas as populações do mundo em que vivíamos, encarnada e desencarnada.

Reunidos no compartimento destinado a estudos, palestras e encontros das equipes de sentinelas da luz, os guardiões aguardavam a chegada dos novos líderes, que aproveitavam o convite de Jamar para aprender mais a respeito das diversas especialidades dos peritos do astral. Antes de conversar abertamente, dirigindo-se aos que se congregavam no anfiteatro, Jamar aproveitou para dar algumas explicações aos líderes, ao lado de Watab, que os recebia pessoalmente. Participavam da conversa Raul, Irmina, Beth Henderson, André Ishitashi e Allisson Durant, agentes encarnados que auxiliariam os guardiões no novo empreendimento nas regiões sombrias. Haviam se projetado desde a esfera física, rompendo a delicada e sutil tela psíquica que separa as duas realidades.

— Como viemos parar aqui? — perguntou o agente desdobrado de nome Alisson Durant. Ele residia na Irlanda desde os 3 anos de idade e se desdobrava com relativa facilidade, porém não tinha conhecimento sobre certas questões ligadas à área espiritualista ou à ciência espiritual. — Sempre me pergunto como ocorre essa transferência de nossa consciência para este outro universo, este outro lado — disse o rapaz, genuinamente intrigado com o que sucedia consigo.

Irmina olhou para Raul como se lhe pedisse que respondesse à pergunta de Alisson, velho conhecido dela, com o qual Raul já mantivera contato, estabelecendo uma semente de amizade e respeito entre ambos. Raul se aproximou do rapaz e tomou a palavra, um pouco antes de Jamar falar:

— Talvez eu possa ajudá-lo com alguma comparação que o ajude a entender o que se passa entre os planos e dimensões ou os chamados universos paralelos, como você sempre se refere a este outro lado da vida. Para se transferir de uma dimensão a outra, isto é, do plano em que estão nossos corpos para este onde nossas consciências se encontram agora, é preciso romper a tela psíquica ou a membrana etérica que separa as dimensões.

— Membrana? Tela psíquica? Nunca ouvi falar disso em momento algum. E olhe, Raul, que tenho vindo para este universo há mais de 15 anos com muita frequência...

— Mas Jamar nunca lhe falou disso? Nunca estudou algo a respeito?

— Bem... falar, eles falaram de muitas coisas ao longo dos anos, principalmente Watab, o africano, e Ikelôa, o guardião que sempre me busca no corpo. Mas confesso que nunca consegui entender os detalhes do que ocorre e o que realmente significa uma dimensão ou um plano. Mas se eu venho pra cá é para trabalhar com os guardiões; nem sei se preciso mesmo entender o que acontece comigo...

Raul olhou para Irmina e os demais companheiros pedindo socorro, pois não tinha nenhuma paciência para ensinar o vigário a rezar missa, como o ditado diz. No final das contas, acabou assentindo em dar explicações, de modo que talvez o colega irlandês pudesse compreender. Todos aguçaram os ouvidos, muito mais para apreciar a nobre paciência de Raul do que as explicações em si.

— Veja bem, vou explicar somente uma vez — fez questão de acentuar. — Imagine que você tenha nas mãos um livro com várias páginas escritas e, entre os capítulos, uma página em branco, totalmente branca. Considere que a capa, mais dura, representa a dimensão material, onde impera uma matéria mais bruta, mais compacta, por assim dizer. Mas a capa não é o livro em si; é apenas uma forma externa, que reveste o conteúdo. A primeira página ou as páginas iniciais, onde estão os créditos, os nomes do autor e do editor e os dados técnicos, simbolizam o plano etérico, local onde existe uma cópia de tudo, embora não com tantos detalhes, ainda assim uma cópia imprecisa de algo mais rico e mais complexo. É um plano mais leitoso, por assim dizer, mais difuso, por isso as informações aí contidas não são extensas, mas somente uma referência para o leitor. Cada página a seguir seriam os planos ou dimensões das quais é composto o livro — e digamos que o livro seja o universo, o cosmos.

"Uma a uma, as páginas reproduzem ou espelham algo que é muito maior: o plano mental, onde pairam as ideias e matrizes originais do pensamento, ou seja, a mente do autor, ao qual nem você nem eu temos acesso direto, a não ser por meio das palavras transcritas no livro. Somente passamos a ter uma ideia menos pálida ou mais ou menos clara à medida que folheamos o livro e percorremos cada capítulo. Aí se desdobra e desfila a verdadeira ideia do autor, a mensagem e todo o universo que ele pretende nos mostrar. Portanto, esse plano mental — que não está contido no livro, não é feito da mesma matéria das páginas e não é papel —, digamos que seja algo imaterial, mas que permeia todo o livro.

"Sob essa ótica, cada capítulo é uma dimensão. À medida que nos aprofundamos no conteúdo de cada capítulo, aproximamo-nos mais e mais do pensamento original, que está na mente do autor, reitero, e não nas páginas. Em cada capítulo encontramos um mundo todo, com personagens, vida social, intrigas e valores. Mas, para passar de um capítulo a outro, teremos de mudar de página, passar pela página em branco – que, nessa metáfora, representa a tal película ou membrana. Para o leitor vulgar, não significa muito, mas serve, sim, para delimitar, separar, evitar que as realidades de cada capítulo se misturem e o leitor embaralhe personagens, situações e paisagens. A página em branco ou membrana organiza a realidade e evita essa confusão, que poderia levar o leitor a uma ideia errada sobre o autor e o pensamento original, que somente este conhece. Dessa forma, cada capítulo ou dimensão tem uma realidade própria. Mas, como disse, para ir de um capítulo a outro e avançar na obra, é preciso romper a página em branco, cruzar essa barreira."

Tomando alguns objetos que estavam num nicho dentro do aeróbus, Raul espalhou-os sobre a mesa de maneira aleatória.

— Veja aqui, como exemplo. Cada objeto deste é uma dimensão ou um plano, como possa preferir. E cada objeto é um mundo em si, um universo, com leis, habitantes, população e modo de vida próprios, como cada capítulo do livro do qual lhe falei há pouco.

Agora apontando os espaços vazios entre os objetos, Raul tornou a explicar:

— Imagine que a distância entre cada universo, cada mundo destes, só seja possível superar através de túneis, de buracos dimensionais ou buracos de verme, talvez; estradas ou trilhas de energia ou de luz, conforme cada qual escolher o vocabulário que lhe aprouver. Pois é isso o que ocorre. Todos estes universos, assim como cada capítulo do livro, só podem ser acessados através desses vórtices de energia, desses labirintos feitos de pura energia. A fim de atravessá-los, a consciência deve receber certo impulso, que eleva a frequência, o ritmo ou a vibração do ser, de maneira que se conecte com a realidade deste ou daquele universo ou dimensão. O ato de elevar a frequência e se projetar nestes espaços aparentemente vazios ou sem significado, como é o caso da página em branco do livro, é o que chamamos de rompimento da tela psíquica, da membrana etérica.

"Em alguns casos, existem rotas mais fáceis, digamos assim. É o caso de romper essa membrana psíquica quando separa a realidade material daquela encontrada nas dimensões infernais ou ínferas, como gosta de dizer o Ângelo, ali —

falou, mexendo comigo. — Essa rota passa exatamente num dos pontos nevrálgicos ou chacras do planeta, que é o entroncamento energético correspondente ao local onde está o célebre Triângulo das Bermudas. Nada relacionado à configuração geográfica do Triângulo propriamente dita, mas por causa das energias poderosas que ali estão em ebulição. Isso também é o mesmo que romper a tela, a membrana que separa as duas realidades. Ou seja, *meu filho* — acentuou debochadamente, batendo no ombro do rapaz de olhos azuis —, falar em membrana, em tela psíquica ou etérica nada mais é que uma figura de linguagem, o que nosso amigo Ângelo poderá lhe explicar em pormenores, pois a mim me falta paciência e competência para abordar essas coisas."

Raul encerrou sua fala de maneira repentina, respirando fundo, como se estivesse se contendo para não avançar mais do que podia, pois sabia que estava na presença de emissários da lei e da ordem, sob o patrocínio de Jamar e Watab. Os agentes desdobrados caíram numa estrondosa gargalhada, pois todos já conheciam Raul e seu senso de humor tanto quanto sua conhecida virtude da paciência. Irmina ria até lacrimejar; abraçou Raul, que se sentiu deveras constrangido com a situação. Salvo pelo gongo, apontou em direção a Jamar, que queria falar com guardiões e agentes ali reunidos.

Parece que o guardião nem notou a brincadeira dos agentes desdobrados. Ou a ignorou deliberadamente, pois sabia que se entenderiam. Jamar tomou a palavra, após ouvir as risadas dos parceiros desdobrados. Falou com ênfase aos novos líderes e aos agentes desdobrados, como se nada tivesse acontecido, mudando completamente o rumo da prosa:

— Nossos peritos foram preparados para enfrentar as diversas habilidades dos principais dirigentes do submundo. Aqui — indicou o grupo que ele havia destacado dos demais e imprimiu um novo aspecto à reunião — estão aqueles que se especializaram em manipulação energética da quinta e sexta dimensões. Desenvolvem um trabalho tão minucioso com fluidos advindos desses planos, que conseguem promover a desintegração de corpos artificiais com seus aparatos, liberando a matéria-prima de que se formavam e diluindo-a na natureza astral. Com sua técnica, foram capazes de construir um propulsor para nosso aeróbus, cujo combustível é absorvido das dimensões superiores e armazenado em nossas baterias solares. Como resultado, conferiram tal poder de ação ao aeróbus que ele é capaz de fazer viagens além dos limites do sistema solar, para outros quadrantes da Via Láctea, impulsionado pelas reservas energéticas e pelo novo propulsor chamado *enesexta*, construído nos laboratórios de mentalismo localizados na Lua, no QG dos guardiões. A expressão *enesexta* foi cunhada por um de nossos cientistas, referindo-se à origem da energia, da sexta dimensão, que já é utilizada nesta viagem que realizamos, como teste final.

"Esse feito notável nos concederá uma autonomia de voo muito maior do que a que tínhamos com os propulsores originais do aeróbus, que nos fora ofertado por habitantes de dimensões mais altas. Também com essa energia extraída diretamente de uma dimensão superior e armazenada em nossas células de abastecimento, somos capazes de formar um tipo específico de campo de força em torno de corpos astrais em decomposição e de corpos artificiais, semelhantes aos empregados pelos maiorais, os dragões. Os campos estruturados a partir de fluido mais sutil evitam a implosão daqueles corpos, permitindo que suas moléculas se estabilizem, de tal maneira que possamos preservá-los por tempo indefinido; evitam, também, a perda da consciência, conservada artificialmente pela tecnologia dos dragões.

"O avanço conquistado pelos especialistas – nossos *técnicos de dimensões,* como os chamamos –, que ainda tem outras aplicações que conhecerão oportunamente, capacita-nos a enfrentar a ciência desenvolvida e somente conhecida pelo número 1 dos *daimons.* Esse grupo de técnicos siderais, trabalhando diretamente com o auxílio de espíritos das estrelas, auxiliados por irmãos do espaço da mesma origem planetária dos poderosos dragões, conseguiram desenvolver um artefato que interfere diretamente no pêndulo temporal do dragão número 1. Por consequência, sua base, que se desloca ora para frente, ora para trás na linha do tempo, poderá ser não só monitorada como ter seu movimento interrompido, graças à interferência da tecnologia desenvolvida por nossos cientistas e amigos do espaço."

Dando um tempo para os novos líderes absorverem as informações, Jamar sabia que os agentes desdobrados, sob a coordenação de Irmina Loyola, por sua vez assessorada por Raul, também ouviam tudo com nítido interesse.

Os peritos dos guardiões eram espíritos envolvidos numa aura dourada, que tinham olhos e feições muito expressivos. A cor da aura denotava uma inteligência muito acima da média, e o uso das habilidades de seus corpos mentais era patente, pois a coloração concentrava-se em maior proporção sobre a cabeça, como se fosse uma coroa a iluminar o cérebro perispiritual. Absortos em suas tarefas, deslizavam nos fluidos do ambiente onde estávamos, diferentemente da maioria dos espíritos ali presentes, que simplesmente caminhavam. Pertenciam a uma categoria de guardiões capacitada para enfrentar a ciência e a tecnologia do maioral dos *daimons* com eficácia, de modo que jamais poderiam ser ignorados por eles, os *dragões*. Vi quando um dos especialistas simplesmente pairou acima dos demais, levitando, envolto na luz dourada que irradiava da mente adestrada... Parecia um anjo das descrições dos livros sagrados.

Fiquei imaginando o potencial mental de tais seres, que dificilmente eram vistos pelos espíritos comuns. Estavam diretamente ligados e em sintonia mental com os guardiões superiores mais expressivos, em seu trabalho pela humanidade terrestre, além de conseguirem estabelecer fina sintonia com os habitantes de outros mundos, que nos visitavam.

— Em nossa comunidade de guardiões, estes peritos são chamados de *eloins*, criadores do pensamento, dominadores de processos criativos muito além de nosso entendimento — Jamar falava de maneira a levar os demais a concluírem que ele próprio desconhecia o poder de tais entidades, como se elas estivessem hierarquicamente acima dele. Sabíamos que não era assim. O guardião se exprimia dessa forma apenas para disfarçar a própria elevação e o grau de responsabilidade e esclarecimento. Se não fosse assim, o próprio Miguel, o príncipe dos exércitos, não o teria promovido a um posto tão importante no auxílio à humanidade.

Olhando-me, como a pedir que não expressasse meus pensamentos, Jamar prosseguiu apresentando os diversos especialistas ali reunidos. Embora estivesse presente apenas parte deles, davam mostra do potencial que o plano superior tinha para enfrentar as mais nefastas e arrojadas investidas das sombras e de seus maiorais.

— Os especialistas em tecnologia de ponta, em computação astral, representam o que existe de mais avançado em conhecimento científico de base entre nossos guardiões — falou, apontando para outro grupo, que, de tão absorto no projeto tridimensional de determinado equipamento, não percebeu que Jamar os apresentava à nova liderança. — Há dezenas de laboratórios, espalhados em diversos entroncamentos energéticos de magna importância, onde desenvolvem protótipos de supercomputadores. Na ocasião oportuna, será transmitido ao palco do mundo o desenvolvimento final do que conhecemos como computador quântico, a partir de 2017. Isso ocorrerá através de um desses mesmos especialistas, que reencarnará por volta desse ano, a fim de dar os últimos retoques no equipamento. Para se ter uma ideia do que realizam, conseguiram desenvolver uma unidade biológica ou um biocomputador de altíssimo desempenho, tornando os computadores quânticos obsoletos em nossa dimensão, onde já existem há mais de 50 anos. Neste momento, a nova unidade biológica computacional está sendo instalada na base principal dos guardiões, na Lua. Trata-se de um equipamento muitíssimo mais veloz do que qualquer outro dispositivo jamais sonhado pelos encarnados, pois consegue processar todas as informações que lhe são fornecidas em tempo real, sem demora alguma, e com uma margem de acerto superior a 97%.

“Somente devido ao trabalho desses especialistas, que mantêm parceria direta com os *eloins*, é que poderemos conseguir, em breve, realizar uma expedição a outros sistemas planetários, a fim de conhecermos de perto o lar de outros irmãos das estrelas. Este grupo de especialistas é particularmente capaz de fazer frente às habilidades de um dos *daimons* mais terríveis, o número 7, que coordena todos os assuntos relativos a computadores e informática, além das ciências daí derivadas.

"Há também aquele grupo de especialistas – prosseguiu o guardião, indicando agora uma equipe logo adiante, suspensa por campos antigravidade, cujos membros estavam envolvidos com aparelhos de comunicação, projetos e desenhos apresentados em holograma. – São *experts* em comunicação, sob vários aspectos. Abrangem, entre muitas coisas, o conhecimento daquilo que atualmente, na Terra, chama-se internet. Ocupam-se com a difusão de ideias através dos livros e da leitura, mas sobretudo trabalham desenvolvendo programas de transcomunicação instrumental junto a diversas estações localizadas em dimensão próxima à Crosta. Além desse tipo especial de comunicação, periodicamente remetem espíritos de sua equipe para o mergulho na carne. A partir do plano físico, imersos na realidade do mundo dos homens, acionam o conteúdo aprendido do lado de cá e produzem informações e novos conhecimentos com a finalidade de se opor a determinados gêneros de invenção patrocinados por representantes do mundo inferior.

"Algumas bases dos guardiões abrigam membros desse grupo, mas principalmente as que se localizam nos Andes, no Himalaia, no Tibete e em alguns pontos nevrálgicos do planeta. Como lida com alta tecnologia, também é a equipe que desde a segunda metade do século XX está em intenso contato com nossos amigos das estrelas, no intuito de desenvolver parceria nessa área. Aliás, devemos muito aos irmãos de outros mundos o aprimoramento de nossa técnica sideral e de nossos especialistas. Como temos de conter o avanço dos representantes dos *daimons* que porventura trabalhem no anonimato no mundo, devemos aprimorar cada vez mais nosso conhecimento técnico e científico, a fim de contribuir com robustez nos próximos anos, quando nossa atividade será ainda mais necessária."

Respirando de forma a demonstrar preocupação com temas tão caros para o futuro do planeta Terra, o guardião Jamar continuou, dando novo fôlego à conversa:

— Sabemos que, embora os *daimons* estejam prisioneiros das regiões inferiores e de maneira nenhuma sejam capazes de influenciar diretamente os destinos da humanidade, não podemos ignorar seu império sobre entidades especializadas e perversas. Não sabemos ainda, mas suspeitamos seriamente que algum dos dragões, se não o maioral em pessoa, tenha deixado no mundo astral, e quem sabe também no mundo físico, alguns enviados que ainda não rastreamos. Precisamos contar com a investida deles a qualquer momento. Como é fato que o maioral jamais deixava para outro as tarefas minuciosas e cruciais, ele próprio deve ter preparado algum agente antes de ser impedido ou acorrentado vibratoriamente às regiões mais profundas do abismo.

"Por isso mesmo, nossos especialistas estão estudando mais a cada dia, pois nosso conhecimento ainda é pequeno diante do enorme desafio que nos aguarda nesta era de transição planetária. Contar com espíritos especializados em diversas áreas, guardiões especialistas em nossa equipe, é algo de grande valor para nós. Não podemos nos permitir pensar que sabemos tudo ou que detemos controle e domínio sobre as forças da natureza; é preciso aprimorar-nos sempre, reinventar métodos, metodologias, mudar a maneira de ver e analisar as coisas. A necessidade da extrema especialização e da capacitação entre nós é permanente."

Jamar dava a entender que ele próprio não sabia tudo,

que os guardiões estavam experimentando sempre, aprendendo com outros representantes da justiça, até mesmo com os advindos de outros mundos. Aprofundando seu pensamento, nos surpreendeu com as seguintes observações:

— Temos de aprender inclusive com nossos opositores, com aqueles que estão em franca e aberta luta contra nós. É nesse sentido que recorremos aos espectros que se renderam deliberadamente e por conta própria. Não se pode ignorar o conhecimento que detêm, arquivado em sua memória espiritual. Vieram para nosso mundo atraídos e manipulados pelos dragões, quando ainda nada existia aqui na Terra que se assemelhasse a ciência ou qualquer coisa do gênero. Seus arquivos de memória espiritual são acessados pelo grupo de guardiões especialistas em comunicação, cientistas do espírito que nos proporcionam aprender com a técnica e a ciência dos espectros, compreendendo sua maneira de pensar e agir. Isso nos dá grande vantagem no embate com os representantes das sombras. A partir da parceria firmada com os espectros dissidentes, aos quais demos abrigo em nossas bases, podemos extrair o máximo proveito de sua experiência milenar, das estratégias de guerra, dos mecanismos de ataque e defesa e, principalmente, da maneira como fazem ciência.

"Não devemos nos esquecer – Jamar disse, mais compenetrado – de que os *daimons* deixaram diversos auxiliares, inclusive encarnados. O mesmo fizeram os magos negros e demais representantes do poder das sombras, que também semearam seus agentes em meio aos humanos, reencarnados no mundo. Será necessário enfrentar ainda um combate violento antes de expurgar a Terra da erva daninha que cresce ao lado da boa semente.

"Nesse contexto, não podemos deixar de considerar o papel da comunicação na atualidade do mundo. Quanto mais alguém controlar as mídias, a imprensa e o sistema de comunicação, mais exercerá dominação sobre o mundo. Evidentemente, o Plano Superior não poderia simplesmente deixar que representantes da oposição ao governo de Cristo ajam sozinhos no mundo, manipulando mentes à vontade, subjugando os homens e fazendo de governos e autoridades do mundo meras marionetes, a partir dos avanços tecnológicos. Nossos guardiões especialistas desenvolvem um trabalho febril visando contrabalançar o peso sintetizado na nova tecnologia e metodologia dos parceiros dos maiorais e magos negros, que a têm utilizado em modernos métodos de obsessão. Assim que o anticristo se mostrar ao mundo de maneira mais atuante; tão logo o sistema religioso-político faça sua aparição de forma mais escancarada e definitiva do que já faz agora, devemos estar devidamente preparados, com nossos parceiros, que enviamos ao mundo através da imersão na carne, e com métodos de comunicação mais aprimorados. E entendemos comunicação muito mais do que simplesmente metodologias científicas ou tecnológicas; o trabalho destes especialistas abrange muito mais do que isso."

Pessoalmente, não havia me detido para refletir sobre a enorme abrangência do trabalho dos guardiões. Dificilmente poderia dizer que conhecia todo o planejamento por trás da existência dos agentes da justiça divina. Verdadeiramente, era preciso muita especialização, muito conhecimento e investimento para se opor aos comandos das sombras, tanto no mundo físico quanto no extrafísico. Fiquei fascinado com a estrutura organizacional dos guardiões. Era algo impressionante e tão abrangente que nos dava orgulho participar tão de perto de uma equipe como essa. Também elevava em cada um de nós a gratidão às forças soberanas da vida, por saber que estamos abrigados, protegidos e amparados por uma equipe tão afinada com os projetos de progresso e evolução da humanidade e com o pensamento diretor dos administradores evolucionários no planeta.

Jamar não terminara aí a apresentação das diversas categorias dos especialistas. Ele avançou nas explicações, detalhando ainda o trabalho dos peritos em comunicação:

— Especialmente estes guardiões estão associados aos sistemas sutis do mundo virtual. O desenvolvimento de uma rede de comunicação baseada na existência do mundo ou dimensão virtual fez com que nos aprimorássemos ao máximo. Com a ajuda dos irmãos do espaço, temos feito enormes progressos, uma vez que o campo das próximas lutas na Terra necessariamente passará pelo mundo virtual, através do qual todos os poderes do mundo se comunicam. Estamos desenvolvendo um antídoto para as futuras drogas virtuais, que estão em franca expansão no mundo, e estes são os especialistas à frente desse admirável projeto.

Jamar deu-nos tempo para assimilar essas novas informações sobre as especialidades dos guardiões. Nesses minutos de silêncio, pude concluir que a equipe dos espíritos responsáveis pela segurança planetária é realmente grandiosa. Não são simplesmente guardiões no sentido convencional, que tomam conta de pessoas ou fazem papel de anjos de guarda. A atividade apresentada por Jamar é muito mais minuciosa do que podíamos supor anteriormente. Abrangia todo o sistema de vida do planeta Terra, contemplando sua diversidade imensa de características. O guardião continuou, após o breve intervalo:

— Não podemos ignorar que uma das maiores disciplinas existentes no mundo, em termos científicos, é a química e, em seu bojo, há o estudo e o desenvolvimento de novas drogas. Porém, sabemos que não há projetos em curso apenas para ajudar, mas também para impedir o avanço da humanidade. A rede de laboratórios em torno do planeta tem inúmeros braços e representa uma fatia considerável do poderio econômico do mundo — além, é claro, de ser um ramo disputadíssimo entre os maiorais da escuridão, os magos negros e os cientistas das sombras. Por essa razão, os guardiões investiram pesadamente em especialistas nessa área, pois sabemos que precisamos contribuir com a humanidade de alguma maneira no desenvolvimento de vacinas e medicamentos. Isto é: há que apresentar um contraponto ao que certos cientistas dos dois lados da vida intentam fazer, usando o conhecimento e o poder dos grandes laboratórios no mundo físico de forma a manipular multidões, estimulando mais e mais empresas e corporações a agir independentemente da ética.

"Sendo assim, temos nossos especialistas de laboratórios, aqueles que se dedicam dia e noite a desenvolver projetos, ideias e fazer novas experiências com o produto dos laboratórios do lado de cá. Geralmente, são grandes iniciados do passado, antigos alquimistas, magos brancos e outros, que se especializaram ao longo do tempo e hoje prestam esse serviço ao nosso colegiado de guardiões da luz. O trabalho deles é extremamente abrangente e traz grande contribuição para a humanidade. Durante a noite no mundo físico — ou seja, o tempo todo, por causa do fuso horário —, trazem para nosso plano, através do desdobramento, diversos cientistas que têm afinidade com o seu trabalho, a fim de conversarem, desenvolverem planos relativos à saúde ou investirem no desenvolvimento de drogas e tratamentos mais eficazes para as enfermidades que assolam o planeta.

"Trabalhamos em estreita sintonia com tais especialistas, principalmente quando a questão envolve medicamentos e manipulações noticiosas. Estas são instigadas por certos laboratórios, governos e instituições globais, que tentam insuflar o medo de doenças criadas por eles próprios e cuja existência é tão somente uma forma de manipular a população e outros governos, visando a que invistam recursos financeiros, a fim de enriquecer os artífices e detentores do poder. Estes especialistas também são imprescindíveis quando lidamos com guerras químicas, disseminação de substâncias letais ou venenosas, explosão de bombas de gás e outros tipos violentos de domínio do povo."

Fiquei pensando no poder da mídia associada aos grandes conglomerados ou controlada por eles: os laços financeiros e corporativos, os interesses escondidos ou dissimulados de grandes investidores ou anunciantes, notadamente no âmbito farmacêutico. Sem contar o monstruoso esquema de interesses por trás do registro de patentes de novos medicamentos, de genes humanos e a desoladora realidade de uma ciência que trafica o medo e distrai a população com informações que a levam a comportamentos absurdos.

Muito do que se vê hoje no âmbito dos seguros de saúde, dos planos governamentais e da medicina de forma geral é produto da manipulação de grandes laboratórios, cujo investimento e exploração econômica giram em torno da enfermidade, e não da saúde em si. Reconhecendo-se oficialmente apenas a existência do corpo físico, trabalha-se e alimenta-se a solução de *sintomas,* e não de *causas.* Colabora para esse quadro lamentável a ignorância de pacientes ao redor do mundo, pois que o modelo vigente delegou o cuidado da saúde a terceiros, em certa medida desobrigando e até desencorajando o paciente a refletir sobre os porquês das doenças que lhe acometem e a analisar o método de tratamento prescrito. Além disso, muitos e muitos médicos, formados e forjados numa mentalidade que atende aos interesses das grandes redes da indústria farmacêutica, acabam por estimular os pacientes ao consumo desmedido de fármacos e drogas de todo tipo, sem avaliarem devidamente as implicações de tal comportamento sobre a saúde, em sua acepção mais ampla. Por trás de tudo isso, do grande esquema dos laboratórios do mundo físico, os quais deixam a impressão de trabalharem a serviço da saúde, existem aqueles seres sombrios que dominam, manipulam, usam e transformam em marionetes seus pares no plano físico. Ambos os lados em busca de poder e domínio, é útil a eles disseminar o medo, sentimento em parte estimulado pela imprensa, que por sua vez está sob controle de poucos homens e grandes grupos.

Deixa-nos mais confiantes tão somente saber que existe um grupo de cidadãos do universo, de espíritos especialistas entre os guardiões, que estão atentos a tudo isso e trabalham para amenizar os efeitos de tal estado de coisas e arquitetar a libertação mundial das garras desse poder oculto, que engendra artimanhas visando ludibriar a população. Não estão sós os homens do mundo, os filhos da Terra. Conhecer o trabalho dos guardiões, os especialistas do mundo superior que militam dia e noite para libertar o povo, para desenvolver e difundir técnicas mais avançadas de cura e enfrentamento das enfermidades, certamente é confortador. O Alto, os guardiões da luz estão atentos a todos os eventos que se desenrolam no planeta Terra e jamais dormem, auxiliando quanto podem nas mais diversas instâncias, de maneira a combater os agentes da destruição e os manipuladores de mentes e emoções, que trabalham contra o progresso da humanidade terrena.

Jamar nos enchia de esperança a cada apresentação das equipes de trabalho. Em meio a minhas reflexões, fui surpreendido pelo guardião, que nos apresentava especialistas de mais outra categoria:

— Este próximo grupo é composto por especialistas exclusivos dos meios de comunicação e imprensa, tais como jornalismo impresso e produções televisivas, cinematográficas e teatrais em geral. Fazem frente ao avançado método das entidades das sombras, que intentam manipular mais e mais esses meios de comunicação. Devido sobretudo ao trabalho desses guardiões é que foram insufladas, nas últimas décadas, as ideias de se produzirem filmes, séries, novelas e espetáculos que abordem temas ligados à espiritualidade, acordando toda a gente para a realidade de uma vida além dos limites da matéria. Também ficam atentos a todo fato divulgado pelas agências de notícias e pela imprensa. Agem, juntamente com nossos aliados no plano físico, de maneira a atenuar os efeitos nocivos e os mecanismos da comunicação em massa, nas ocasiões em que divulgam notícias com potencial ou com enfoque hipnotizador, uma vez que o povo, a esta altura, é mais ou menos submisso à cobertura apresentada nos meios de comunicação, tais como televisão, internet, jornal e rádio.

"Estes especialistas, em conjunto com *experts* em outras mídias, concorrem para desenvolver aquilo que chamaram de medicamentos virtuais, os quais estão sendo elaborados para combater não apenas a dependência de tais meios de comunicação, mas as drogas virtuais que deverão acometer as sociedades num futuro breve. Pelo menos, procuram amenizar os efeitos provocados, além de inspirar nossos agentes encarnados na veiculação de conteúdos mais elaborados e estimuladores da qualidade e do progresso. Sob a influência desses guardiões, conteúdos e ideias que espiritualizam, acrescentam, fazem diferença e desenvolvem conceitos aprimorados de vida, de acordo com uma perspectiva saudável do bem e do belo, são inspirados a jornalistas, escritores, roteiristas, editores, produtores e diretores de cinema, dramaturgia e teledramaturgia, entre outros profissionais cuja intuição é estimulada por nossa equipe. Atuam em sintonia com número considerável de pessoas no plano físico, e planejam uma revolução cultural e espiritual no mundo, envolvendo os meios de comunicação da atualidade.

"Mesmo que os dirigentes da maldade nas regiões astrais estejam se valendo dos recursos tecnológicos para instaurar o pânico e a irracionalidade, sob o patrocínio de seus agentes da confusão e da desordem, nossos guardiões estão atentos a tudo. Interferem quanto podem e, na medida do possível, enviam aliados do lado de cá para a imersão na carne, a fim de colaborar diretamente na mudança do panorama. Os amigos das legiões de guardiões estão renascendo na Terra, sobretudo os espíritos especialistas, no intuito de contribuir para a construção de uma sociedade mais humana e pacífica. Os irmãos da Terra não estão abandonados no mundo. Invisíveis, guardiões da luz estão a postos; muitas vezes, caminham no meio da multidão, lançando mão de todos os recursos éticos a seu alcance, a fim de que a Terra desperte e os povos se renovem, mesmo que lentamente, atingindo as metas evolutivas traçadas pelo Alto."

A apresentação desse grupo de especialistas nos fez reacender a fé no futuro da humanidade. Era como se a existência deles nos mostrasse que a Providência não abandona seus filhos às forças discordantes ou aos opositores do progresso e da política divina. É fácil desanimar ao observarmos a situação frequentemente caótica que grassa nos meios de comunicação: a imprensa marrom e a irresponsabilidade de muitos, quando se fazem médiuns de ideias e conceitos, de notícias manipuladas e opiniões que incentivam atitudes destemperadas ou, então, quando difundem inverdades ou meias verdades, que impulsionam crises e desencadeiam situações sociais caóticas. No entanto, saber que entre os guardiões superiores há aqueles que estão não somente atentos a essas questões, mas em plena ação, chegando até a enviar ao mundo físico seus representantes, por meio dos portais da reencarnação, proporciona alívio e dá a certeza de que o bem vence e vencerá.

— Por fim — retomou Jamar, encerrando as apresentações dos especialistas entre os guardiões —, temos os psicólogos do espírito, os filósofos da espiritualidade e os estudiosos da mente humana, principalmente voltados para a sensibilidade que envolve a religiosidade do povo e das massas. Em breve, o mundo presenciará uma renovação das ideias espiritualistas. Reencarnados estão vários e vários representantes de nosso colegiado de guardiões, os quais aparecerão no tempo devido; transmitirão ideias e desconstruirão inverdades que até o presente momento têm sido veiculadas em nome de um cristianismo nada cristão. Certos guardiões da luz, dessa classe de especialistas, preparam uma revolução conceitual e filosófica, mirando as fontes do pensamento humano. Abrirão novos campos de observação, desbravarão fronteiras do espírito, com vistas a outra etapa de espiritualidade no planeta. Proporão uma parceria mais estreita entre ciência e fé, falando sobretudo às mentes mais abertas, de modo a preparar o mundo para uma nova era de espiritualidade.

“Uma das principais atividades que realizarão é a preparação dos habitantes do mundo para a aparição aberta, clara e inquestionável dos habitantes das estrelas. Esse acontecimento fará com que religiões fantasiosas, manipuladoras, fundamentalistas e ainda de feição medieval sejam abaladas profundamente em sua estrutura sacerdotal, doutrinária e financeira, tripé sobre o qual se erguem os pilares de tais comunidades e igrejas. Os guardiões da luz reencarnados prepararão o povo para estabelecer contato com a realidade da vida além da Terra, em outros orbes, fato que, com certeza, caracterizará o início de uma etapa sem precedentes na história do mundo, quando os filhos das estrelas descerão dos céus com suas luzes cintilantes e pousarão entre os habitantes do planeta. Compete a esses especialistas o preparo mental e emocional da multidão de religiosos, que verá abaladas as crenças e modificadas as convicções, em contato com uma realidade que não poderá mais ser ignorada. Mais de 500 especialistas dessa ordem já preparam seu mergulho na carne; ainda na primeira metade do século XXI, o mundo experimentará um abalo que sacudirá as pretensões de religiosos fanáticos e mal-intencionados que articulam o domínio das multidões."

Consciente do impacto que suas palavras causaram sobre todos nós, Jamar nos deu tempo para assimilar as informações sobre as diversas categorias de guardiões, que mal sabíamos existir. Afinal, era uma estrutura magnífica, fenomenal. Jamais imaginaria que, ao se falar de guardiões, havia algo tão minucioso, uma elite da dimensão espiritual que trabalhasse no mundo e nos bastidores da vida com tal habilidade e com tantas especialidades. Agora, eu tinha uma ideia mais aproximada do chamado exército dos céus.[1] Não era, na realidade, um exército no sentido político e militar, tal como os que existem no mundo, mas um exército de especialistas sob o comando de Miguel, que trabalhavam incessantemente pelo bem do mundo e pela libertação das consciências de todo tipo de subjugação e coerção mental, emocional e espiritual. Melhor ainda, sentia-me orgulhoso

[1] "Os Espíritos do Senhor, que são as virtudes dos Céus, *qual imenso exército que se movimenta ao receber as ordens do seu comando*, espalham-se por toda a superfície da Terra e, semelhantes a estrelas cadentes, vêm iluminar os caminhos e abrir os olhos aos cegos" (Ibidem, p. 21. Prefácio. Grifo nosso).

de poder participar dessa numerosa equipe, que, com certeza, garantiria a vitória da política do Cordeiro sobre as forças opressoras do progresso e da oposição ao bem e à luz.

Entrementes, a Estrela de Aruanda, o aeróbus que nos conduzia, dirigia-se lentamente para a região programada, onde começariam nossas atividades e onde enfrentaríamos os embates previstos. Mas juro: jamais estivera tão confiante quanto neste momento, ao ser apresentado a uma nova visão, que se desdobrava diante de todos, acerca das atividades dos sentinelas da luz, guardiões vinculados estreitamente à direção espiritual da humanidade. Sob esse comando de seres, de anjos guerreiros da luz, jamais poderíamos falhar. Disso eu tinha certeza.

Rompendo os fluidos da atmosfera terrestre, projetamo-nos em um lugar onde em breve acontecimentos importantes definiriam o destino de milhares de criaturas. Havia bastante tensão emocional no ar, entre encarnados e desencarnados. Os agentes desdobrados foram liberados para missões em outro continente, conforme acertado anteriormente, junto às guardiãs, ficando conosco somente Raul e Irmina, que trabalhariam lado a lado com Jamar, Watab e os demais representantes da lei divina ou da justiça cósmica. Não podíamos ficar à parte de acontecimentos tão marcantes para nossos irmãos da dimensão física, pois sabíamos que, em ressonância com os acontecimentos em nossa dimensão, o mundo social, político e econômico entre os encarnados enfrentaria também um processo de revisão de valores. Múltiplas ideias e milhões de vozes ganhariam lugar nas ruas e avenidas, abrindo a perspectiva para uma espécie de salto quântico, que seria capaz de definir a política social e econômica que eventualmente seria encontrada no porvir. Precisávamos nos apressar.

# 8

# CONFRONTO ENTRE AS DIMENSÕES

**AERÓBUS DOS GUARDIÕES** dirigiu-se à região Centro-Oeste do Brasil. Ali, uniu-se a ele um destacamento especializado, sob o comando de Ismael, que se ocupava das dificuldades relacionadas aos líderes políticos da nação. Estes tentavam fazer a população esquecer os verdadeiros problemas causados pela sua irresponsabilidade na condução dos graves desafios do país.

Ismael se dedicava a fazer reuniões com dirigentes desdobrados, acompanhado de espíritos familiares ligados a cada um deles, entre outras entidades interessadas na situação do povo brasileiro. Sob a liderança espiritual de Ismael, Tancredo Neves discursava à frente de determinado grupo, tentando de alguma forma acordar os ouvintes, em desdobramento consciencial, para a responsabilidade perante a democracia e a urgência de dar atenção a determinadas situações que poderiam se tornar o estopim de crises mais intensas.

Em outro ambiente, Juscelino Kubitschek também falava com o mesmo objetivo, mas a uma plateia diferente, acompanhado por espíritos que outrora foram importantes nomes do cenário nacional. Igualmente procuravam fazer com que os políticos e representantes do povo que os escutavam, desdobrados durante o sono físico, pudessem chegar a um denominador comum quanto às reivindicações que faziam aos dirigentes nacionais. José do Patrocínio, Pedro II, Isabel, a princesa da libertação, Visconde de Mauá e outros mais participavam, buscando acordar, para a realidade do momento, aqueles sobre os quais pesava o destino da nação.

Em outros estados da federação, encontros semelhantes ocorriam. Ilustres representantes do povo, já desencarnados, reuniam-se com outros, desdobrados, a fim de confrontá-los com as situações que poderiam vir a ocorrer no país, à medida que se aproximassem eventos importantes, como os dois torneios mundiais de futebol — a Copa das Confederações e a Copa do Mundo, respectivamente em 2013 e 2014 —, a congregação católica Jornada Mundial da Juventude, prevista para 2013, e, mais tarde, os jogos olímpicos de 2016, entre outras concentrações de público em larga escala. A situação era sobremaneira favorável à intromissão de fatores discordantes, engendrados por entidades perversas, especialmente magos negros.

No que diz respeito à realidade física, e considerando-se o panorama internacional, algumas nações tinham interesse de que o país vivesse uma situação de alto risco perante a ótica mundial. Mas não era somente isso que estava em jogo. A segurança da população em todos os estados era uma preocupação concreta dos benfeitores espirituais, principalmente nas cinco unidades da federação com maior projeção no cenário político-econômico, localizados nas regiões Sudeste e Sul do país. A situação era muito mais delicada do que poderia supor a classe política dirigente. Havia um clima de bastante tensão no ar, e, de um momento para outro, a população poderia irromper em manifestações e protestos; porém, os desdobramentos e os resultados não poderiam ser dimensionados com exatidão.

Os guardiões chegaram aos céus da cidade escolhida num momento mais do que apropriado. Ismael requisitara auxílio urgente, ao mesmo tempo em que, em outras partes do mundo, dirigentes espirituais também clamavam por socorro. Atividade febril desenvolvia-se na dimensão próxima à Crosta. As sete partes da Estrela de Aruanda estavam de prontidão para se desmembrar e rumar cada qual a uma parte do país, principalmente àqueles estados e cidades onde havia sido detectado alto índice de risco e insatisfação do povo com os governos e os serviços públicos. Foi assim que Jamar e Watab se encontraram com os guardiões, chamando a atenção para as ocorrências naquele momento histórico.

— Precisamos reunir mais guardiões além dos especialistas. Aruanda e outras cidades já fizeram a convocação, e esperamos um destacamento de exus, os guardiões de encruzilhadas vibratórias — disse Jamar a seu amigo, Watab.

— Aguardo também a maior parte do contingente de guardiãs sob o comando de Semíramis. Soube que Astrid se dirige neste momento à Turquia, com o outro comando de guardiãs, posicionando-se sobre as cidades de Istambul e Ancara, juntamente com legionários romanos e grande parte dos legionários de Maria sob o comando de Zura, além dos mongóis, que se dispuseram a ajudar neste momento de crise intensa.

Enquanto os dois amigos conversavam sobre os problemas iminentes que deveriam enfrentar, chegaram os representantes de sete grandes legiões de espíritos. Tinham à frente os caboclos Tupinambá e Cobra Coral, além dos exus das Sete Encruzilhadas, Marabô, Tiriri, Veludo e outros mais, com os destacamentos de exus comandados pelos sete principais chefes das falanges de soldados astrais. Além deles, se aproximava enorme multidão de espíritos protetores e familiares, convocados diretamente por Watab. Abaixo de nós, como se tocassem o solo do Planalto Central, reuniam-se milhares de representantes da lei e da ordem, além dos convidados ligados a grupos, agremiações e representantes do povo, que haviam sido trazidos em desdobramento.

— É uma pena que na Turquia e em outros países da região não tenhamos um clima psíquico tão favorável quanto temos no Brasil. Os ascendentes espirituais das nações do Médio Oriente e mesmo da Europa são por demais complexos, além da formação cultural e espiritual da população, o que não facilita em nada um trabalho como este que desenvolvemos aqui no Brasil.

— Isso é, de fato, um empecilho muito grave em alguns momentos — respondeu Jamar ao amigo Kiev, que manifestara preocupação. — A ausência da formação cultural espiritualista, nos moldes como ocorre aqui no Brasil, dificulta bastante o trabalho dos guardiões que tentam ajudar naquela parte do mundo. Mesmo com todos os problemas que se podem apontar, não há dúvida de que aqui há mais campo para nossa atuação.

Interferindo na conversa, que poderia durar horas e horas, Watab chamou a atenção dos amigos:

— Temos de nos apressar. Já estão todos reunidos...

Jamar desceu do aeróbus com Watab, Kiev e os representantes dos destacamentos de guardiões embarcados na Estrela de Aruanda. Alguns agentes desdobrados não participariam da reunião que fariam agora, pois foram levados a São Paulo, Belo Horizonte, Rio de Janeiro, Salvador, Porto Alegre e algumas outras cidades, na companhia de guardiões e especialistas. Jamar olhou preocupado para a multidão de espíritos presentes ali; junto com Watab, assumiu a frente e se dirigiu a eles:

— Meus amigos! — iniciou Jamar, enquanto sua imagem e voz eram reproduzidas por mais de cem telas tridimensionais, instaladas tanto naquele local quanto em diversas partes do país, em outros estados, onde os guardiões reuniam representantes da justiça e da lei nas dimensões próximas à Crosta. — Sou um dos representantes da segurança planetária, alguém que vocês podem chamar de guardião ou sentinela do bem, conforme queiram. O comando da segurança planetária identificou este como um momento que merece especial atenção da parte de todos nós, uma vez que as energias mentais e emocionais emanadas da população, notadamente de certo segmento em particular, sugerem um quadro de emergência. Não podemos ignorar que a situação exige uma ação imediata de todos nós junto à população dos encarnados.

"Entidades perversas, sob o comando de magos negros, tentam tirar algum proveito da insatisfação do povo, a fim de acender um estopim em toda a América do Sul a partir do Brasil, pois o país guarda certa representatividade no cenário do continente. Não nos cabe entrar em questões políticas ou partidárias que não nos dizem respeito; no entanto, podemos detectar a enorme insatisfação do povo com os representantes que ele mesmo escolheu, por maioria de votos. A situação emergencial cresce, mesmo que os dirigentes políticos tentem minimizá-la ou disfarçá-la, valendo-se sobretudo de eventos esportivos patrocinados pelo governo, que estão se aproximando. Nosso objetivo é impedir que essa insatisfação crescente se transforme numa revolta armada ou até mesmo numa guerra civil. Será impossível conter a multidão e evitar todo tipo de truculência se não tomarmos já as providências cabíveis. Com a ajuda de vocês, agindo junto a seus pupilos e tutelados, podemos fazer muito em benefício do país e, ao mesmo tempo, abortar qualquer tentativa de espíritos irresponsáveis de aproveitar-se da manifestação legítima do povo, atentando contra as obras da civilização e as conquistas até aqui efetuadas.

"Precisamos nos aproximar principalmente daqueles que exercem funções de comando, como lideranças e pessoas representativas em geral, a fim de ampará-los. Sem interferir em sua liberdade, sem forçá-los; mas é preciso sensibilizá-los para o clamor que é justo. O povo precisa extravasar o grito de liberdade, a ânsia de ser ouvido, de modo a participar mais ativamente do processo histórico e fazer com que os dirigentes da nação — e o mundo — escutem, de alguma forma, a voz popular e a manifestação de angústia e descontentamento. Esteja a população se reunindo em grupos, fazendo passeatas e declarando seu desagrado com a situação que os oprime, não podemos ficar indiferentes, tampouco deixá-la à mercê de forças que intentam usá-la ou usar seu grito de liberdade contra si própria.

"Por essa razão — falou com nítido interesse o guardião —, convocamos todos vocês, soldados do astral, espíritos interessados em contribuir com o bem do país, que podem influenciar pessoas dotadas de carisma e magnetismo e que são capazes de produzir efeito sobre as massas, a agir sobre líderes e multidões. Não vamos nos pronunciar sobre as questões defendidas pelo povo, uma vez que sabemos que cada povo tem o governo que merece. Contudo, temos de entender o momento pelo qual a nação está passando e o sentido dessa insatisfação geral. Pedimos apenas que não tomem partido, defendendo este ou aquele posicionamento, mas que preservem seus tutelados, indiferentemente do lado a que pertençam e da bandeira ou ideia que defendam. Auxiliem-nos a preservar a ordem e manter a paz, mesmo na hipótese de terem simpatia por qualquer causa levantada pelos encarnados. Somos humanos, e é natural que a maioria se sinta comprometida, direta ou indiretamente, com certas correntes de pensamento defendidas na Terra. Mas nós, os guardiões da luz, temos uma única política a defender: a política do Cordeiro, da não violência e do amai-vos uns aos outros. Sob essa ótica, e levando em conta a necessidade de estabelecer a ordem e a disciplina, temos uma tecnologia de ponta, que será empregada para auxiliar ao máximo nas cidades onde se darão os manifestos populares."

A fala de Jamar pareceu produzir efeito positivo na multidão de espíritos convocados para colaborar junto aos encarnados. Pessoalmente, não imaginava que aquele tipo de acontecimento era o objeto da preocupação dos guardiões superiores. Nunca cogitara que algo assim, ao surgir na atmosfera do país, representasse perigo iminente para a segurança do povo e suas conquistas. Por outro lado, sabia que havia algo mais profundo, intenso, a reclamar atenção de tão grande número de guardiões. Tratava-se de qualquer coisa insuspeita, que os olhos dos encarnados jamais veriam e sobre o que tampouco poderiam conjecturar. Mas Jamar e Watab guardavam silêncio a esse respeito, e eu soube compreender a atitude de ambos. Não toquei no assunto ou na motivação profunda que permeava aquela ação conjunta de guardiões de diversas categorias. Jamar fez um sinal para Watab, concitando-o a se manifestar; o novo chefe dos guardiões da noite assumiu a frente, ao lado do amigo, e explicou:

— Enquanto conversamos com vocês, líderes comprometidos com o bem da nação, habitantes de nossa dimensão, dirigem-se aos políticos e representantes influentes do país, desde deputados e senadores até a presidência da República, passando por ministros de estado, assessores de alto escalão e também empresários e jornalistas, que foram desdobrados durante o sono físico. Todos terão oportunidade de ouvir o apelo que lhes será endereçado por aqueles que, um dia, lutaram por ideais de democracia e direitos para o povo brasileiro. Contudo, não esperemos milagres da parte dos poderosos da nação; não esperemos que nos ouçam plenamente, nem sequer em grande medida, pois ainda estão prisioneiros da carne. Embora desdobrados, muitos podem manter por longo tempo seus interesses bem distantes da necessidade real da população. De todo modo, não nos envolvamos com essas questões, que devem ser tratadas por especialistas na área. Queremos convocá-los, nos próximos dias e noites, a envolverem seus tutelados, de modo que procedamos a um trabalho de pacificação na mente de todos. Serão desdobrados nas noites a seguir, a fim de que vocês possam se aproximar e fazer seu trabalho, evitando, ao máximo, tomar partido.

Concedendo tempo suficiente para os ouvintes assimilarem as palavras e seu significado, o guardião continuou:

— Nossos especialistas desenvolveram o protótipo de um equipamento cujos projetos nos foram cedidos por irmãos das estrelas. Na verdade, ele será submetido ao teste final nos próximos dias e noites, junto à multidão. Esses equipamentos — há três deles prontos até o momento — serão posicionados em lugares estratégicos, em algumas cidades que foram identificadas como de risco iminente. Determinamos locais onde serão instalados, de onde irradiará algo que podemos chamar de raios pacificadores, associados a imagens que estimulam atitudes de paz e respeito nas mentes em desdobramento. São imagens estudadas por nossos especialistas em psicologia; a população será capaz de captá-las e reproduzi-las em sua vida, em seu comportamento dos dias subsequentes. Porém, como é um aparelho desenvolvido recentemente, sabemos que seu alcance é limitado. Além disso, trata-se apenas de um protótipo, que precisa ser testado e melhorado. Por isso, contamos mesmo é com a ajuda de vocês para os próximos lances que teremos pela frente. Serão algumas noites e dias de intenso trabalho.

"Temos também especialistas em diversas mídias; eles utilizarão mensagens subliminares nos meios de comunicação, principalmente por meio da internet, inseridas através de ondas projetadas pela Estação Rio do Tempo e direcionadas sobretudo ao Brasil. Levarão um conteúdo de pacificação àqueles que acessarão tais mídias. Então — Watab falou agora mais devagar, embora pudéssemos notar como seu discurso estava inflamado —, vamos trabalhar em conjunto em diversas frentes, com o objetivo de evitar ao máximo os conflitos violentos e de fazer com que o povo saiba que os manifestantes que defendem ideais e ideias renovadores para a nação nada têm a ver com aqueles oportunistas ou espíritos aproveitadores que porventura possam instigar desordem, caos e vandalismo."

O impacto do discurso do guardião parece novamente ter atingido a todos nós em profundidade. Não consegui deixar de me emocionar diante de algo tão importante e que, pela primeira vez, vi que mobilizava toda a atenção dos guardiões superiores naquele gênero de acontecimento.

— Mas não alimentemos pretensões nem expectativas quanto a milagres — acentuou o guardião Watab. — Nem todos responderão na mesma medida à ação de nossos agentes do lado de cá da vida.

Jamar tomou a palavra novamente e continuou, dando um novo sentido ao que Watab falara:

— Não desejamos que nossos aliados no plano físico cruzem os braços, indiferentes ou com medo de algo ameaçador. O que é mais ameaçador é a atitude de conformismo, de encaixotamento nas formas antigas de pensar e agir e de aceitação pacata dos abusos perpetrados pelos donos do poder, seja nas dimensões próximas à Crosta ou na dimensão física. "E o que tiver de vir virá, e não tardará",[1] disse um dia o apóstolo. Principalmente em presença de atitudes medrosas de supostos agentes do bem no mundo físico, recordemos certas cenas da vida daquele que representamos: Jesus de Nazaré.

Jamar falava inflamado pelo fervor de um legítimo representante da lei divina:

— Se o Cristo vivesse na Terra nos dias atuais, por certo seria enquadrado pelas leis de qualquer nação onde vivesse como revolucionário; quem sabe, até, anarquista. Mas jamais condescendente ou conformado, tampouco conivente com aqueles que dominam e impõem por meio da força política e de sua aparente impunidade a violência brutal contra um povo que pouco reage ou que poucas vezes reage, fazendo valer seus direitos. Com base na postura e nas palavras dele, o Cristo provavelmente seria hoje acusado ou preso como líder revolucionário; muito possivelmente teria sido indiciado como alguém que estimula a desordem, a indisciplina e o desentendimento entre multidão e governo.

[1] Hb 10:37.

"Digo isso porque é bom nos conscientizarmos que, de maneira nenhuma, estamos pregando a ilusão de uma paz sem o desafio da luta ou do enfrentamento das forças discordantes da oposição ao bem. Durante anos, o povo sofreu opressão, violência moral, social e econômica. Muitos se habituaram a esse tipo de violência, porque disfarçada ou aplacada por certos elementos que são divulgados conforme o interesse e o patrocínio dos governos, a fim de manter a ilusão de que tudo está bem e que a situação da nação é a melhor de todos os tempos. Mas não nos enganemos: o povo vai se revoltar, e, muito em breve, essa revolta despirá as máscaras da submissão.

"O Mestre é aquele a quem servimos e respeitamos como o Cordeiro, fundador de uma política em tudo superior àquela produzida pelos homens nos últimos dois milênios. Assim como ele, devemos lutar também, expondo-nos na defesa dos ideais do bem. Seria de fato desejável que os bons parassem de fazer discursos fantasiosos, comentários eivados de tamanha humildade e bondade, que ninguém possui, e trabalhassem, lutassem, enfim, por um mundo melhor e regenerado. E quando falamos em bem, não queremos apregoá-lo segundo os conceitos religiosos;

queremos falar do bem que move pessoas imbuídas de vontade, bons propósitos e atitude, cujo potencial será em breve mostrado a toda a nação.

"Quero fazer referência, ainda, à necessidade de os cristãos modernos se exporem mais e deixarem as posições cômodas, de braços cruzados, pretensamente atuando através de vibrações e orações. É hora de partir para uma atitude mais decidida e mais vibrante junto à população. Se é verdade que os bons são tímidos,[2] como afirmaram os espíritos superiores a um ilustre filósofo, também é verdade que a Terra não se renovará se os cristãos e os chamados bons — ou que se consideram bons — não entrarem na luta e se expuserem, a fim de fazer prevalecer as ideias renovadas, os direitos sociais, a renovação das leis e da democracia, como divulgam acreditar.

"A covardia se esconde sob o manto da resignação e da humildade. O Cordeiro, em sua feição de misericórdia, quando esteve presente fisicamente no mundo, ofereceu muito mais do que respostas às angústias humanas. Ele penetrava no âmago dos corações e, ao devassá-lo por meio

[2] Cf. KARDEC. *O livro dos espíritos*. Op. cit. p. 526, item 932.

de uma cirurgia da alma, levava em conta a realidade íntima de cada um que cruzou seu caminho. Naturalmente, sabia ver muito além do que as dores das criaturas mostravam; envolvia-se com as causas das próprias dores, a fim de demonstrar uma política que considerasse as reais necessidades humanas.

"Através das limitações do cego, que esperava vislumbrar um ideal mais nobre de vida, via as angústias desencadeadas pela religião e pelos religiosos. Nas questões familiares, diante de questionamentos a respeito do divórcio e de assuntos dessa ordem, ele propunha o caminho do meio. Evitava, assim, instigar o legalismo farisaico tanto quanto o liberalismo e a licenciosidade dos romanos. A política do Cristo era estruturada na ética, e não na moral religiosa. Ele apregoava algo acima do superficial, do óbvio: uma revolução na cultura, na educação, na saúde que ele auxiliou a restaurar.

"A intervenção de Jesus não se fez através de orações ou de vibrações sutis. Trouxe consigo um exército de anjos, de seres redimidos, que, durante sua estada na Terra, iam e vinham por todos os países, ora materializando-se, ora insuflando pensamentos, de modo a preparar o mundo para dar um salto em termos de qualidade, de ideais novos e de uma política em tudo melhor que a humana.

"Jesus não cruzou os braços nem mesmo quando morreu sobre o madeiro. Abrindo-os para abraçar a causa que defendia, deixou a lição do envolvimento, da participação e da força de se manifestar de maneira aberta e pacífica, quando assim era possível. Pois se ele mesmo asseverou, na carta magna que deixou para a humanidade terrestre, que veio lançar fogo à Terra e desejou que ela já estivesse queimada,[3] não podemos deixar de considerar que, para a implantação do Reino num mundo turbulento, cujas características ainda são o atraso social, moral e o domínio dos maus, teremos pela frente muito trabalho e muitos desafios. Será necessária muita dedicação a fim de reconstruir o mundo sobre bases mais transparentes, sólidas, honestas e fraternas. Isso não ocorrerá sem lutas,[4] e jamais virá esse tempo apenas com discursos calcados em religiosidade.

"Consideremos que o Mestre que soube mostrar a fei-

[3] Cf. Lc 12:49.

[4] "Cuidais vós que vim trazer paz à terra? Não, vos digo, mas antes dissensão" (Lc 12:51).

ção amorosa e misericordiosa foi o mesmo que também soube derrubar mesas e expulsar cambistas,[5] soube empregar palavras duras e contundentes em discursos públicos, denunciando os abusos cometidos pelos soberanos de então.[6] Ele inspirou a maior revolução da história humana, quando seus apóstolos partiram mundo afora, enfrentando reis, soberanos e culturas de sua época, visando modificar para sempre a face do mundo com os elementos da política divina. Portanto, caros amigos — guardiões, espíritos familiares e de boa vontade —, vimos conclamar a todos para que se pronunciem, se exponham o máximo possível, a fim de se estabelecerem para sempre as bases do Reino.

“Nas dimensões próximas à Crosta, estão em pleno andamento as revoluções contra os ditadores do abismo. Realizam-se relocações e reurbanizações, preparando o mundo extrafísico para um novo momento, um novo panorama, que, em breve, abrangerá toda a Terra. No mundo físico, as coisas não são diferentes. Em consonância com o que se passa do lado de cá da vida, nas dimensões sombrias —

[5] Cf. Mt 21:12.

[6] Cf. Mt 23.

onde os maiorais do abismo, os legendários dragões, os magos negros e seus asseclas estão tendo seu poder ilusório derrogado –, também no mundo físico isso ocorre. Os ditadores e os regimes que exploram as comunidades estão em franca queda moral e política, assim como acontece com as aparências de democracia, que não se sustentam mais, com o sofrimento do povo em benefício de poucos que lucram com a miséria social e a guerra."

Sabendo que ali se encontravam espíritos detentores de cultura religiosa, Jamar aproveitou para explanar algo que era parte da mentalidade daquela categoria de espíritos:

– A Terra está sendo renovada lentamente. Como disse o Cristo quando pelo mundo passou, e está registrado em Mateus 11, versículo 12, "desde os dias de João Batista até agora, no reino dos céus se entra por violência e pela força se apoderam dele". Ao mencionar a violência, percebamos que Cristo fala em *reino dos céus* e não em *reino de Deus*, o que, em suas palavras, assume outra conotação. Reino dos céus, no conceito expresso no Evangelho, contém trigo e joio e não faz alusão aos planos superiores, propriamente ditos, mas à Terra, principalmente ao plano físico, onde os bons e os maus se misturam.

"É preciso penetrar fundo nas palavras de Jesus para compreendermos que, ao termo *violência,* não se aplica o sentido de destruição, ataque aos demais ou depredação organizada das obras e conquistas da civilização, o que seria incongruente com tudo que sempre defendeu. Ele se refere, sim, a uma resistência drástica às forças opressoras, esclarecendo que, mesmo sem se fazer guerra, esse reino só se estabelecerá na Terra por meio de lutas éticas, e não de discursos pseudomoralistas. Entende-se que o rompimento com as forças opressoras ocasiona certa violência, na medida em que se requer esforço para se implantar o Reino no mundo.

"A resistência aos abusos e a reivindicação de novas políticas e de uma forma de vida mais justa, honesta, transparente e ética exige um tipo de resistência, um esforço, algo que pode ser definido como violência. Porém, num sentido diferente do que tipicamente se conhece no mundo dos homens, no intuito de enfrentar, romper com os redutos de poder corrupto, enfim, atingir o objetivo de um mundo melhor e renovado."

Então, dirigindo-se a todos indistintamente, a guardiões, exus e espíritos familiares, Jamar prosseguiu:

— Se o Mahatma Gandhi não houvesse tido coragem de enfrentar o regime opressor da Inglaterra, jamais teria conseguido a libertação de seu povo. Caso Martin Luther King tivesse se acovardado diante dos desafios da época, do modo como o povo se comportava e perante o próprio governo, jamais teria dado tamanha contribuição para a formação de uma política igualitária e honesta, justa e transparente para todos. Por trás das conquistas de todas as épocas, sempre há o esforço e a luta, sem o que não haverá o sabor da vitória.

"Portanto, meus amigos, não nos curvemos à força bruta dos que se julgam detentores do poder. Caso estivéssemos usando de uma linguagem suave, de palavras sutis, de um vocabulário espiritualizado, não teríamos vencido as forças da oposição que trabalham contra a política divina. O próprio esquema dos guardiões só existe porque temos de deter o mal e coibir a proliferação do erro e dos abusos. Por isso mesmo, por mais que defendamos uma ação pacifista entre nossos irmão encarnados, entre os povos do mundo, não nos enganemos. O reino de Deus ainda não é deste mundo. Lutemos para que a transição se opere da melhor forma possível, mas não tenhamos a expectativa de que tudo ocorrerá com aparente tranquilidade. O mundo ainda não é assim.

"Devemos nos preparar, também, para enfrentar muita gente truculenta, violenta, no sentido da violência física, e sem nenhum princípio ético que oriente suas ações, que poderá se intrometer no meio daqueles que trabalham pacificamente por seus direitos; são bandidos, marginais e oportunistas. O excesso de zelo e, muitas vezes, a irresponsabilidade daqueles que representam a lei e a ordem no plano físico poderão agravar a escalada da violência e acarretar reações mais graves. Alguns tentarão, por algum tempo, atacar inocentes e fazer crer que pessoas simples e que lutam por seus ideais de maneira pacífica é que estão dando início a uma revolução truculenta. Esses representantes da lei também deverão ser alvo de nossa atuação, visando evitar que o mal se alastre ou que as ações irresponsáveis de alguns comprometam as conquistas de muitos.

"Um grupo de especialistas dos guardiões superiores ficará de prontidão junto às mídias, pois não ignoramos que os holofotes da imprensa poderão enfatizar o peso de manifestantes violentos, realçando situações que nem sempre têm aquela dimensão, pois, lamentavelmente, no plano dos homens, a imprensa se fortalece e sobrevive de notícias sensacionalistas, fantásticas, nem sempre fiéis à realidade.

“Há outro elemento que não devemos ignorar e, acima de tudo, precisamos nos preparar para enfrentar. São grupos anárquicos, que tradicionalmente deixam um rastro de confusão e depredação por onde passam, os quais se valerão da situação. Em sintonia com marginais do plano astral, se mostrarão misturados ao povo, para evitar serem desmascarados. Eles exigirão da parte dos guardiões mais atenção, a fim de impedir tanto quanto possível que suas atitudes bélicas possam prejudicar os demais.”[7]

Após o pronunciamento, que foi muito bem recebido pelos guardiões, reuniram-se, em particular, exus chefes de falanges e caboclos responsáveis pela condução de numeroso contingente de soldados astrais. Conosco estavam nossos agentes desdobrados, que teriam um importante papel no momento aguardado.

[7] Este capítulo foi psicografado integralmente em 17 de junho de 2013, dia-chave nos protestos de junho do mesmo ano, quando mais de 230 mil pessoas saíram às ruas. Três dias depois, os protestos contariam a marca histórica de mais de 1 milhão de pessoas nas ruas em um só dia, em mais de 75 cidades brasileiras.

Olhando os céus daquela região onde nos encontrávamos, distinguia-se enorme nuvem partindo em várias direções. Contudo, acurando o olhar, poderia ver que eram seres, espíritos, alados ou não, que rumavam para outras regiões do país, obedecendo ao comando de seu líder espiritual. A visão lembrava um bando de pássaros que migravam, seguindo em formação fechada para um determinado ponto no horizonte.

Entrementes, Watab conversava com nossos parceiros mais próximos e agentes:

— Irmina e Raul, fiquem atentos, pois serão conduzidos às regiões inferiores, a fim de auxiliar no combate aos magos negros. Eles intentam se aproveitar da situação a fim de induzir o povo, as instituições e o governo a um confronto mais intenso, ostensivo, prejudicial para ambas as partes. Veludo, Sete e Marabô: por favor, reúnam seus parceiros, os soldados das encruzilhadas vibratórias, e posicionem-se nas ruas e avenidas, mas principalmente junto às corporações militares. Temos de temer mais as autoridades do mundo do que o povo em si. Espero que fiquem à vontade para tomar as decisões que julgarem apropriadas. Preparem-se, pois talvez terão de usar habilidades psíquicas para auxiliar os pais-velhos junto ao acampamento dos magos negros.

Voltando-se para os outros agentes, continuou, dando a entender que deveríamos estar presentes em diversos campos de batalha, em lugares diferentes:

— Quanto a vocês, amigos desdobrados do continente sul-americano, deverão seguir junto com as guardiãs para o outro lado do mundo, imediatamente. Deverão enfrentar o campo de batalha na Turquia e, possivelmente, em regiões próximas. As amazonas seguirão com vocês rumo ao *front* de batalha. Por lá as coisas serão muito desafiadoras. Jamar e eu oportunamente iremos até lá e ficaremos entre um e outro grupo para apoiar a todos. No Oriente Médio encontrarão os outros agentes desdobrados, que nos auxiliarão na Europa oriental.

O pequeno grupo se reuniu ao lado de Tupinambá, o amigo espiritual que assumia o comando de uma legião de trabalhadores e guerreiros. Tupinambá ergueu-se no ar, levando Irmina e Raul consigo, rodopiando em meio aos fluidos da dimensão em que estávamos. Logo depois, mergulhou chão adentro, como se houvesse um túnel através do qual ele, os agentes desdobrados e os demais de sua legião de guerreiros pudessem penetrar, indo diretamente ao encontro dos pais-velhos, que os aguardavam ansiosos.

Como uma comitiva de seres armados com as armas do espírito, romperam novamente a delicada película que separa as dimensões. Esse rompimento, por si só, causava um fenômeno admirável, um misto de pequenos raios e luzes que talvez representassem o impacto na atmosfera quase material da dimensão subcrostal. Fui junto com eles. Aliás, estava com o coração extrafísico quase arrebentando; não fosse o fato de que eu estivesse morto fazia algum tempo, juro que morreria de infarto ali mesmo. Era muito grande a pressão daqueles momentos.

O grupo de agentes da luz penetrou as rochas; rasgou os fluidos densos, como se fosse uma máquina de guerra, e desceu vibratoriamente para uma dimensão muito mais densa, cuja atmosfera era feita de partículas atômicas e subatômicas, e que poderia ser classificada de antimatéria, na falta de um vocabulário mais apropriado para denominá-la. O mundo parecia ter ficado mais escuro. De repente, a luz do sol pareceu apagar-se, e uma luminosidade leve, a princípio amarela pardacenta e, logo após, avermelhada, tomou conta do ambiente astral na subcrosta. Não mais levitávamos como antes. A locomoção tornara-se penosa para todos nós. Senti pela primeira vez a falta que fazia um veículo, um aeróbus, como dizem nossos irmãos espíritas. Sinceramente, acho esse nome uma aberração. Por mim, era somente uma nave, e nada mais.

Tupinambá resolveu chamar todos para caminhar. Raul e Irmina, dotados de uma cota de ectoplasma, algo que lembrava a matéria bruta do mundo dos encarnados, iam à frente, enquanto Tupinambá seguia logo depois, e cada um de nós seguíamos os três. Assim que terminamos a exaustiva jornada entre montanhas e escarpas, passando por um altiplano, chegamos à beira de um precipício; estávamos cansados, dado o esforço em romper um lugar tão material. Estávamos parados sobre um platô e pudemos avistar, logo à frente e abaixo de nós, uma fenda enorme que rasgava a rocha do plano astral. Irmina, apontando para baixo, disse:

— Veja, um vale sombrio. Mas parece que devemos descer mais uns 300 ou 400 metros até atingir o fundo. Vamos, Raul.

— Você com sua ideia de louca ainda vai nos matar...

— E você acha que pode morrer aqui, fora do corpo?

Pegando Raul pelo braço, atirou-se rocha abaixo, jogando ambos rentes ao paredão de rochas, com sua superfície de musgo e plantas exóticas. Desceram, ou melhor, caíram em alta velocidade, sendo logo acompanhados por Tupinambá, que em silêncio se atirara também, após os dois. Só ouvi o grito desesperado de Raul:

— Desgraçada! Miserável dos infernos! Ainda vai me matar. Estou quase molhando as calças, sua russa desdobrada...

E o grito perdia-se em meio ao desfiladeiro no qual todos se atiraram, logo em seguida. A voz de Raul repercutiu por todos os lados, formando um eco que produzia um som bizarro naquele lugar habitado Deus sabe por quem. Quando Irmina e Raul chegaram ao chão, mais ou menos 500 metros abaixo em relação ao local de onde nos encontrávamos antes, pairaram quase suavemente por um instante, até seus pés tocarem o solo lodoso. Aranhas, escorpiões, serpentes e outros habitantes da escuridão rastejavam pelo lugar enquanto Raul esperneava, gritava e xingava, fazia cara de nojo, cuspia para todos os lugares, mas não largava Irmina de maneira nenhuma.

— Então volta pro corpo de uma vez e nos deixa prosseguir! — falou Irmina, se mostrando meio impaciente com o amigo. — Volta pro corpo que te pertence! — brincou, mais com o ar de quem estava zangada do que outra coisa qualquer.

— Mas...

Sem lhe dar tempo, voltou-se para ele e disse, um pouco meiga demais:

— Mas eu sei que você me ama e não viverá sem mim...

— Não volto mesmo, mulher! Verá que sem mim...

— "Nada podeis fazer." Já sei essa fala de cor, Raul! — E riram os dois, saindo juntos rumo ao local previamente acordado entre os pais-velhos e os guardiões.

Quem não conhecesse a dupla, pode até pensar que são rivais em alguns momentos. Na realidade, formam um time de agentes e amigos que jamais poderia ser ignorada. Eram, os dois juntos, fortes aliados dos guardiões. Não gostavam de trabalhar separados, pois, detendo habilidades complementares, representavam uma força-tarefa muito interessante e considerável. Irmina deixava um rastro de sedução atrás de si, e os guardiões a seguiam, quase aspirando o perfume que ela fazia questão de materializar em torno, deixando os homens, também os desencarnados, quase aos seus pés. Sabendo que causava sensação mesmo entre os espíritos, ela se aproveitava disso. Afinal, eram humanos, ainda. Além disso, todos sabiam corresponder ao jogo ou à brincadeira da agente encarnada.

Mais algum tempo de caminhada e chegamos a um entroncamento onde avistávamos várias cavernas esculpidas na rocha. Ali era o lugar do encontro.

**Para muita gente,** morrer é apenas uma questão de ponto de vista. Para alguns, a morte poderia parecer o fim de tudo, da vida, das memórias, da mente, das emoções e dos sentimentos. Para os espiritualistas, porém, a morte é uma espécie de passagem, de travessia para outra realidade da vida, uma dimensão nova, diferente da que estão habituados os encarnados, os homens em geral. Para quem está no leito de morte, quem enfrenta o perigo iminente do desencarne, morrer é a última coisa em que o indivíduo quer pensar e que quer enfrentar; a morte, então, é algo de profundo mau gosto, indesejável. Mesmo diante do sofrimento e da perspectiva de mais sofrimento, ninguém quer morrer. Mas eles eram diferentes. Não morriam jamais. Mas também não nasciam, como nasciam os homens que vivem na superfície.

Os simples mortais contam os acontecimentos em termos de anos, talvez décadas; apenas como registro das memórias históricas, em séculos ou milênios. Contudo, dificilmente alguém viveria além de algumas poucas décadas, para enfrentar os eventos históricos que se desenrolam durante a glória e o ocaso de uma civilização. Mas eles, não. Eram imortais no sentido literal da palavra. Imortalidade relativa, mas ainda assim imortais. Contavam os eventos históricos ao longo de eras. Embora pudessem conhecer um quase sem limite para sua vida fictícia, de uma imortalidade quase infinita, não podiam viver indefinidamente em contato com a sociedade, ou melhor, não podiam se expor por um tempo dilatado aos efeitos da luz solar. Eram apenas sete, mas haviam visto de tudo, feito uma enormidade de coisas que muito provavelmente seriam consideradas aberrações pelos simples mortais. Haviam se intrometido nas questões da economia mundial, participado de levantes e manipulado líderes de todo o mundo como se manuseassem marionetes. Estavam intimamente associados a alguns grupos que sustentam o poder entre os homens, embora prossigam sua existência à parte dos registros históricos oficiais. Mas eles existem e continuam indo de um recanto a outro do mundo e do submundo também.

Talvez a habilidade de ir e vir entre dois mundos, convivendo com habitantes de uma e outra dimensão, ora em corpos físicos, ora em corpos etéricos e, outras vezes, em corpos astrais, fizesse deles seres especiais ou, no mínimo, singulares. Mas sobrevivem com energias roubadas, com fluidos vitais tomados de suas vítimas. Sem isso, jamais sua imortalidade relativa seria considerada verdadeira. Não conhecem a morte como os humanos a conhecem. São agêneres,[8] nada mais. Os corpos físicos de tais seres podem até resistir à luz do sol; contudo, não podem se expor a ela mais do que determinado intervalo de tempo, senão o conteúdo de suas células perderia a estabilidade atômica e cederia ante a pressão exercida pela atmosfera do mundo dos encarnados. Têm corpos especiais, constituído de moléculas astrais, etéricas, físicas, todas intimamente associadas entre si. No entanto, não experimentam a morte, como os

[8] Cf. PINHEIRO. *A marca da besta*. Op. cit. p. 392-471. Além de o trecho indicado conter uma narrativa envolvendo um agênere, entremeada de esclarecimentos teóricos, ao final traz também um excerto da *Revista espírita*, em que Allan Kardec expõe os fundamentos acerca dessas criaturas, destacando-se uma entrevista com o espírito São Luís a esse respeito.

homens a experimentam. São seres que aparecem, somem, diluem-se e reaparecem outra vez mais. Materializam-se, por assim dizer, por tempo determinado. Sempre existiram tais seres sombrios. E talvez sempre existirão aqueles que se utilizam desses recursos para, em alguma medida, influenciar os destinos de homens e civilizações. O problema é definir de que lado estão. Qual política defendem? A que senhor obedecem? Isso é tudo, ao lidar com tais agêneres.

Estes eram seres diferentes. Haviam sido esculpidos, formados e formatados em ambientes mais profundos do abismo. Foram hipnoticamente preparados por seus senhores e mentores. Receberam uma sugestão pós-hipnótica tão forte que desestabilizar-lhes as mentes, apagando os comandos aí gravados, seria o mesmo que decretar a dissolução ou a desagregação da matéria que lhes constitui os corpos semimateriais — isto é, enfrentariam a derradeira morte. Mas não uma morte como a conhecem os homens. Aliás, ninguém sabia dizer como seria a deterioração ou fragmentação dos corpos de tão estranhas criaturas. Eles, os agêneres especiais, foram preparados cuidadosamente para prosseguir ativos, se porventura surgisse algum contratempo com seus criadores, caso fossem detidos, capturados ou impedidos de prosseguir com seus governos desumanos ou desmandos inumanos, insanos.

Mas, até então, nenhum de nós sabia da existência e da programação mental deles. E seus senhores foram tão habilidosos para esconder as criaturas, espíritos semimaterializados, disfarçados de políticos, governantes e empresários, que não foi possível perceber a sua atuação tão cuidadosamente elaborada, planejada, quase indecifrável e invencível. Caminhavam entre os homens, em corpos materiais, sem, contudo, serem percebidos seus estratagemas. Eram vistos, tocados, relacionavam-se com os mortais, sem que ninguém suspeitasse da diferença entre eles e os encarnados. Embora vivessem entre os homens, quando queriam e podiam — dentro de certos limites estabelecidos pelas leis da natureza — eram capazes de desmaterializar-se e projetar-se nas dimensões sombrias, sem perder a condição de regressar ao mundo dos encarnados. Iam e vinham sem que o fenômeno fosse percebido.

Não contavam, todavia, com o fato de que eram pesquisados, sondados, seguidos, pode-se dizer, por outros agêneres. Os guardiões também guardavam esse segredo, até hoje. Entre estes, uns poucos especialistas também conseguiam se materializar, corporificar-se entre os homens, e também possuíam a capacidade, a habilidade de ir e vir entre as dimensões e de seguir o rastro magnético desses representantes dos *daimons*. Foi dessa forma que um dos agentes dos guardiões, por assim dizer corporificado num dos países da Europa, conseguiu localizar um dos agêneres da escuridão, uma sombra não humana, um pseudoimortal. A perseguição começou em Varsóvia, e o agente corporificado passou por diversas cidades importantes do mundo, no encalço, desde há alguns anos, da estrutura magnética diferente, discordante, discrepante que fora identificada ali, na capital polonesa.

Anton em pessoa, um dos maiores *experts* em segurança no âmbito planetário, havia escondido a sete chaves a existência desse agente da justiça que fora preparado para materializar-se entre os homens, como os guardiões faziam na antiguidade, quando as civilizações do planeta apenas engatinhavam na jornada sobre a superfície do globo. O agente dos guardiões era também um agênere, porém ficava pouco tempo corporificado, materializado. Tempo suficiente, entretanto, para desempenhar a tarefa que lhe competia. Caso os filhos da Terra pudessem perceber além dos limites sensoriais, ver com olhos da alma, que enxergam detalhes e percebem além do óbvio, veriam muitos imortais caminhando lado a lado consigo, interferindo nos negócios, nas vidas e nos governos, em corpos semimateriais feitos de puro ectoplasma manipulado, adulterado, de consistência mais densa, em um estado pouco pesquisado e, menos ainda, compreendido.

Foi exatamente numa estação de metrô de Nova Iorque que o confronto aconteceu. Os dois agentes se cruzaram pela primeira vez, desde que Lorey Yanni, o guardião enviado por Anton, começara a seguir o rastro magnético da criatura em Varsóvia. Desde então, Lorey visitara, nesta ordem: Berlim, Berna, São Paulo, Rio de Janeiro, Praga, Bruxelas, Washington, Estocolmo, Tel Aviv e outras cidades dos homens, corporificado, materializado, como agênere enviado pelos guardiões — ou melhor, por Anton, especificamente. Somente ele e Jamar conheciam a existência desse especialista entre os humanos encarnados. Mas mantiveram-no em segredo, até então. Era um projeto confidencial da segurança planetária.

Lorey corria pelas escadas do metrô atrás do fantasma, da aparição ou agente dos *daimons*. O agênere correu como louco, derrubando pessoas e abrindo espaço por onde passava. Quem se encostasse nele, ou a pessoa em quem ele esbarrasse, sentia imediatamente um calafrio na espinha. O agênere era fundamentalmente uma entidade que sobrevivia de energias roubadas das pessoas. Ao tocá-las por um instante, sugava-lhes as reservas de ectoplasma, de maneira que pudesse se abastecer durante a fuga. Não poderia simplesmente desmaterializar-se ali; jamais poderia romper o delicado tecido da realidade e projetar-se no mundo astral sem consequências mais ou menos drásticas para si. Por isso, corria; e, ao correr, arrebanhava energias dos usuários do metrô. Causava certo desconforto nas pessoas pelas quais passava; porém, como seu toque era repugnante, o desconforto era mais forte naquelas em que encostasse. Lorey, o guardião, perseguia-o, ciente da dificuldade do agênere de simplesmente desmaterializar-se, sem reservas energéticas maiores do que as que possuía naquele instante.

O agênere, marionete dos *daimons,* temia que tivesse poucas chances. A polícia armada de prontidão notou a correria e saiu atrás dos dois. Mas Lorey apenas os ignorou; afinal de contas, a qualquer momento ele próprio poderia atuar sobre as moléculas do seu pseudocorpo físico, pois era também uma aparição tangível, e retornar ao QG dos guardiões. Mas o enviado das sombras tinha medo de fazer o mesmo, pois, para onde retornaria, caso se dissolvesse à frente dos homens? A quem procuraria? Enquanto corria, tendo em seu encalço tanto os policiais quanto o guardião corporificado, pensava consigo mesmo, num misto de desespero e raiva:

"Não consigo que os *daimons* me respondam ao chamado. Será que nos abandonaram? Ocorreu algo que eu não saiba? Desde algum tempo não consigo me comunicar mentalmente nem fazer contato emocional com os outros agêneres. Não sei o que está se passando!"

Ele ignorava que seus senhores haviam sido destronados em suas pretensões de superioridade; que os maiorais do submundo, dos infernos, foram desbancados por Miguel e pelos exércitos dos guardiões.[9] Ele simplesmente não sabia que estava ilhado. A mente da criatura, por outro lado, não era capaz de ir muito além, em matéria de raciocínios elaborados, pois fora moldado, talhado mentalmente pelos maiores e mais poderosos representantes do mundo da es-

[9] Cf. Ibidem. p. 583-607. Cf. Dn 5:25-28.

curidão para obedecer cegamente. Ele e os seus comparsas não passavam de fantoches, que receberam uma ordem pós-hipnótica, um condicionamento mental, e cumpriam as determinações sem questionar. Corria desesperado, descendo escadarias e pulando sobre as pessoas. Mesmo que roubasse energias de suas vítimas com seu toque fantasma, como se projetasse tentáculos feitos de matéria escura, de uma mistura pútrida de maldição mágica com substâncias produzidas nas laboratórios do abismo, mesmo assim, não se sentia robusto o suficiente para se dissolver ali mesmo e lançar-se, sem rumo definido, às agruras do submundo. Corria o risco de rematerializar-se em qualquer lugar. Quem sabe, até, produzir algum outro fenômeno que ele mesmo não pudesse prever. O fator perigo dominava-o, representado pela perseguição, de um lado, e pelo salto entre as dimensões, de outro. Achava-se em desespero.

Lorey seguia correndo atrás do agênere, enquanto as pessoas à sua frente afastavam-se, apavoradas com a situação. Na mente delas, o perseguido era simplesmente um terrorista qualquer. Afinal, naquela parte do mundo, qualquer coisa que não soubessem explicar era imediatamente associada a um ato de terrorismo, por aqueles dias; até aquilo que podiam explicar também era considerado terrorismo. Tratava-se de uma paranoia generalizada ou obsessão de dimensões continentais. Aquele quadro, de alguém sendo perseguido, encurralado, e outras pessoas correndo mais atrás, entre eles membros da força policial, certamente era interpretado como uma ameaça terrorista. E alguém do meio da multidão, que saía do metrô naquela hora, resolveu colocar lenha na fogueira e gritar:

— Terrorista, terrorista!

Foi o suficiente para toda aquela gente sair em debandada, sem nenhum rumo definido, correndo cada qual para um lado e todos ao mesmo tempo, em franco desespero. E o agênere foi tomado de pânico; até então sempre se esquivara da multidão, preferindo manter-se no anonimato, entre os poderosos, em seus castelos modernos, nos edifícios de luxo ou nos hotéis sofisticados, onde preferia se hospedar com mais constância. Mas aquilo, todo aquele tumulto e, além do mais, um agente dos guardiões em seu encalço, era algo completamente fora dos planos. Ele era um estrategista, um excelente estrategista; não era talhado para a frente de combate ou a luta corpo a corpo. Nunca fora adestrado pelos senhores para participar de combates abertos; desde o início de sua programação mental sabia que sua atuação se daria junto ao mercado das guerras e das artimanhas políticas. Jamais cogitara ter de fugir e enfrentar aquela multidão de bárbaros vestidos de gente civilizada.

Quando o povo o derrubou ao chão, quando constatou que seus perseguidores o encontrariam finalmente, tomou a decisão mais insana de toda a sua miserável vida de agênere: resolveu dissolver as moléculas do corpo e desmaterializar-se. Ninguém o perceberia, pois todos fugiam, corriam para todos os lados com medo de um atentado terrorista. Pisoteado, ultrajado e sem contato com seus mestres e manipuladores, fechou os olhos enquanto as pessoas, loucas, gritando, derrubavam umas às outras ao redor. Fechou os olhos e concentrou-se com todas as forças de seu pensamento desorganizado, moldado, formatado pelos demônios da escuridão.

Lorey, que vinha logo atrás, ainda percebeu leve tremeluzir em meio à gente que corria em polvorosa. Era o tecido finíssimo da realidade que separava o mundo material do mundo astral que fora rompido, repentinamente. Lorey sabia que, a partir dali, não poderia fazer muita coisa, a não ser contar com outros agentes de Anton, dos guardiões superiores, que estavam do outro lado da estrutura dimensional, em algum lugar, em algum recanto da vastidão do mundo astral.

O agênere sentiu algo semelhante a uma dor, que percorria todo o sistema nervoso, estruturado à semelhança do sistema nervoso dos humanos encarnados. Notou que a mente se apagava, que cada molécula de seu pseudocorpo tangível se dissolvia no exato momento em que um homem corpulento caía sobre dele. O homem foi ao chão e não entendeu direito o que se passava. Apenas viu os últimos contornos de um corpo franzino perder a estabilidade molecular e transformar-se num fantasma à sua frente, ou melhor, abaixo de si, bem como os últimos eflúvios de uma nuvem de ectoplasma evolar-se entre o povo, que corria pelo corredor. Uma fumaça ou algo assim — era tão somente o que restava do corpo do agênere, que se desmaterializara a fim de projetar-se entre as dimensões, embora não soubesse ao certo onde reapareceria.

Um frio medonho pareceu dominar seu corpo astral. Ou será que era apenas uma impressão de seu paracérebro ou de sua mente dominada pelo pavor? Mas era um frio sepulcral, algo tremendo, que nunca experimentara antes. Já havia feito este percurso entre dimensões por diversas vezes, mas assim, sem as reservas apropriadas de energia e fluido e o devido planejamento, jamais ocorrera. E, como se não bastasse, tendo aquele agente do Cordeiro atrás de si... Em hipótese alguma cogitara que seria descoberto assim; além do mais, sem conseguir contato com seus superiores. Será que acontecera a mesma coisa com os outros agentes? E, afinal, onde desembocaria? Em que lugar do plano sombrio reapareceria com o corpo astral quase degenerado? Foram pensamentos rápidos que lhe cruzaram a mente insana. Pareceu que enlouqueceria quando a dor dilacerante ou essa impressão se disseminava por todas as moléculas astrais do corpo extrafísico.

Deixara de ser uma aparição tangível entre os humanos e transportara-se diretamente para algum lugar ignoto do mundo invisível. Que lugar era esse? Sentiu cada parte de seu corpo sendo reconstituída no plano mais próximo à Crosta. Mas sabia que o exercício — dar o salto dimensional —, que não fora programado, minava-lhe todas as energias. Se porventura sofresse algum ataque de eventuais inimigos, não teria muita força para reagir à altura. E inimigos era o que não faltava ali, naquela dimensão infernal, umbralina, de característica medieval, dotada de uma população de seres, coisas e de formas-pensamento, bem como de uma estrutura tão diabolicamente moldável, manipulável por mentes mais adestradas. Ele nada sabia sobre aquele ambiente. Mas sentia-se cair, cair, indefinidamente, num abismo, totalmente impotente e sem forças. Despencou até bater ao chão, num chão horrivelmente lodoso. Mal abriu os olhos, atônito, um fantasma, literalmente um fantasma da escuridão num mundo de sombras, ele ouviu o grito dos desesperados. Estava entre os desvalidos num inferno desconhecido e entre sombras que eram apenas as sombras de sua alma tenebrosa, miserável, assassina. Ou isso era apenas reflexo de sua alma degenerada?

**Antes de subirmos** um pouco em direção às cavernas, Raul teve um pressentimento. Resolvera ir por outros caminhos, deixando Irmina prosseguir sozinha por algum tempo.

— Estou sentindo algo estranho, Irmina. Deixarei você por alguns momentos e irei por ali — apontou um caminho tortuoso entre rochas negras.

Enquanto isso, Tupinambá coordenava os demais guardiões, que nos sustentavam a caminhada, até o local bem próximo de onde os pais-velhos haviam marcado o encontro. Contudo, quando Raul disse sentir algo estranho, o caboclo imediatamente aproximou-se dele, pois sabia, por experiência própria, que Raul tinha uma espécie de sexto sentido para coisas erradas e problemáticas; ligava-se quase por instinto a situações complexas, que poderiam ganhar relevo no que concerne ao desdobramento dos trabalhos. De modo geral, seu sexto sentido não falhava. Fruto de um treinamento intensivo junto aos guardiões por mais de 50 anos, no período entre vidas, antes da atual reencarnação, esta e algumas outras habilidades que o paranormal desenvolvera não poderiam ser menosprezadas.

Os sentidos do médium desdobrado ficaram ligados. Não saberia definir o que era, mas tinha certeza de que algo estava prestes a acontecer e queria estar no momento certo, no lugar certo. Parecia que farejava o ar à nossa volta. Sua aparência modificara-se estranhamente, enquanto assumia os contornos de um corpo alto, com uma mecha de cabelos amarrada no topo de um crânio calvo. O corpo transformava-se a olhos vistos, e agora se mostrava atlético, porém sem excessos, chamando a atenção dos novos líderes, que ainda não o conheciam tão bem quanto nós. Irmina não deixou que Raul fosse sozinho, embora ele tivesse sugerido isso. Junto com Tupinambá, ela prosseguiu, observando os passos dados instintivamente pelo médium. Os guardiões superiores já estavam familiarizados com ele, que fora apelidado de farejador pelos sentinelas de Jamar e Watab. Desenvolvera um tipo de sensação inconfundível, e, efetivamente, farejava quaisquer ameaças ou perigos que pudessem definir o rumo da expedição.

Mesmo eu já tinha observado isso, logo que o conheci, nos primeiros anos de convivência. Somente com o tempo pude compreender como os instintos de Raul pareciam ofuscar completamente seu raciocínio. Nunca entendia direito quando ele vinha com aquela explicação que não explicava nada: *Sei que isso vai acontecer, mas não sei explicar por quê...* Ou, então: *Nem adianta me pedir explicações, pois apenas sei que sei, e é só.*

Meu Deus, como alguém em sã consciência aceita uma aberração dessa como explicação para algo impalpável, algo que não se pode exprimir em palavras?... Somente com o tempo pude me acostumar com ele, o amigo Raul, tanto quanto com outros agentes, como Irmina, por exemplo. Trata-se apenas de um instinto, por isso — segundo me falou Jamar certa vez — Raul não consegue explicar a certeza que o invade. Ao lado disso, desenvolveu um tipo de magnetismo que lhe permite ser atraído pelo perigo ou descobrir o perigo iminente. E Jamar confiava em seu amigo Raul. Que alternativa me restava? Resolvi fazer as pazes com o tal instinto raulítico, nada mais.

À nossa frente, o médium pareceu eriçar-se todo, arrepiar-se. Vi quando algumas chispas ou fagulhas pequeníssimas e quase insignificantes pareciam emergir da pele do corpo espiritual transfigurado. Raul parecia um felino, com o corpo agora nu da cintura para cima, dois braceletes dourados espremendo os músculos dos braços e a tal mecha de cabelos enrolada num fio para mim desconhecido, erguendo-se acima do crânio calvo. Ele era o retrato de um mago egípcio. Creio mesmo que nem ele se deu conta da transformação espiritual por que passara, diante de nossos olhos.

Irmina, à medida que avançávamos, seguia Raul por entre as escarpas e pontiagudas estalagmites que se erguiam no ambiente cada vez mais escuro e soturno. Ela assumia uma postura de atenção, como se estivesse em contato permanente com os pensamentos do sensitivo. Tupinambá, também, parecia fazer parte daquela união de forças mentais, assegurando a tranquilidade e proporcionando a segurança necessária para que os dois agentes desdobrados se movimentassem à vontade. Raul estancou os passos abruptamente. E um raio, um rasgo na escuridão marcou aquele momento. Como se chamas crepitassem em algum lugar desconhecido no universo, vimos um fenômeno completamente novo, inclusive para mim, que já me debruçara anos a fio sobre os estudos da fenomenologia astral.

Uma espécie de explosão marcou aquele instante peculiar. Quase todos recuaram um passo quando algo foi atirado à nossa frente. Raul e Tupinambá permaneceram imóveis. O médium incorporara um felino, transformara-se radicalmente, era quase uma máquina ambulante, sagaz e por isso mesmo perigosa para os oponentes do bem. A coisa caíra como um fardo atirado à nossa frente. E aquilo que rompeu os limites das dimensões não parecia ser um espírito, nem um homem, nem algo que conhecíamos. Era um misto de tudo isso, uma forma humana deturpada, modificada, quase um monte de ectoplasma ou, talvez, um corpo grotesco de fluidos grosseiros, praticamente sem forma humana. Mas além dessa aparência amorfa, havia pensamentos, havia um ser pensante...

— Cuidado! — gritou Raul para todos. — É de uma maldade sem igual. Esta coisa irradia emoções e pensamentos horrendos. É um tipo de maldade diferente da que estamos acostumados no mundo da superfície. Algo descomunal.

Tupinambá tocou levemente o ombro de Raul e falou:

— Fique tranquilo, meu filho — falou como um pai fala a um filho, mesmo levando em conta a transfiguração do médium. — Sem sua contribuição não teríamos encontrado o agente infiltrado no mundo dos encarnados. É um ser sem mundo, perdido e sem destino.

A fala de Tupinambá não esclareceu muito. O ser gemia à nossa frente. Raul saltou em cima dele logo que o estranho ser tentou um movimento mínimo, impedindo-o por completo de esboçar uma atitude perigosa tanto para ele quanto para Irmina. Nem Tupinambá foi capaz de prever a atitude do médium, que se desvencilhou dele como um raio ao jogar-se sobre o ser que assumia lentamente a forma humana, estertorando, agora nos braços de Raul. Era o trunfo de que precisávamos para enfrentar os seres das sombras, que queriam interferir no mundo e, especificamente, na América do Sul, provocando desastres sociais dificilmente remediáveis em pouco tempo.

# 9

# A REVOLTA DOS OPRIMIDOS

**M MEIO A** nuvens de fluidos grosseiros emanados pelo agênere repentinamente transferido da dimensão física para a dimensão astral, Raul e Irmina se uniram numa quase fusão mental e emocional. Os dois pareciam em transe, de tão intimamente ligados que estavam em pensamento. Tupinambá, ao aproximar-se dos dois, com seu psiquismo mais expressivo e experiente, acabou por aumentar ainda mais aquela união de forças mentais, direcionando-a mais rapidamente para o objetivo previsto no planejamento dos guardiões. Irmina mentalizou um campo de forças intenso, enquanto Raul o potencializou, de modo que o ser à sua frente não pudesse se libertar por conta própria. Mesmo assim, nos braços de Raul, a forma perispiritual da estranha criatura pouco a pouco se moldou, lentamente, quase dificilmente, até retomar o aspecto humano.

Nesse estágio, abriu os olhos desmesuradamente, assustado com o que via e impossibilitado de movimentar-se livremente. Raul e Irmina, doadores de ectoplasma com alguma experiência, concentraram ainda mais o pensamento, auxiliados por Tupinambá. A criatura tentou desvencilhar-se de ambos; porém, não conseguia, e gemia pelo esforço. O campo de forças que o envolvia reluzia um tipo esverdeado de energia, de maneira que o agênere, reconstituído na dimensão extrafísica, mostrava-se com uma aparência estranha, surreal. Raul sentiu os pensamentos da criatura procurando intrometer-se nos seus, mas Tupinambá imediatamente voltou a atenção para esse fato e fortaleceu a ambos os agentes desdobrados, impedindo que a mente adestrada e tenaz do ser hediondo pudesse pôr em prática subterfúgios. Mais uma vez, a criatura recuou.

Era um embate mental intenso, que muito provavelmente poderia repercutir, mais tarde, nos dois amigos, quando retornassem ao corpo físico. Mas nenhum dos dois arredava pé. Tupinambá deu um sinal aos guardiões que os seguiam, e eles imediatamente ergueram um campo de forças artificial, com ajuda de tecnologia de nossa dimensão. A providência foi suficiente para liberar nossos amigos do esforço conjunto de manter o campo de contenção puramente mental em torno do ser, que se debatia mental e quase fisicamente no intuito de libertar-se das energias que o prendiam ali, diante de nós.

Nesse momento, Raul, ao liberar-se da forte concentração, falou para nós:

— Ele é um agênere! Ele é definitivamente um agênere,

e pude ver parte de seus pensamentos!

— Eu também... — falou Irmina, praticamente sem fôlego devido ao esforço. — Pude penetrar um pouco em seu campo mental quando ele esboçou um ataque contra nós.

— E o que puderam perceber? — perguntou Tupinambá. — Não é segredo. Todos sabemos da importância de qualquer informação a esse respeito que possamos levar aos guardiões e aos pais-velhos que nos aguardam.

— São seis agêneres — falou Irmina, recuperando-se aos poucos.

— E este está conectado mentalmente a dois outros. Um deles, inclusive, materializado temporariamente junto a políticos brasileiros, exerce o papel de seu conselheiro — comunicou Raul, respirando fundo.

— Parece que todos os agêneres perderam contato com seus líderes, os maiorais, quando estes foram aprisionados definitivamente nas regiões inferiores por Miguel.

Todos tomamos consciência da importância daquele ser como fonte de informação para os guardiões. Não poderíamos perdê-lo de forma nenhuma.

— Não é só isso — continuou Irmina. — Me parece que a aparição dele aqui foi o desfecho de uma perseguição.

Sim, ele fugia de um guardião e projetou-se nesta dimensão sem saber ao certo onde reapareceria. Está assustado, com medo e completamente perdido.

— Vamos levá-lo diretamente à presença dos pais-velhos. Junto deles, saberemos melhor como aproveitar a situação e o conhecimento que esta criatura traz, guardado na memória.

O ser persistia e tentava, a todo custo, libertar-se; porém, não conseguia romper a força dos campos de contenção artificiais que os guardiões mantinham por meio do equipamento trazido conosco. Extenuada, igualmente fracassada no intento de imiscuir-se no campo mental de nossos aliados, a criatura gemia, caindo, enfim, ao chão. Dois guardiões o ergueram e carregaram-no numa espécie de maca, envolta na luminosidade do campo energético. Continuamos caminhando, enquanto Tupinambá se comunicava com os pais-velhos, que mantinham posição logo à frente.

**A SITUAÇÃO ERA** desesperadora. Havia algum tempo que eles estavam prisioneiros dos magos negros. Eram marionetes nas experiências diabólicas, enquanto muitos outros foram convertidos em escravos, num processo de hipnose que os submetia ao poder daqueles seres demoníacos. Mas havia alguns rebeldes. E estes foram suficientes para gerar um tipo de resistência quase silenciosa entre os renegados. Pouco a pouco, espalhavam o germe da discórdia, alimentavam o desejo de se libertar. Entretanto, sozinhos jamais teriam condições de se livrar das amarras mentais e das manipulações emocionais feitas pelos magos. O sistema de vida ali, naquele reduto, era subumano em todos os aspectos.

Há um ano, chegara mais um grupo de homens trazidos pelos sombras, a polícia negra dos magos. Entre eles, três, em especial, pareciam conhecer muito bem os temíveis magos negros, embora não os temessem. Eram Antony, Crispin e Baldan. Aos poucos foram se misturando com os oprimidos, até chegarem o mais próximo possível dos líderes dos rebeldes.

— Meu nome é Antony. Chamam-me de General[1] — falou o espírito ao segundo em comando entre os rebeldes.

[1] General teve contato com os guardiões por meio do médium Raul, segundo a obra que narra lances fundamentais da reurbanização extrafísica promovida nos tempos atuais (cf. PINHEIRO. *O fim da escuridão*. Op. cit. p. 265-284).

— Parece que vocês não têm medo dos magos nem dos sombras. Por acaso sabem com que forças estão lidando?

Antony olhou para seus companheiros, buscando apoio, e resolveu abrir o verbo, falando francamente:

— Nos infiltramos entre os espíritos que foram aprisionados, por nossa própria vontade. Há alguns meses tomamos de assalto uma das fortalezas dos magos, com a ajuda de nossos amigos guardiões e alguns viventes, que também nos auxiliaram. Desde lá, após um enfrentamento com as forças dos magos, resolvemos que iríamos fazer de tudo para libertar qualquer criatura do poder destes misteriosos seres sombrios. E aqui estamos nós. Espero que nos aceite entre os seus.

— Não posso prometer muito, pois, se formos descobertos, corremos sério perigo de ser escravizados mentalmente. Somos ainda poucos os que continuamos imunes. Mas estamos arregimentando forças para desencadear uma rebelião e a sonhada libertação.

— Sozinhos não conseguirão. Quem sabe eu possa buscar ajuda?... — Disse General com interesse.

— Você pode até ter entrado aqui por conta própria, mas jamais sairá daqui sem que os sombras o vejam ou barrem sua tentativa. Qualquer ajuda é boa; porém, se estão aqui dentro, conosco, não poderão sair mais. Essa é uma das poucas coisas das quais tenho certeza.

— Creio que desconhece nossas possibilidades, meu amigo — e, tirando um pequeno aparelho do bolso de sua roupa imunda, rasgada, como se fosse um habitante dos mais perdidos das regiões inferiores, mostrou-o ao seu interlocutor, que o examinou curioso.

— Como você conseguiu entrar aqui com este artefato? Os sombras têm condições de identificar qualquer tipo de aparato que alguém traga consigo. Por isso, nossa condição de vida é totalmente medieval. Vamos, venha para nosso reduto, que está incrustado numa caverna. É o melhor que posso oferecer a vocês, por ora.

Acompanhando o homem que o convidava, Antony dizia, entusiasmado:

— Os guardiões nos equiparam com alguns instrumentos que têm um dispositivo de invisibilidade. Mesmo nesta dimensão sombria onde nos encontramos, o equipamento continua invisível aos olhos de espíritos mais astutos. Aliás, meu caro, os guardiões do bem com certeza nos darão apoio para a libertação de vocês. Podem contar com esse fato.

Caminharam até um local onde se reuniam os poucos espíritos que ainda conservavam o domínio mental, naquele vale sombrio formado por montanhas altíssimas, completamente fortificado e monitorado pelos temidos sombras, a milícia dos magos negros. A escuridão era quase material, palpável; porém, para olhos que haviam visto somente a penumbra durante anos em sequência, cuja visão espiritual havia se habituado àquela atmosfera fétida e a um tipo de vida subumano, era fácil se guiar pelo labirinto de sombras e escuridão. Chegando ao lugar onde se reuniam cerca de 20 espíritos ainda sob o domínio dos magos negros, puderam conhecer o chefe da rebelião.

— Sou Mansur, um dos poucos imunes à lavagem cerebral dos senhores da escuridão — apresentou-se ele. — Ficamos sabendo de sua proposta de auxílio, porém há muito mais em jogo por aqui do que nossa libertação.

— O que seria mais importante do que libertar vocês do jugo dos magos?

— Na verdade, um dos nossos aliados, que está na mesma situação que nós, infiltrou-se entre os servos mais próximos dos temidos senhores da escuridão. Fingindo estar sujeito a seu comando mental e hipnótico, ouviu os planos dos dominadores. E o que descobriu é preocupante.

— Mas como vocês conseguiram ficar imunes à ação dos magos? Eles geralmente são muito firmes em seu propósito; eu, pessoalmente, nunca vi nenhum espírito que conseguisse ficar imune à ação mental desses demônios.

— Também não entendemos, Antony — respondeu Mansur, falando pausadamente. — Sabemos apenas que uns 20 dos nossos não foram subjugados, mesmo quando um dos mais poderosos magos focou sua ação mental sobre nós. Ainda não temos resposta para isso. Aqui são mais de 500 espíritos sob domínio deles. Via de regra, conseguem subjugar sem grande esforço as mentes que elegem. Primeiramente, criam situações que envolvam alto risco para a população de espíritos, mantendo-os sob intenso medo, um pavor infundido pelos próprios dominadores e exacerbado por seus seguidores mais próximos, os sombras. Depois, apresentam-se como salvadores da situação, criando uma ilusão de segurança e tranquilidade geral. Após instaurarem essa fantasia na mente dos espíritos, fica mais fácil se insinuarem sobre seus alvos e submetê-los por completo. Contudo, notamos que uma minoria não se deixou moldar; ou, de alguma maneira que desconhecemos, são imunes à técnica dos magos, que não conseguiram nos escravizar mental e emocionalmente. Gradualmente, ao longo dos anos, fomos nos juntando e formamos este pequeno grupo. Mas ainda não sabemos como provocar um levante contra os dominadores. Não é nada fácil enfrentá-los, nem mesmo sua polícia secreta, os sombras, que são fanáticos seguidores dos demônios negros.

"E não lidamos só com isso — falou, tomando novo fôlego. — Segundo nossos espias, os magos estão estreitamente ligados a alguns políticos, desde há algumas décadas. No entanto, de uns meses para cá, parece que estão estreitando os laços mentais e emocionais com seus aliados no mundo. Em diversas partes do submundo, existem grupos de magos que se aliaram a outros, com o claro objetivo de subjugar o mundo dos encarnados. E nós temos familiares por lá, embora não consigamos entrar em contato com eles, devido ao nosso estado de prisioneiros desse grupo de dominadores.

"Segundo ouvimos, ainda, os grupos de magos lutam entre si pela 'posse' de cada parcela da população mundial, de governos e aliados entres os viventes. Estão em franca guerra entre si próprios. Enviam os sombras e outros agentes seus, adestrados mentalmente, como espiões, para os flancos rivais e os gabinetes de governos sob influência destes. Parece-me que aproveitaram o silêncio de um dos maiores inimigos, talvez o mais demoníaco entre eles, e conseguem influenciar seus asseclas, que circulam entre os humanos da Crosta. Ainda não conhecemos tais agentes; porém, conforme conversavam entre si, parecem seres tão hediondos quanto seus manipuladores. São como marionetes, mas sinceramente não sei se são encarnados ou desencarnados. Quem sabe um tipo de ser místico ou algum híbrido que desconhecemos? Quando se referem aos aliados especiais, dão estrondosa gargalhada, algo infernal de se ouvir e presenciar. Sabemos apenas que estão intimamente ligados a alguns políticos e partidos políticos no mundo dos homens; nada além disso."

— Puxa, meu amigo... Perdoe-me chamá-lo de amigo, mas é que me solidarizo com vocês. Me parece que têm excelentes informações sobre o planejamento desses miseráveis.

Respirando fundo, como se evocasse algum pensamento oculto ou a lembrança de algum amigo, Antony confabulou:

— Ah! Como desejaria que nossos amigos Irmina e Raul estivessem por aqui. Eles são loucos o suficiente para comprar essa briga.

— Quem são esses amigos de quem fala?

— Ah! São viventes, do mundo dos encarnados. Acho que, para essa empreitada, não podemos contar com gente certinha demais. Precisamos de guardiões e de pessoas que não tenham medo dos magos. Aliás, precisamos de uma classe especial de guardiões, os conhecidos guardiões da noite, que são especialistas em lidar com magos negros. Não creio que nenhuma outra classe de sentinelas serviria para abortar os planos desses famigerados senhores do caos e da escuridão. Contudo — respirou fundo Antony —, estamos aqui e faremos o possível, de nossa parte. Vamos planejar nossa festa particular — arrematou, referindo-se ao que empreenderiam em relação aos magos negros.

**Junto de nós,** Tupinambá comentava, a propósito de uma observação de Irmina, enquanto os guardiões acomodavam devidamente o agênere — ou o espírito que se manifestara como tal —, ainda submetendo-o às forças poderosas geradas pelos instrumentos que traziam consigo:

— Desde muito tempo, havia hostes de espíritos sombrios que tentavam dominar ou impor o jugo aos magos negros e aos maiorais. Porém — continuou o caboclo — as milícias dos *daimons* estavam por toda parte no submundo: espias, emissários e agentes disfarçados em diversas frentes de poder no reino das sombras. Os *daimons* pareciam oniscientes; em seu domínio tenebroso, nenhum representante de qualquer poder, grupo ou coalizão contrária a seus planos conseguia se manifestar sem sofrer severos reveses. A facção em questão era tolerada, contanto que submissa ao império do maioral dos *daimons*, o número 1.

— Mas como um espírito das sombras conseguia enfrentar a força do *daimon* número 1? — indagou Raul, recompondo-se após o lance com o agênere.

— Ninguém: nem magos negros, nem especialistas das sombras, nem espectros ou tampouco os chamados *científicos* logravam formar uma estrutura de poder sem que suas intenções fossem policiadas, descobertas, vigiadas — respondeu Tupinambá quando passamos a caminhar, adentrando uma gigantesca caverna envolvida em lodo e num tipo de vegetação rasteira, a qual crescia em meio à escuridão. O caboclo falava, enquanto andava e segurava uma tocha com a mão esquerda. — Porém, a situação modificou-se por completo desde que os poderosos dragões ficaram prisioneiros das regiões ínferas, sob o patrocínio da autoridade espiritual de Miguel, o príncipe dos exércitos celestes. Desde então, como um estopim, a notícia se espalhou nas dimensões próximas ao abismo, e aqueles que, até a ocasião, lutavam por uma fatia do poder nas regiões do submundo astral ergueram-se de uma hora para outra. Arregimentaram forças, formaram exércitos sinistros com vândalos e outros espíritos a eles submissos.

Era bastante penoso caminhar, pois o terreno era escorregadio. Mesmo sabendo de nossa dificuldade de acompanhar seu raciocínio, em virtude do esforço empregado na locomoção, o caboclo Tupinambá continuava, falando mais devagar:

— Começou, assim, uma corrida louca pelo poder supremo, na tentativa de cada qual subjugar os demais por completo. Entre os senhores da escuridão, a coisa não era diferente. Reinventaram o totalitarismo, a ditadura astral, espiritual e deram um novo significado ao sistema de poder naquelas regiões. Facções de magos e cientistas das sombras, rivais entre si, desenharam um novo esquema com trajetórias convergentes rumo ao domínio de mentes e consciências, visando principalmente estabelecer cada vez mais parceiros entre os encarnados, mais precisamente entre os dirigentes de povos, nações e demais representantes da população. E não pararam por aí. Usaram e abusaram de espíritos marginais. Fomentaram a sede de violência, de vandalismo espiritual, de atitudes as mais absurdas e irresponsáveis possíveis, inspirando tais espíritos marginais a se valer dos médiuns ou agentes encarnados sob seu mando.

"O que esses espíritos miseráveis não sabiam é que estavam sendo usados pelos que pretendiam dominar, instigando a multidão no plano físico a perder o foco de suas reivindicações e conquistas, acima de tudo no campo da espiritualidade. Os mentores da ação nefasta objetivavam desviar a atenção daqueles que diziam vivenciar algum tipo de espiritualidade, seja independente ou associada a este ou àquele sistema doutrinário e filosófico: esoteristas, espiritualistas, espíritas e outros mais. Desejavam distraí-los ao máximo, a fim de que não se voltassem ao que realmente importa, ao cerne da questão: o domínio mundial perpetrado pelos líderes das sombras. Os manipuladores no invisível sabem muito bem empregar toda sorte de artifícios, enviando para o meio do povo os desordeiros, diretamente manipulados pelos quiumbas, marginais astrais, os quais faziam de tudo para estabelecer a desordem, o desrespeito e a violência, sob qualquer pretexto."

Tão logo avistamos ao longe a cidadela e, à porta, os pais-velhos, Tupinambá acelerou seu discurso:

— Os dominadores e grupos rivais do submundo astral sabiam trabalhar em surdina; tocavam seus planos em diversos países do mundo. Turquia, Egito, Brasil, Iraque, Coreia do Norte são algumas das nações que, tendo líderes antes manipulados diretamente pelos dragões, transformaram-se em alvos da nova confluência de forças, que, a seu turno, procurava arrebanhar marionetes. A briga foi feia; assistiu-se a uma luta armada de grandes proporções nos bastidores da vida. Porém, nenhum dos lados contava com a interferência de grupos de espíritos valorosos. Não espíritos superiores, mas espíritos comuns que estavam atentos ao melhor momento para agir desde o mundo invisível, instigando aqueles que estavam prontos e maduros para se libertar do jugo dos magos, cientistas e demais representantes de poder no plano extrafísico.

Tupinambá silenciou-se quando já estávamos próximos aos pais-velhos; no entanto, parecia que seu pensamento tinha acabado por inspirar reflexões em todos nós. Mais tarde ficamos sabendo que, em diversas latitudes do planeta, grupos reunidos nas várias regiões do mundo astral e espalhados pelos países do mundo, em sua contraparte extrafísica, invisível, levantaram-se contra a opressão dos que os dominavam. Embora nem todos tivessem conseguido se libertar, a maioria levou avante rebeliões que pegaram os magos de surpresa. Em todo lugar do mundo, começaram a se ver levantes daqueles que até então eram dominados, subjugados, oprimidos pelas forças da maldade nas regiões espirituais.

Justamente no momento em que ocorria a rebelião no mundo astral inferior, multidões de homens e mulheres, no mundo físico, inspirados pelos eventos que ocorriam no Invisível – ainda que sem o perceberem –, levantaram-se para gritar por seus direitos. Cada qual a sua maneira, tentavam chamar a atenção daqueles que pretendiam dominá-los; declararam estar fartos das artimanhas, dos projetos de poder e dominação, como também de serem explorados. Em suma, a situação dos dois lados da vida não era tão diferente assim uma da outra. Dominadores invisíveis estavam intimamente associados a muitos políticos, baluartes da corrupção, que pretendiam acima de tudo se perpetuar no poder, em vez de defender os direitos dos cidadãos.

O mundo astral inferior está completamente perdido,

desorganizado, e seus sistemas de poder, divididos entre si. A velha ordem foi posta em xeque, vive o ocaso. Já que a tirania, que sempre a tudo manteve sob mãos de ferro, encontra-se ferida de morte, em franca decadência, as potências tradicionalmente intermediárias cobiçam prevalecer sobre as demais; veem a crise como oportunidade de galgar posições.

Magos negros estavam intensamente ligados a religiosos, nos cinco continentes, que pretendiam dominar, oprimir e desrespeitar a liberdade dos cidadãos e as conquistas do povo. Paralelamente, cientistas que se opunham à política do Cordeiro e queriam enfrentar os temíveis magos negros se vinculavam, quase automaticamente, a manipuladores da mídia e aos donos de grandes corporações, à máquina administrativa que editava informações, para de algum modo se beneficiarem com a situação. Intentavam derrubar seus oponentes — de outras facções — controlando a visão do povo por meio das ideias que transmitiam ou divulgavam, criavam ou modificavam, difundindo sua própria versão dos fatos.

O consórcio de mentes diabólicas, entre desencarnados e encarnados, envolvia a política norte-americana, na tentativa de investigar, manipular e dominar outras nações ao monitorar todo e qualquer tipo de informação. Englobava, também, as políticas bárbaras de países onde os religiosos fundamentalistas reinavam ou tentavam reinar através do poder temporal, objetivando impor suas ideias e interpretações a toda a população, sem levar em conta os direitos individuais, tampouco a liberdade de cada um crer, viver e amar como determina a própria consciência. Aliados a seus manipuladores, magos negros e certos religiosos desencarnados sentem-se neste momento fortalecidos em diversos países, inclusive na Síria, onde se corre o risco de transformar um conflito político numa guerra de caráter religioso, quando uma limpeza étnica está abertamente em curso, inspirando religiosos a assumir o poder no país.

E a multidão de espíritos se revoltou naquele recanto do mundo astral tanto quanto em outros redutos do Invisível, onde eram cativos, explorados, ultrajados e desrespeitados. Mas os magos negros, cientistas, especialistas das sombras e seus respectivos médiuns-políticos-governantes não desconfiavam de que seu sistema e suas pretensões poderiam ser questionadas. Nem mesmo a força de poderosos magos poderia impedir o levante e a revolta de milhares de oprimidos nas regiões do submundo. De certa forma, não previram o óbvio: disparado o gatilho, todos os elos da cadeia de dominação se revolveriam; esperavam manter os subordinados sob controle enquanto se rebelavam, mas não puderam, analogamente ao que se dava com os dragões em relação a eles. Enfim, de maneira insuspeita, por caminhos próprios daquele que utiliza a todos para promover e erigir o progresso, o mundo astral estava sendo reurbanizado, recomposto, e os sistemas totalitários, questionados. Os magos negros não seriam mais os mesmos depois dos diversos levantes que ocorriam em seus domínios. Mesmo nas regiões astrais de países do Oriente Médio, como Síria, Líbano, Turquia, Irã, Egito e Iraque — este um dos principais redutos de antigos magos, entre outros espalhados pela psicosfera do globo —, levantaram-se as vítimas dos opressores.

Enquanto isso, os guardiões se elevavam na atmosfera espiritual do planeta, nas diversas especialidades, para dar força aos que se libertavam e fôlego aos milhares de vozes de espíritos e de homens por todo o mundo, na Crosta ou nas regiões próximas a ela. Os guardiões elevaram-se na atmosfera espiritual com seus agentes encarnados, desdobrados, aproveitando o momento de revolta e de genuína conquista por parte daqueles que foram duramente oprimidos durante séculos ou, talvez, milênios. Ergueram uma frente de combate poderosa, de inspiração para a conquista de um mundo novo, enquanto a multidão ganhou as ruas, gritando e exigindo a libertação da violência moral, social e econômica patrocinada, em última análise, pelos magos negros, que vinham numa curva ascendente de poder nos palácios presidenciais e nos redutos de ditadores encarnados.

Diante desse imenso levante que ocorria em todo o umbral — desde os mais remotos esconderijos até os campos de concentração de almas mais secretos, passando pelas cavernas-prisão nas cidadelas umbralinas —, quem sabe os dominadores e líderes políticos desencarnados não pensassem um pouco mais, reconsiderassem sua conduta, mesmo que superficialmente? Diante do inusitado, do susto com a reação da população de oprimidos, quem sabe tais revoltas e revoluções ocorridas no plano astral não servissem para que os opressores demoníacos começassem a elaborar uma nova maneira de se relacionar com os milhares de espíritos, de almas com quem se associavam? Pelo menos até agora, associavam-se a eles como manipuladores, exploradores, demônios vivos, que intentavam sorver as últimas gotas de fluido vital, roubando a liberdade de suas vítimas. Se porventura os milhões de espíritos ou bilhões de almas, a despeito de todo esse movimento, deixassem de alcançar de maneira plena a liberdade tão almejada, ao menos mostrariam a seus opressores que não estavam tão indefesos, que se aproximava a hora de, juntos, enfrentar o poder demoníaco daqueles que os subjugam sem o mínimo escrúpulo ou rastro de respeito. Os opressores dos dois mundos, de ambas as dimensões, veriam que seus meios de hipnotizar a multidão, de dominar com falsas promessas, com mentiras absurdas ou com a violência patrocinada por eles próprios poderiam sofrer um revés.

Dispensava-se a intervenção direta da Providência Divina; era desnecessária. Bastaria a reação em conjunto dos espíritos, ao confiarem em sua força e terem coragem para enfrentar as hostes da maldade nas regiões espirituais ou no mundo material. Por certo, toda ação, seja no mundo físico ou no astral, produz uma reação em igual força e intensidade. E o mundo presenciou a descida em cadeia, em grande escala, de multidões de almas, de guardiões, exus, caboclos e pais-velhos, que se uniram para dar apoio à libertação das almas do cativeiro espiritual, político e social em todas as nações onde o grito de liberdade soou como um hino, em que se cantava a justiça e se almejava a paz.

**Antony e seus** amigos usaram do equipamento cedido pelos guardiões para libertar o maior número possível de espíritos do poder magnético dos temíveis magos negros. Lentamente, por alguns dias e noites, foram a diversos redutos dominados pelos magos; sem que fossem descobertos, ligavam seus aparelhos, transmitiam ideias e deixavam plantadas sementes de esperança nos corações de espíritos sofredores ou escravizados pelo poder demoníaco dos senhores da escuridão.

— Somos muitos, Mansur — falou General ou Antony a seu interlocutor, enquanto liberavam da coerção mental um grupo de mais de 40 espíritos. — Na verdade, somamos agora mais de 200 espíritos, que nos dividimos em grupos de 4 e nos infiltramos em diversas cidadelas da escuridão. O que ocorre aqui está, ao mesmo tempo, ocorrendo em dezenas de redutos dos magos, em países ao redor do mundo. Se por um lado os guardiões estão fazendo a parte deles, não ficamos de braços cruzados. Fizemos uma espécie de associação ou de parceria com os conhecidos exus, e eles nos têm sustentado a retaguarda, respeitando a especialidade e a capacidade de cada um de nós. Tenho convicção de que, na hora da libertação, teremos uma enormidade de espíritos, um batalhão que os magos jamais conseguirão ignorar. Com isso, chamaremos a atenção de outras almas, outros espíritos, nossos amigos pessoais, nossos familiares, que até então se mantinham com os braços cruzados, apenas rezando por nós. Ou entram na luta aberta conta a opressão espiritual ou ficarão sós em seus céus espirituais.

— Caro amigo General, nem sei o que falar. Confesso que intimamente tenho certo receio do que pode ocorrer, de como os magos negros poderão reagir diante da liberação de um grupo tão grande de espíritos que, até agora, estavam sob seu domínio.

— Não se preocupe, amigo. Não estamos sós! Aprendi isso com nossos amigos Raul e Irmina, dos quais lhe falei. Tenho certeza de que, na hora H, seremos amparados. Estamos apenas reproduzindo em outros redutos das sombras o que aprendemos com as loucuras dos nossos amigos encarnados. Eles tiveram coragem de nos libertar e nos conduzir a um sistema de vida mais ousado, saudável e com maior qualidade de vida espiritual. Estamos tentando fazer o mesmo por outros espíritos. E vocês são nossos protegidos, se posso assim dizer.

Mansur ficou mais tranquilo com as palavras de General. Ele não sabia que a ajuda estava a caminho. E Antony também não sabia, mas pressentia.

Quando mais de 60% dos espíritos estavam já liberados da manipulação mental, o que levou mais de 3 meses de trabalho silencioso, porém intenso, chegou a hora do levante. General fez contato com os demais grupos de amigos que estavam em outros redutos realizando o mesmo que ele; cinco deles já estavam preparados. Não poderiam esperar mais. O sinal fora dado. Naquele mesmo dia, entrariam em ação os diversos grupos, até então trabalhando no anonimato, sem que os temidos magos descobrissem — pois estavam por demais preocupados em lutar entre si e em manipular as mentes mais expressivas no mundo físico.

A revolta estourou em regiões espirituais do Brasil, da Turquia, do Egito e de outros países. Explodiram as rebeliões como nunca antes imaginaram ser possível os corruptos e inescrupulosos representantes do poder nas regiões inferiores, no submundo. A situação pegou os magos negros de surpresa — como de surpresa pegou, também, os dirigentes políticos a eles associados, quando, no plano físico, assistiu-se à repercussão vibratória dos acontecimentos que se desenrolavam nas dimensões próximas da Terra. Numa aparente brutalidade, arrancando forças de onde jamais imaginaram existir, os revoltosos do mundo astral saíram a céu aberto, enfrentando os sombras, a polícia armada dos senhores da escuridão. Era um combate corpo a corpo, quase mortal, não fosse o fato de que todos já estivessem mortos, ou melhor, vivos além da realidade da matéria. General e Mansur enfrentaram lado a lado os mais temíveis soldados das sombras, pegando-os de surpresa, tendo como aliada a população de seres que havia sido escravizada pelos magos da escuridão. A batalha era tremenda, e havia forças poderosas em jogo.

Entrementes, no mundo físico, a multidão saía às ruas em diversos países. Buscava melhores condições de vida, gritando e batalhando à sua maneira, e se opunha ao regime opressor que a mantinha acorrentada a um estilo de governo, a um sistema corrupto, sob a direção de homens que violentavam os direitos humanos e as conquistas duramente conseguidas ao longo do tempo. De um e outro lado da vida havia protestos, enfrentamentos, e irrompia uma força represada durante séculos na dimensão astral, e durante décadas na realidade física, fazendo os dominadores de ambos os lados da vida recuarem e temerem, pois jamais pensaram que o povo, que os espíritos cativos daquele estado de coisas pudessem se rebelar com tamanha tenacidade e resistir aos comandos das sombras, que tentavam, de qualquer maneira, impedir que a multidão de seres pudesse acuá-los.

**Em eras remotas,** em um tempo que se perde na eternidade, o mundo como o conhecemos foi criado. A mente todo-poderosa de consciências cósmicas, os verdadeiros Imortais, na mais correta acepção do termo, desencadeou forças, energias, radiações e elementos que deram origem ao universo em suas várias dimensões. Desde que a mente de uma superconsciência cósmica derramou-se por inteiro nos elementos primevos, ocorreu a grande explosão, o *fiat lux,* quando surgiram inúmeras nebulosas que viajam pelo espaço em velocidades alucinantes, fantásticas. Como resultado dessa ação consciente, dessa intromissão da energia consciencial, da vontade inquebrantável e da força irresistível das consciências cósmicas — as quais, na atualidade, são conhecidas como cristos cósmicos —, a matéria se aglutinou; organizou-se, irradiando-se juntamente com a energia e o tempo, formando as estruturas ou ilhas siderais, os úteros de vida, de vidas das mais variadas formas concebíveis e, muitas vezes, inimagináveis — como um colar no qual estavam incrustadas pérolas siderais, mundos, sóis e universos.

Sob o comando dessas superconsciências, foram formados bolsões de vida, biomas com sua quase infinita variedade de formas, belezas e sinfonias que repercutiram na amplidão, gerando outras forças, outros tipos de matéria, antimatéria, universos que se sobrepuseram uns aos outros, que se entranharam quase misticamente e, sobretudo, misteriosamente. Tais bolsões deram origem aos mundos e, mais tarde, a civilizações. Estas vibravam e existiam em mundos paralelos, em universos diferentes, em realidades muitas vezes isoladas entre si, porém comunicando-se através do espaço-tempo pelos atalhos, trilhas e portais de energia, sustentados pelas forças titânicas de sóis, pelo intenso magnetismo, pelas forças gravitacionais que irradiam do centro dos oceanos cósmicos, das galáxias, enfim.

Acima de qualquer concepção humana, rasgando a escuridão dos espaços profundos, arquitetados muito além das irradiações da energia conhecida, da matéria em qualquer forma concebida, as superconsciências vivem, agem e irradiam seu pensamento poderoso pelos mundos com os quais guardam estreitas relações. Essas formas evolutivas superiores — seres que, de acordo com a visão dos mortais comuns, podem ser considerados puros — habitam aqueles níveis de vida, aqueles biomas de puro pensamento, de puro poder, de forças tão magníficas quanto supremamente acima de qualquer coisa que possa conceber a mente humana. Por mais evolvidas que as inteligências de um mundo ou de um universo possam ser, apenas podem elevar-se às consciências cósmicas pelo método da ascensão a esses níveis e planos, a essas dimensões e moradas de luz, coisa somente possível após se despirem de qualquer resquício de matéria densa, própria dos mundos materiais, físicos, astrais ou etéricos.

Desde eras remotas, mesmo quando imersas na noite dos milênios, viram-se civilizações muitíssimo mais desenvolvidas que quaisquer outras pelos homens conhecidas. Milhares de seres alcançaram a ascensão e formaram uma espécie de consciência coletiva, unidas, porém não fundidas, mas vivendo uma união tão íntima, quase supernatural, de tal ordem que somente os principados têm permissão para acessá-las, permutar pensamentos, informações, emoções e compartilhar ideias com os seres que supervisionam, a partir desses oceanos cósmicos, o desenvolvimento da vida e a luta evolutiva de milhões de criaturas. O que existe nessas dimensões hiperfísicas somente é conhecido por esses representantes máximos da evolução conhecidos como principados.

Entre as estrelas do firmamento, em meio às forças mais poderosas dos sóis da galáxia e, ao mesmo tempo, projetando-se nas dimensões mais abissais, ele observava. Quase se poderia dizer que ele existia e se movia numa espécie de existência quântica, se assim se pode expressar. Ele estava ali e, simultaneamente, nos abismos mais profundos. Exercia o dom da bicorporiedade. Concentrado profundamente, com o pensamento na mais íntima união com as supremas consciências desse universo conhecido, mais propriamente com as da Via Láctea, Miguel erguia-se imponente. Nutria-se de energias de 11 das dimensões mais conhecidas, estabelecendo colóquio com aqueles seres cujo tipo de existência os humanos do planeta Terra ainda estavam muitíssimo distantes de compreender. De onde estava, eram visíveis todos os focos de vida e as civilizações da ilha cósmica. Seu olhar abrangia esferas superiores de vida, ao mesmo tempo em que percebia os turbilhões de sóis e constelações, de civilizações que vibravam e viviam em realidades paralelas, mundos diferentes, mas também abarcava a humanidade de um planeta das franjas da Via Láctea e quase desconhecido. Desde buracos negros às supernovas, ele podia perceber com sua visão quase imaterial.

Portava uma indumentária cor de ouro, dourada como os raios de sol; uma espécie de capacete, em cuja estrutura superior notavam-se irradiações prateadas mescladas com outras, de luminosidade alaranjada, as quais podiam ser interpretadas como uma crista de chamas vivas, que se erguia sobre o formoso elmo. Os cabelos loiros caíam-lhe sobre os ombros, deixando um rastro de luz ao movimentar-se de acordo com a vontade de seu dono. Era uma luz imaterial, poeira de estrelas — feita de puro ouro, talvez dissesse algum poeta que tentasse descrever o indescritível. Algo envolvia seu peito, o que poderia muito bem ser confundido com uma armadura dourada, decerto estruturada num tipo de material desconhecido no mundo dos homens, mas minimamente passível de ser confundido com o mais precioso e puro ouro conhecido. Os detalhes de tão singular vestimenta podiam ter sido forjados pelos mais hábeis artesãos dos povos mais evolvidos da Via Láctea, não fosse saber que provavelmente eram obra do fantástico poder mental, capaz de estruturar tão arrojada armadura através do pensamento e da vontade inquebrantável e firme do arcanjo que a vestia. A expressão facial era tão sublime quanto santa, um misto de beleza na mais alta expressão e uma quase divindade, quando se consideravam os parâmetros humanos. Uma barba igualmente loira, quase rala demais, porém muito bem formada, aparada, quase esculpida, dava ao seu rosto uma forte expressão de masculinidade, que poderia muito bem ser confundida com a de um deus mitológico. Segurava uma espada na mão direita, a espada símbolo da justiça, feita de um tipo de fogo vivo, o qual obedecia seu dono como se fosse a extensão do próprio pensamento, servindo-lhe como instrumento para condensar, canalizar e irradiar as potentes energias da vontade e da própria consciência.

Transcorrido um breve segundo, que, para os mortais comuns, poderia ser classificado como uma eternidade, o príncipe dos exércitos celestes trocava impressões com as mais altas consciências de que a humanidade tinha pálidas notícias. Esse encontro não se dera para tratar de situações que lhes eram convencionais, como o policiamento e a manutenção da ordem entre os mundos. Não! Era um momento dos mais preciosos na história de determinado orbe, de uma humanidade escondida nas bordas da galáxia, cujo sol carrega o cortejo de planetas com rota que aponta diretamente para a constelação de Hércules. Era um momento histórico sublime, no qual um dos mundos desse cortejo sideral alcançava a maioridade espiritual e abeirava-se do momento de ascender a uma etapa de consciência mais arrojada, mais ampla.

Após os breves instantes de colóquio entre essas inteligências siderais, o ser angelical virou-se quase repentinamente; rasgando a galáxia à sua frente em velocidade alucinante, muitíssimo superior à velocidade da luz, tomou o rumo de um astro próximo ao mundo em ebulição. A presença do príncipe da justiça era pressentida pelos diversos seres mais evolvidos que habitavam os mundos por onde ele passava como um raio, em chamas vivas, como se vissem o próprio Deus ou, quem sabe, um dos seus maiores representantes entre as galáxias ou universos da imensidão. Aproximou-se como um cometa em altíssima velocidade das bordas do sistema e, voando, deslizando nos fluidos, jogou-se como um projétil guiado pelas forças mentais superpotentes, até atingir o satélite natural do mundo que mantinha sob sua proteção espiritual. Como uma entidade que existia numa forma de vida muitíssimo mais alta do que qualquer dos seres originários daquele mundo, precisou adensar sua estrutura molecular, suas energias que vibravam em frequências altíssimas, de maneira a fazer-se percebido até pelos seres menos evolvidos do orbe que adotara.

E todo esse trajeto, toda essa viagem durara apenas a pequena parcela de um segundo. Um tempo deveras longo para alguém investido de responsabilidade de tamanha envergadura. Pairou sobre o Mare Imbrium, aguardando outro ser, com o qual guardava estreita ligação mental. A irradiação era de tamanha magnitude que todo o satélite lunar pareceu encher-se ou derramar-se de sua glória e majestade. Não conseguiu ocultar as emanações de seu pensamento e de sua aura, as quais tocaram bem de perto todos os seres ali reunidos em tarefas das mais importantes para aquele momento histórico do mundo em torno do qual orbitava aquele satélite natural.

— Seja bem-vindo, poderoso príncipe Miguel, enviado

das estrelas — falou Anton, um dos guardiões superiores.

— Para sempre sejas bem-aventurado, espírito da Terra — respondeu o arauto das estrelas, para logo continuar. — Venho em nome de Cristo. A hora é chegada em que os guardiões do mundo precisam se imiscuir mais intensamente nas ações dos que se consideram poderosos na Terra. A ordem já foi dada, e aqui estou a fim de determinar nova etapa de trabalho para os guardiões da humanidade — e, concentrando seu pensamento e projetando-o sobre a mente de Anton, transmitiu a ordem, as ideias, enfim, o pensamento que direcionava os guardiões para o embate mais direto com as forças da oposição. Anton soube interpretar devidamente o pensamento de Miguel.

— Aprecio suas ordens, senhor — aquiesceu Anton, saudando o príncipe dos exércitos celestes, enquanto baixava a cabeça levemente, em sinal de respeito à elevada entidade. — Serão transmitidas imediatamente a Jamar, que nos aguarda no mundo dos viventes.

Miguel não esperou mais respostas. Virando-se num átimo, ergueu-se na atmosfera rarefeita e quase inexistente da lua terrestre, como uma águia portentosa que abre suas potentes asas. Como um raio, mergulhou no submundo, para continuar administrando e acompanhando de perto as ações relativas ao degredo de seres milenares, que estavam aprisionados em correntes eternas na geena, nas regiões ínferas de uma dimensão sombria.

Anton não se fez de rogado. Disparou o alerta para todas as tropas dos guardiões e quase esvaziou o quartel-general localizado na Lua, dirigindo-se junto com diversas equipes de sentinelas do bem para determinados países da Terra. Em muitos lugares no submundo a revolta começava. Enquanto isso, Jamar convocava a legião de exus, de sentinelas das ruas, das encruzilhadas, todos os espíritos que pudessem se juntar à grande batalha que se desenrolava nos bastidores da vida. Foi nesse exato momento, quando o exército de seres sob o comando de Anton e Jamar se dirigia a diferentes recantos do mundo, das sombras, do umbral, que nos encontramos com os pais-velhos, que nos aguardavam ansiosos. Éramos Tupinambá, Irmina, Raul, um destacamento de guardiões e eu, além do agênere. Tudo acontecia ao mesmo tempo.

— Estávamos aguardando por vocês, meus filhos — falou Pai João, ao lado de outros espíritos, que vieram ajuntar-se a ele a poucos passos da cidadela onde Antony se insinuara como agente duplo e organizador da rebelião.

— Trouxemos um agênere, meu pai — informou Raul, ainda com a forma perispiritual modificada. — Ele guarda segredos que podem nos ser úteis.

— Esperemos pela ajuda do Alto, filho, pois Jamar já recebeu as ordens devidas.

Mal Pai João assim se manifestou, uma enorme gritaria teve início, marcando o início da rebelião levada a cabo por General, Crispin, Baldan e os protegidos de Mansur. Ao mesmo tempo, milhares de exus foram vistos cavalgando os fluidos densos daquela atmosfera infectada pelas vibrações de magos negros e de espíritos em sofrimento. Os guardiões das encruzilhadas vibratórias desceram e postaram-se à frente dos pais-velhos, formando significativo exército. Vestiam-se como soldados e traziam sobre a cabeça um tipo de gorro de cor azul-petróleo; nas mãos, armas que cuspiam raios de energia elétrica, as quais, ao atingir os inimigos — os sombras —, provocavam forte choque e, em alguns casos, desmaio. Em seguida, Veludo apresentou-se aos pais-velhos.

Foi o velho Rei Congo quem falou agora:

— Não precisamos concentrar tanta gente nossa aqui

nesta região, soldado — falou para o chefe Veludo, um dos exus responsáveis por uma falange numerosa da polícia vibratória do astral. — Podemos dividir seus guerreiros em três equipes. Enquanto uma fica por aqui, as outras irão auxiliar na superfície, na Crosta, pois nossos filhos encarnados precisam muito da ajuda de vocês.

— Irei imediatamente, senhor — disse exu Veludo ao pai-velho. — Eu mesmo comandarei uma equipe na Crosta. Já chamei outros chefes de falange; teremos, em breve, mais de 10 mil espíritos de nossa especialidade à disposição, junto aos encarnados, nas ruas, praças públicas e instituições, protegendo de perto os que precisam. Deixarei um contingente por aqui, conforme ordenado.

Falando assim, elevou-se ao alto, descrevendo um percurso que lembrava os caças da força aérea em desfiles comemorativos. Subiu elegantemente, numa coreografia desenhada entre os fluidos do astral, de forma ágil, seguido pela maior parte dos espíritos de sua falange, enquanto Pai João e mais de duas dezenas de pais-velhos começaram a bater com os cajados no chão, algo que já vimos mais de uma vez. À medida que batiam os cajados feitos de luz coagulada, obedecendo a determinado ritmo, o chão astral reverberava o som produzido, o que causava grandes rachaduras no solo daquele lugar de sombras. Um dos caboclos, da especialidade dos boiadeiros, ligado mentalmente a Pai João e aos demais pais-velhos, tocou um berrante. O som era tão alto, tão poderoso, que uma das muralhas da cidadela rachou por completo, vindo ao chão e levando consigo uma guarnição de soldados dos magos, os temidos sombras.

Antony combatia do lado de dentro da fortaleza; por fora, os exus, obedecendo ao som do berrante, invadiram a cidade fortificada como uma tropa em plena guerra, como um exército sob as ordens do comandante, rasgando os fluidos densos à volta, que pareciam inflamar-se, explodindo aqui e acolá, em razão do contato das energias empregadas pelos exus com a espécie de antimatéria astral daquele plano. Chegaram com tudo, numa força descomunal até mesmo para os sombras, e destruíram a fortaleza outrora poderosa, aprisionando mais de 200 dos sentinelas dos magos.

General olhava para seu amigo Mansur. Em meio à luta, à poeira de destroços da construção medieval dos magos, que subia e se misturava aos fluidos do ambiente infectado, gritava:

— Não disse que receberíamos ajuda, Mansur? Veja os

guerreiros chegando!... Aprendi isso com Irmina e Raul.

Ao mesmo tempo em que falava aos berros, junto com os amigos Crispin e Baldan e os líderes da insurreição contra os magos, carregava nos braços espíritos que não tinham forças para resistir ao comando hipnótico dos senhores das trevas. Mansur rechaçava a pontapés e socos muitos sombras que vinham em sua direção, sabendo que ele era um dos mais importantes chefes da rebelião. Topando com a força bruta de Mansur, literalmente voavam em direção aos escombros, como se fossem atingidos por um potente aríete, caindo praticamente desmaiados, débeis, no meio do resto de um prédio que se incendiou.

Os pais-velhos caminhavam um ao lado do outro, à medida que os exus davam cobertura aos espíritos que se rebelavam contra o domínio opressor. O berrante do boiadeiro não parava de soar; ao fazê-lo, dava origem a mais e mais escombros, que pareciam ser o que restava das milenares construções dos magos. Pai João caminhava junto com o pai-velho Rei Congo; ambos organizavam o grupo de pais-velhos, que, à proporção que se deslocava, continuava batendo os cajados no solo do plano astral. Sabiam que o som iria reverberar até encontrar a cratera onde se refugiavam os magos, que temiam, escondidos em seu *bunker*, o que acontecia em seus domínios. Afinal, haviam sido pegos de surpresa.

O estrago feito por Antony e Mansur foi tamanho que só restou aos exus, depois de algum tempo de batalha, auxiliar na prisão dos sombras. Enquanto isso, outros do mesmo destacamento recolhiam os espíritos outrora prisioneiros dos magos, que tentavam se mover em meio ao fogo que subia aqui e ali, às explosões da antimatéria astral e à poeira de fluidos que se desfaziam quando muralhas, prédios e casas vinham abaixo.

Em outros redutos de magos e cientistas espalhados pelo mundo afora, em dimensões próximas à Crosta, cena semelhante se via, onde os amigos de General deflagraram a revolta aberta contra as forças da opressão. Mais tarde, ficamos sabendo que mais de 130 cidadelas capitularam somente naquela semana. Nas próximas, mais de 50 outras sofreram o ataque dos amigos de Antony, que se infiltraram em meio aos oprimidos, e outras vezes se fizeram passar por agentes duplos entre os seguidores mais próximos dos magos negros, estimulando os espíritos prisioneiros dos ditadores do abismo a se rebelarem contra os opressores.

Nossos amigos Raul e Irmina não esperaram ordens. Raul se lançou literalmente dentro do fogo ou em cima dos sombras, distribuindo pontapés e socos, berrando com violência tamanha, que um grupo de sombras chegou a partir em debandada, com medo, achando que se tratava de um louco varrido. Num dos lances, tomou uma das armas de determinado exu e, de posse de outra que encontrou no solo, corria feito um cavalo de guerra, espalhando temor e distribuindo choques elétricos por onde passava. Quem não o conhecesse, seguramente diria que estava tresloucado, desequilibrado. Ele sorria um sorriso quase maquiavélico, eu diria, e ninguém, nenhum de nós conseguiria detê-lo. Foi com tal voracidade que se atirou à batalha, que, em dado momento, confundiu um dos pais-velhos com um sombra, e chegou ao cúmulo de disparar ambas as armas contra ele, como se o pobre coitado fosse um inimigo. O espírito, parado, absorvia toda a energia elétrica disparada por Raul e lhe disse calmamente, enquanto o médium desdobrado deixava as armas de lado e estava prestes a voar contra o pai-velho:

— Se aquiete, menino! Fique calmo, meu filho. Sou feio assim, mas não sou inimigo. Dirija sua energia contra outro alvo — e foi somente assim que Raul se deu conta de que atacava todos quantos viessem a seu encontro.

Irmina interveio e ajudou Raul a se recuperar, tranquilizar-se, para depois, unidos mental e emocionalmente, lançarem-se à luta aberta, com uma gritaria tal que eu mesmo recuei, com medo das duas criaturas. Aliás, não sabia se temia os sombras, com todo o aparato tecnológico a serviço dos magos negros, ou a Raul e Irmina, que associados formavam, por si sós, uma frente de combate, um pelotão que fazia medo aos sombras. Quando os dois saíram correndo entre os escombros das construções medievais, um grupo de exus logo partiu atrás, crendo que eram líderes da rebelião, tamanho o estrago e a destruição que causavam ao passar pelos auxiliares dos magos. Irmina, ao lado de Raul, perdera toda a delicadeza e suavidade para transformar-se numa fera viva, que defendia a golpes e mais golpes os espíritos que se insurgiam contra os ditadores. O pai-velho que alertara Raul ainda emitiu um último pensamento:

— Meu Deus! Esses meninos são piores que exus; nem parecem encarnados! Exus, sim, e dos mais perigosos...

Ri ao ouvir o comentário do pai-velho, desviando-me de um bloco de mais de 2 metros, que passava sobre nós e logo caía sobre uma casa, onde estavam alguns instrumentos dos magos. Era Irmina, que lançara uma das rochas que barravam o caminho, dando uma cambalhota sobre ela enquanto atirava no bloco com as armas que conseguira surrupiar de um dos sombras. Neste momento, Raul jogou-se para o alto, pegando a companheira pela mão e pousando com ela sobre os braços, enquanto se gabava, completamente sujo, cabelos desgrenhados e com muitos arranhões:

— Não sei o que seria de você sem mim, minha cara...

— Eu sei, eu sei, Raul — falava Irmina entre um soco e outro, que distribuía entre os sombras encontrados no caminho. — "Sem mim, nada podeis fazer..."

Davam gostosas gargalhadas, e esmurravam, urravam e faziam verdadeiro malabarismo, girando no alto de mãos dadas, o que incitava os sombras a fugirem esbaforidos, assustados com tamanha destruição. Não encontravam tempo nem para chamar seus chefes por ajuda. Capturaram sozinhos mais de uma dezena de chefes dos sombras e os arrastavam como presas indefesas, amarrados, dando golpes em quem tentava impedi-los. Trouxeram-nos aos pés de Tupinambá, que, àquele momento, pousava levemente entre os fluidos da dimensão astral, com seus caças — índios guerreiros que obedeciam ao cacique nessa luta contra as forças da maldade. Somente após deporem os líderes dos sombras aos pés do chefe guerreiro é que Raul e Irmina se deram por contentes. Já era hora, pois quase não conseguiam mais respirar, tamanho o esforço que fizeram.

— Sabe, Irmina, não vejo a hora de desencarnar. Aqui as coisas são mais intensas, saborosas, e não temos de lidar com as limitações do corpo físico.

— Mas se você desencarnar, meu amigo, o que vai ser de mim? Quem me auxiliará nas tarefas?

— Ah! Até que enfim você reconhece, não é? Sem mim...

Rindo, quase esboçando uma careta por causa da dor que sentia, Irmina completou, irônica:

— *Nada podeis fazer...* seu miserável dos infernos — falou, abraçando o amigo Raul, que caía numa gargalhada, embora as dores que sentia repercutissem por todo o corpo espiritual.

Quando todos estávamos cobertos de fuligem, quando Raul e Irmina se encontravam esgotados, extenuados, a ponto de desmaiar, pelo grau de envolvimento na luta aberta contra os servos dos ditadores do astral, os guardiões superiores apareceram sobre o que foi uma das mais importantes cidadelas dos magos negros. A poderosa nave de guerra dos guardiões rasgou o véu das dimensões com seu potente campo de força. A delicada teia de energia consciencial que separava a dimensão astral da espiritual foi rompida com um enorme estrondo; nessa hora, todos, mas principalmente os sombras, viram uma nave de grandes proporções girar logo acima dos escombros. Quando interrompeu seu giro ameaçador, sua aparência lhes pareceu ainda mais medonha, minaz, surreal. Em meio aos fluidos densos do lugar, que mais parecia um campo de concentração bombardeado, a nave dos guardiões abriu suas comportas e de lá saíram mais de mil espíritos, que se materializaram em meio à multidão carregada nos braços dos exus. Eram os reforços enviados por Jamar e Anton.

Os sombras, ao constatarem o poder de fogo dos guardiões, sentiram-se acuados, vencidos; sem a ajuda de seus senhores, decerto aquartelados covardemente em algum lugar, ergueram as mãos e depuseram as armas medievais. Renderam-se, para logo se ajoelharem perante o destacamento de guardiões, que marchavam no mesmo ritmo e abriam caminho, a fim de que os exus levassem os outrora cativos até o campo protetor da nave de guerra.

Antes de serem recolhidos, os espíritos receberam, ali mesmo, auxílio terapêutico e amparo por parte dos especialistas e médicos trazidos pelos guardiões do bem. Tomaram água limpa e saudável, receberam magnetismo das mãos de habilidosos magnetizadores. Em seguida, foram conduzidos pelos exus ao interior da nave, que se iluminou totalmente, deixando, por mais de cinco quilômetros umbral adentro, o brilho do campo reflexivo, um campo de força estruturado em energias de uma dimensão superior. De longe, os habitantes das sombras viram a luminosidade das baterias de defesa da nave de guerra dos guardiões; temeram, e tremeram, aprendendo a respeitar a presença dos representantes da justiça.

Raul e Irmina receberam ajuda da equipe médica, pois estavam exauridos, mas ainda assim, prontos para outra batalha. Foram conduzidos ao corpo físico extenuados, mas satisfeitos. Precisavam reabastecer-se com energias revigorantes, embora soubéssemos, por experiência própria, que ambos não conseguiriam ficar fora da luta por muito tempo. Voltariam logo que pudessem para dar continuidade aos combates do lado de cá da vida.

Terminado o recolhimento dos espíritos resgatados

pelos guardiões, os exus se reuniram do lado de fora da nave que levaria os recém-libertos. Constituíam um número expressivo. Um dos exus, da falange dos caveiras, pediu a Watab:

— Queremos aproveitar que estamos no calor da batalha para irmos em direção aos nossos amigos encarnados. Gostaríamos, no entanto, que nos permitissem ficar por aqui, apenas alguns dos nossos, assinalando a região com um farol, para dizer ao mundo das sombras que este lugar não mais é um reduto dos famigerados magos.

— Claro que podem fazer isso, exu! — falou Watab. — Tome a dianteira e faça como melhor lhe aprouver. Enquanto isso, os levaremos até a superfície para ajudarem os amigos que precisam de auxílio. Um grupo expressivo de seus amigos está agora em São Paulo, e outro se dirigiu ao Rio de Janeiro. Que tal pensarem em ficar na região Sul do país? Creio que por lá precisam, também, de sua ajuda. Nosso amigo Sete já está a caminho da Turquia com uma de suas falanges e, em outro flanco, Semíramis e Astrid, acompanhadas de guardiões e outros exus, assumem o Cairo e outros lugares nas imediações, que requerem ajuda urgente.

Quando Raul e Irmina ouviram o ressoar da conversa

de Watab, retornaram imediatamente para junto de nós, recusando-se a voltar aos corpos físicos. Em vez disso, ofereceram ajuda:

— Deixe que nós dois iremos para a Turquia também, afinal, ainda estamos quentes com as lutas por aqui!

— De forma alguma, Raul! Vá para o corpo físico imediatamente. Você tem outras coisas urgentes para fazer. E você, Irmina, volte para o corpo e depois chame outros agentes na Europa. Agora precisaremos de vocês no corpo físico, e não desdobrados, aproveitando que ambos se encontrarão no Brasil. Terão de ir urgentemente ao Rio de Janeiro. Irmina, assim que chegar lá, contate Raul. Um trabalho importante aguarda por vocês. Jamar dará instruções oportunamente.

Os dois não tiveram como evitar o regresso ao corpo físico. Afinal, Watab falara de modo a não deixar dúvidas quanto às próximas ocorrências. As coisas pareciam voltar à normalidade por ali, embora *normalidade* não fosse o termo adequado para caracterizar a situação da cidadela dos magos.

Novamente ouvimos ressoar o berrante do boiadeiro que Pai João convidou a trabalhar conosco. Mas agora o som parecia bem mais alto. Quando levantamos o olhar em direção ao local onde se encontrava o espírito, vimos uma quantidade imensa de caboclos se aproximando, deslizando com seus cavalos brancos nos fluidos ambientes, de maneira a realizar uma coreografia sobre nós. O espetáculo chamou a atenção até mesmo de Watab e de muitos outros guardiões, que saíram da nave para assistir à cena de rara beleza, embora se passasse na atmosfera sombria daquele universo estranho.

Quando desceram de seus cavalos, os caboclos, sob o comando de um espírito chamado Pena Branca, fizeram algo que nos surpreendeu. Ergueram as mãos ao alto e elevaram-se lentamente na atmosfera, rodeando todo o perímetro da cidadela destruída. Enquanto isso, atraíam para si os elementais, que faziam com que os escombros se desfizessem, desmaterializando casas e prédios parcialmente destruídos e limpando a paisagem. Após essa ação, realizada silenciosamente, restaram somente os poucos prédios e casas que permaneciam inteiros. Isso facilitou o trabalho dos pais-velhos. Fiquei emocionado com o que via.

Enquanto isso, os exus elevaram-se na atmosfera, adentrando a nave dos guardiões a convite de Watab, que os levaria até o próximo alvo espiritual. Watab levou consigo também o agênere, que mais tarde descerraria nova porta, com o conhecimento arquivado em sua memoria espiritual, para que os guardiões desarticulassem uma trama que estava sendo urdida junto a alguns dirigentes e gabinetes de governo de alguns países.

Os pais-velhos caminhavam, fechando o cerco em torno de um prédio de dois andares, que era a entrada para um imenso laboratório de magia negra, localizado exatamente abaixo do solo onde nos encontrávamos. Os magos negros não perceberam quem ia a seu encontro; Pai João tivera o cuidado de disfarçar a presença dos amigos pais-velhos com um campo de invisibilidade. Os senhores da escuridão não sabiam que estavam para receber uma visita indesejada.

No mundo físico, a situação parecia delicada, ameaçadora para alguns, estimulante para outros. Os exus espalharam-se pelas ruas e avenidas, diante de prédios públicos e em locais de aglomeração. Durante a noite, eles desdobravam diversos manifestantes a fim de lhes falar, junto com seus parentes e amigos desencarnados, espíritos familiares que trabalhavam intensamente ligados aos seus pupilos, de maneira a amenizar os eventuais estragos ou consequências das lutas no plano físico. Estavam atentos e ajudavam quanto podiam, mas não podiam tudo, pois a ação dos espíritos, seja qual for o grau a que pertençam na escala espírita,[2] depende e muito da resposta humana às ideias e sugestões que transmitem aos tutelados.

A luta estava apenas começando. E numa guerra, seja ela no plano físico ou no extrafísico, geralmente os envolvidos sabem quando se iniciará, não quando se encerrará. Somente resta esperar o dia seguinte, o próximo lance, e tudo há de se esclarecer. O sol nascerá outra vez.

[2] Cf. KARDEC. *O livro dos espíritos*. Op. cit. p. 117-127, itens 100-133.

10

NÃO
HÁ
VITÓRIA
SEM
LUTAS

# R

**AUL ACORDOU ESFOMEADO** e muito tonto, como se estivesse com sintomas de labirintite. Irmina, mal se viu no corpo, pulou da cama e foi logo tomando as providências para ir ao Rio de Janeiro, convidando quatro amigos, agentes que moravam na Europa, como ela, a fim de viajarem juntos. Auxiliariam o Brasil diretamente no local dos eventos; lá, contatariam Raul.

Mas o médium mal acordara e já sentia que o corpo não ia nada bem. A repercussão vibratória dos eventos ocorridos na dimensão astral seriam sentidos ainda por muitos dias. Mas não era só isso. Como Watab e Pai João haviam previsto, Raul trazia o espírito marcado pelas lutas no plano extrafísico. Estava satisfeito, embora cansadíssimo, e o esgotamento talvez perdurasse por mais um mês, repercutindo em seu corpo e sua mente. Além do mais, as emoções, fragilizadas em razão dos desafios dos dois lados da vida, permaneceriam à flor da pele por um bom tempo.

Mas não havia como descansar enquanto não terminassem os eventos que marcavam este momento histórico em ambas as dimensões da vida. Raul tonteou; quase caiu ao levantar-se da cama, mas resolveu que o chuveiro o ajudaria a acordar, e não houve quem o dissuadisse dessa ideia. Nem mesmo Kiev, que ficara de plantão em sua casa, evitando a intromissão de energias discordantes e de eventuais visitantes indesejados. Uma ajuda seria enviada a Raul oportunamente, alguém com quem pudesse dividir certas dificuldades e responsabilidades, além de lhe dar suporte emocional para facilitar seu cotidiano no mundo dos viventes. Irmina também seria assessorada por outra pessoa, que os guardiões encaminhariam logo ao seu encontro, a fim de que pudesse se retemperar energeticamente quando estivesse no corpo. Enfim, não ficam sós os que amam e trabalham pelo bem da humanidade.

**Numa dimensão muito** mais profunda do que aquela onde se encontravam os magos negros, um ser medonho observava, triste, cabisbaixo; parecia deprimido. O local ao redor era conhecido dele há pelo menos dez milênios. Fora enviado de volta à dimensão das prisões eternas, ao universo sombrio onde outrora fora um dos maiorais mais temidos entre os demônios; fora considerado por séculos e séculos o pai da mentira, o arquiteto da maldade. Mas agora estava abatido, derrubado do trono de suas pretensões. O enorme salão da fortaleza, que fora quase invencível um dia, abrigava o número 2 do concílio tenebroso.

Cercado por sete recintos recheados de tecnologia muito superior à dos humanos do planeta Terra, observava nas telas de seu aparato tecnológico a estátua do Cristo Redentor, em uma das cidades do mundo. Parecia ironia do destino. Olhava exatamente uma representação do semblante do Cristo, aquele mesmo que ele intentara combater, enfrentando-lhe a política em tudo divergente da sua. A estátua parecia mirá-lo de longe, de muito distante da dimensão física; mesmo assim, ele se sentia impotente diante do que representava aquela estátua gigantesca, tão gigante quanto suas pretensões de outrora.

Um pedestal no centro do salão luxuosamente mobiliado exibia uma cadeira totalmente coberta com pedras preciosas, encravadas em ouro puro, uma cópia exata, ou melhor, o original da qual uma cópia imperfeita estava exposta no Vaticano. Uma cadeira ricamente adornada, um trono, coberto de material sutil, suave, um tecido desconhecido pelos humanos, de cor vermelha e ornado em ouro. Um brasão com as serpentes enroscadas entre si formava o símbolo máximo dos maiorais nas regiões ínferas. Mas o trono estava vazio, agora. Não tinha a mínima vontade de assentar-se nele. Estava abatido. O segundo em comando entre os dragões não estava instalado em sua cadeira de poder, seu trono de altíssimo representante das forças das trevas. Não! Ele estava de pé diante de uma imagem refletida nas telas de sua fortaleza, em regiões ignoradas pelos mortais.

No mesmo ambiente, logo atrás dele, com os cabelos longos, em mechas que se movimentavam como se vida tivessem e vida abrigassem, a mulher misteriosa o observava com um riso satânico dificilmente disfarçado em seus lábios. Rígida, lívida, corpo esbelto, escultural, tão belo como uma escultura feita em ébano, viam-se suas vestes divinamente talhadas no corpo de formas perfeitas, quase divinas. Lilith, Set, Lúcifer ou qualquer nome com o qual se queira nomeá-la seria bem pouco para ilustrar a hediondez de sua alma milenar, que tudo observava e monitorava silenciosa, apresentando-se como se fosse uma simples serviçal dos maiorais, embora sua identidade já fosse conhecida dos sete principais dirigentes draconinos. Mas o número 2 não percebeu que não estava sozinho ali. Ignorava por completo a aparição feminina que o observava discreta, tão imóvel como uma pilastra, mas tão atenta quanto um animal em busca da presa.[1]

Quando se deu conta de que estava acompanhado, o número 2, o anjo caído e vencido, voltou-se rapidamente para a mulher-demônio com aparência de anjo. Mas ela ergueu a mão como a demonstrar que ainda tinha muito do poder que outrora ostentava, que ainda manipulava os maiorais tanto quanto antes, e disse-lhe:

— Calma, meu irmão — falou o demônio em forma de mulher. — Sossegue seu espírito, que estou aqui apenas para visitá-lo. Não é hora de lutarmos um contra o outro. Além do mais, meu irmão, ainda possuo toda a força e o poder mental de sempre; posso prever todos os seus passos e movimentos. Mesmo na situação em que nos encontramos, você não pode muito mais do que antes.

Silencioso, o número 2 olhava com intenso ódio a mu-

[1] A personagem em questão é descrita anteriormente como uma espécie de embaixadora do dragão número 1, ao menos de acordo com a visão dos demais maiorais até aquele momento (cf. PINHEIRO. *A marca da besta*. Op. cit. p. 208, 233, 545). Aparece com destaque na narrativa que culmina no ultimato dos céus aos "espíritos em prisão" (1Pe 3:19; cf. Jd 1:6) e no confinamento deles às dimensões ínferas, imposto por Miguel (cf. PINHEIRO. *O fim da escuridão*. Op. cit. p. 221-223, 337-340).

lher dos infernos, que o fitava com semblante indecifrável, como se fosse uma deusa da escuridão, um ente da mais alta hierarquia do universo sombrio.

— Você continua assim, arrogante como sempre, sua serpente maldita.

— Tão maldita como você, irmão. Tão astuta como sempre fui e tão poderosa como nunca antes teria sido. Mas é bom que se acalme para que saiba que meus planos estão em pleno andamento; que, mesmo cativos neste nosso universo particular, temos nossas cartas marcadas neste lance do jogo que está em pleno andamento no mundo de Tiamat.

— Tiamat, Gaia, Terra; que importa agora? Não somos mais do que estrelas caídas, errantes, sem rumo certo e sem esperanças. Eu próprio vi de perto a glória do Reino e sei que não temos chance em Tiamat. E, sinceramente, não sei se agora eu quero ter essa chance...

— Não temos chance, mas temos o poder. Nossos peritos estão entre os encarnados levando avante nossos planos, conforme programado.

— Você está louca? Não se deu conta de que Miguel nos aprisionou nestas regiões infernais? Não podemos mais nada contra a humanidade...

— Por isso é que você sempre será o número 2, meu caríssimo irmão...

E olharam-se com olhar fulminante, cada um com seus motivos.

— Estou cansado de suas palavras arrogantes, mentirosas, de suas intenções de poder descabidas, de sua loucura apenas disfarçada com palavras estudadas, como se fossem o som sibilante de uma serpente maldita.

— Você é apenas Eliaquim, meu irmão do tempo. Você nunca conseguirá entender meu poder, minha sedução, minha força, que sobrepujam a todos do concílio.

— Afaste-se de mim, maldita serpente das profundezas. Não se aproxime jamais, ou...

— Ou?...

— Sua miserável representante do inferno.

— Não fique assim, irmão... Aliás, não é *representante* do inferno, mas *rainha* do inferno, se quer ser mais exato. Ou rei, majestade, seja lá como preferir — falou, dando ênfase a cada palavra e, ao mesmo tempo, modificando a aparência, transfigurando-se ora numa forma masculina, ora na feminina e outra vez numa forma dificilmente identificável; um andrógino, talvez. Transcorrido certo tempo, suficiente para a ira do número 2 arrefecer, continuou o ser das trevas mais escuras que se pode imaginar, cheio de orgulho e seguro de suas palavras:

— Não se esqueça de que você está dentro dos meus domínios, e, aqui, eu sou deus. Quanto a você, é apenas um renegado, que se deixou abduzir pelo infame Miguel e seus representantes da lei.

— Não sabe que nós, os dragões do concílio, estamos cansados de suas palavras cheias de covardia, de pretensões e de uma frieza sepulcral?

— Não me preocupo com o que pensam de mim; afinal, nenhum de vocês consegue fazer nada sem minha vontade, sem o conhecimento que possuo ou sem minha intromissão, como dizem; quem sabe, sem a minha participação. Sou eu quem arquiteta tudo, e vocês sempre foram simples marionetes minhas, nada mais que isso, meu irmão do inferno.

— Ora, por que não se cala? Por que se presta a esse teatro o tempo inteiro, procurando disfarçar sua impotência ante a força do Altíssimo e de seus representantes? Todos nós já ouvimos sua arrogância, sua prepotência, por milhares de anos em que nos encontramos neste mundo de desterro. E você, com todo seu conhecimento, toda sua astúcia, nunca pôde prever nada, nem em um milionésimo de segundo sequer, das ações dos guardiões, de Miguel ou de qualquer representante da justiça e da lei.

— Mas você desconhece meus trunfos, as cartas que carrego comigo, escondidas.

— Quais cartas? Quais trunfos?

— Você se esquece dos agêneres? Dos nossos enviados ao mundo físico?

O número 2 parou, estático diante da lembrança dos emissários dos dragões em plena superfície, no mundo físico. Eles eram espíritos materializados, corporificados entre os mortais, os humanos do planeta Terra, e eram programados para executar seus planos mesmo que não tivessem mais ligações com os outrora poderosos dragões.

— Mas não podemos mais entrar em contato com eles. Os agêneres não recebem mais nosso sinal desde que Miguel nos aprisionou. Que acredita que poderão fazer sem receber nossas ordens, afinal?

— Poderão fazer muito, meu irmão. Foram programados para arquitetar as mais sórdidas artimanhas e mortes, para interferir, ludibriar e infiltrar-se nos negócios do mundo, nas questões políticas, ambientais, em meio aos poderosos da dimensão dos homens. Assegurei-me pessoalmente de que eles pudessem cumprir seu programa ou as ordens pós-hipnóticas mesmo que não tivéssemos mais contato com eles. Desempenharão seu papel, com absoluta certeza. Em cada célula corporificada, em cada DNA astral ou naqueles forjados no ectoplasma que usam para se movimentar e viver no mundo dos homens, está inscrita uma ordem, uma só alternativa, um tipo de código secreto, que fiz questão de gravar como um comando tão nítido quanto eficaz e mortal. Jamais se deterão pela falta de contato conosco. Farão sua obra como robôs, como se fossem telecomandados, e os homens de Tiamat jamais conseguirão se furtar àquilo que está determinado em seu plano de ação.

— Mas eles podem ser descobertos pelos guardiões — falou o número 2. — Você sabe disso!

— Isso jamais acontecerá, meu irmão. Jamais! Os agêneres podem se transportar de uma dimensão a outra quando quiserem. Ou ficam corporificados entre os homens da Crosta ou se transportam e vivem como sombras no mundo oculto, de maneira que nem os mais experientes entre os guardiões da chamada luz poderão descobri-los. O mundo tremerá e será todo remexido antes que nós o abandonemos. E quando deixarmos este mundo, ele será apenas uma casca oca, que não mais servirá para habitação de nenhum ser vivente. Será um mundo morto, um planeta exaurido em todos os seus biomas, e sua estrutura física jamais poderá ser recuperada, jamais!...

— Você é diabólica...

— Ou diabólico? Eu posso ser o que quiser, irmão, mas nunca deixo de me preparar para as crises, e eu previ — ao contrário do que acredita — este provável momento. Preparei-me ao longo de milênios para quando os representantes do supremo agissem em Tiamat. Este mundo nunca conheceu o que o aguarda. As crises pelas quais passa atualmente são apenas o prenúncio do que virá em breve. Tenho meus representantes, os agêneres, entre os cardeais, entre os maiores banqueiros do mundo, assim como na comunidade europeia, nos Estados Unidos, na América do Sul, na China e entre seus aliados. Eles têm a vantagem de poder se desmaterializar numa parte do mundo e assumir a feição de algum humano representativo em outra parte, em outro continente. Como são estrategistas hábeis e confiáveis, sabem muito bem o que fazer em caso de emergência. Deixemos os humanos na ilusão de que tudo está bem. Quando acreditarem que tudo está realmente sob controle, quando se acomodarem diante dos diversos golpes que abalarão as nações, é que virá a repentina destruição.

— E nas regiões da subcrosta? Como acha que ficarão as novas configurações de poder? Ou porventura ignora que as diversas facções lutarão entre si para dominar o submundo?

— Mesmo aí me antecipei a tais eventos. Introduzi um dos nossos capitães de guerra entre os magos mais perigosos, que se encastelam no Oriente. Tive ainda o cuidado de infiltrar dois nossos agentes espectros entre os mais temidos sombras, os chefes da guarda dos senhores da escuridão. Eles não sabem que estão sendo vigiados de perto. E os espectros não nos abandonam jamais; são nossos escravos mentais, totalmente confiáveis e subjugados, desde os milênios que nos separam das épocas anteriores a Tiamat. Seguem à risca tudo para o que forem programados. Os magos não sabem que os espectros são guiados por uma ordem que foi emitida há séculos e milênios, uma programação que foi feita por quem pode mais do que eles.

— Você é o pai da mentira...

— Ou a mãe, depende do ponto de vista... Aliás, eu sou o pai e a mãe, o alfa e o ômega de todos os povos deste mundo miserável.

— Você deve estar frustrado por ter de trabalhar no escuro, por ter de contar apenas com a programação feita há milênios, sem ter a mínima chance de saber o que, de fato, ocorre na superfície, nos bastidores da história.

— Nem tanto, irmão, nem tanto. Ainda continuo pleno no poder.

— Mas é um poder virtual, a respeito do qual você tem ação restrita, pois nem ao menos tem condições de conduzir ou remanejar os fios do destino dos supostos emissários ou enviados.

— Chega de tanta insolência, irmão — determinou quase gritando o personagem dos infernos, ora apresentando-se como homem, ora como mulher, aquele que se disfarça, mente, manipula e julga dominar os povos do universo sombrio. Falou dando a entender que não toleraria mais qualquer insubordinação do número 2. Antes mesmo que este pudesse responder ao ato simbólico de suas palavras cheias de pretendida autoridade infernal, o ser hediondo perguntou:

— Quero saber o que você presenciou, o que viu e ouviu no local para onde foi abduzido pelo miserável Miguel.[2] Vamos, fale logo, seu infeliz rastejante da escuridão. Fale, antes que eu o destrua por completo e o reduza a nada mais do que a uma simples memória em nosso banco de dados.

— Então é isso que você quer este tempo todo, não é, poderoso dragão? Quer saber o que ouvi no Reino[3] e não admite que exista algo sobre o que nada conheça.

Deixando certo silêncio no ar, propositadamente, para conferir mais dramaticidade ao momento em que o maioral entre os maiorais cuspia e dardejava seu ódio insidioso, muito dificilmente disfarçado naqueles corpos enganadores que se alternavam na aparência, declarou o número 2

[2] Cf. PINHEIRO. *A marca da besta*. Op. cit. p. 600-604.

[3] "A terminologia *Reino*, como tantas outras de que lança mão o autor espiritual [entre elas *dragão*, cf. Ez 29:3; Ap 12:3-17; 13:11; 20:2 etc.], tem raízes bíblicas. *Reino* corresponde à política do Cordeiro ou *política do Reino* (cf. Sl 22:28; 45:6; 103:19; 145:11-13; Is 9:7; Jr 10:7; Dn 4:3). No Novo Testamento, eis a passagem em que essa acepção fica mais evidente: 'Jesus foi por toda a Galileia (...) pregando as boas novas *do Reino* e curando todas as enfermidades' (Mt 4:23. NVI. Grifo nosso. Cf. At 20:25; 2Tm 4:1). Há diversas ocorrências do termo ao longo da Bíblia, e al-

em comando, cheio de si:

— Jamais saberá o que me foi mostrado. Jamais saberá dos meus planos e daquilo que está registrado profundamente em meu espírito. E mais — acentuou a voz mental, de tal maneira que a ira de seu compatriota pareceu atingir o auge —, para que saiba que não temo nada que venha de você, irmão de infortúnio, maioral dos infernos e mais miserável de todas as criaturas, desafio-o a fazer qualquer coisa contra mim. Desafio-o a destruir meu corpo espiritual, a desalojar-me deste invólucro com o qual me envolvo nesta dimensão. Pois agora sei que toda sua força reside na mentira, no engodo, na raiva contida e cultivada há milênios, sobretudo desde que foi proibido, por uma autoridade superior, de sair de Tiamat.

gumas traduções adotam a inicial maiúscula — a nosso ver, acertadamente, embora não a restrinjam a essa acepção. É curioso notar, ainda, que grande parte dos cristãos repete o Pai-Nosso sem atinar para o sentido do verso 'Venha o teu Reino' (Mt 6:10. NVI), além dos que o interpretam de outra forma. É importante não confundir o termo com expressões neotestamentárias similares, mas cujo sentido, em cada caso, tem conotações ligeiramente diversas: *reino de Deus* (ou *de meu Pai*), *reino dos céus* (ou *celestial*), entre outras" (PINHEIRO. *O fim da escuridão*. Op. cit. p. 157-158).

"Você é somente uma cobra rastejante, que rasteja como verme sobre a terra dos homens e não pode nem ao menos enfrentar o poder de um simples guardião da luz, um simples anjo da vingança. Você é pó, somente isso, sua miserável criatura das trevas. Pois é isso que você é: apenas treva, um tipo de treva corporificada, materializada, desprovido de qualquer força ou poder que o redima de seus crimes. Sobre seus ombros repousa o crime hediondo de haver matado, destruído, dizimado todo um mundo, milhões ou bilhões de almas que ainda hoje clamam por vingança. Você é somente isto: um infeliz da escuridão, um solitário que não tem ninguém com quem dividir suas angústias, seu medo dos representantes do Altíssimo e, nem mesmo entre nós, os outros seis, você tem com quem contar."

Um urro de dor, de revolta, de tamanho ódio como nenhum mortal jamais pôde ou poderá conceber foi ouvido naquele recanto obscuro do universo a que os humanos certamente chamariam inferno, onde matéria era somente treva, e onde luz, apenas uma penumbra. O dragão saiu daquele ambiente e deixou para trás o número 2 com seus pensamentos e segredos, com as informações mais preciosas, que nunca haviam chegado àquele reduto infernal.

Não sabiam eles que seus maiores segredos eram vigiados de perto por ninguém menos que o maior de todos os representantes dos Imortais, o próprio Miguel, que está subordinado diretamente ao Cristo nos domínios do sistema solar e de diversos outros sistemas e constelações da Via Láctea.

**Em outro recanto** das sombras, agora na dimensão denominada subcrosta, um grupo de seres mitológicos se reunia; estavam acuados, de certa forma assustados, pretendendo assumir a direção dos espíritos da Terra. E a nata daquela gente maldita, dos espíritos que manipulavam mais de perto os senhores do mundo, nem sabia que estava por um triz sua pretendida superioridade e autoridade infernal. Eram os temidos magos negros, seres lendários que se disfarçavam de escuridão; vestiam-se de mistério e envolviam-se no manto púrpura da magia telúrica, etérica, negra como a noite de suas almas.

— Os homens são imprevisíveis. Tanto os encarnados quanto os desencarnados. Não poderíamos supor que descobrissem nossas bases nem que contariam com seus agentes desdobrados. Agora teremos de lidar com mais esse desafio. Não basta que tenhamos de enfrentar nossos opositores do Oriente, os magos da antiga Caldeia e da Mesopotâmia, que tentam aproveitar o momento de crise que domina os países do mundo a fim de obterem o domínio completo, o poder absoluto.

— Os homens são imprevisíveis mesmo. Não se acanharam diante da crise, da fome, da dor ou da miséria. Parecem ser dotados de algum sentido especial, de alguma habilidade que os faz modificar a rota e sobreviver às crises mais intensas. Temos de formar um reino diretamente nesta parte do mundo. Não podemos permitir que outros grupos de magos e os pretensiosos científicos dominem o mundo. Temos de obter o poder total desde já. E, para isso, sugiro que consideremos nossos aliados religiosos.

Um dos magos levantou-se, arrastando sua túnica negra, de uma negritude jamais imaginada pelos homens na superfície, algo quase vivo de tão palpável. Falou arrastando a voz, como se tivesse imensa dificuldade de articular sons e palavras:

— Já estamos usando nossos parceiros sobre a superfície, no Ocidente. São eles os fundamentalistas da religião; pretendemos que levem a efeito uma forma de governo em tudo semelhante ao modelo que utilizamos na Idade Média. Somente assim o mundo entrará num ritmo que favoreça nossa completa dominação. É no Brasil que temos tido maiores progressos e o horizonte mais promissor. Precisamos que o estado laico deixe de existir e a religião esteja intimamente ligada aos poderes políticos.

— Mas para isso precisamos contar com o misticismo do povo e o amor a esse Jesus construído e forjado ao longo dos séculos pela religião. Não falo daquele cujo nome nem podemos pronunciar, mas da caricatura concebida pelos religiosos. Temos de nos apoiar nas interpretações fundamentalistas de nossos aliados que estão no Congresso Nacional e em outras instituições. Precisam alimentar e propagar a ideia de que têm de converter o mundo ao seu Cristo, ao seu Jesus grafado com cifrões — falou, dando uma estrondosa gargalhada acompanhada de tosse que parecia não ter fim. — Somente assim conseguiremos formar um governo que ressuscite a perseguição, a intolerância com aqueles que não pensam nem seguem a mesma ideologia. Iludir os homens com base em suas próprias crenças: trata-se do plano perfeito. Pessoalmente estou usando meus aliados que já estão no poder, entre os homens na superfície.

— E o que faremos com os políticos mais expressivos? Temos de dominá-los mais intensamente.

— Com os políticos? Para que nos preocuparmos? São na maioria dominados pela sede de poder e de enriquecimento a qualquer custo, a tal ponto que absolutamente não é necessário nos ocupar deles. Precisamos é estabelecer parcerias, e não destruir aqueles que se colocam em nosso caminho. E mais ainda — falou um dos mais representativos senhores da escuridão, um dos magos de maior expressão naquele grupo e naquele hemisfério. — Inicialmente atacaremos onde ocorrem os conflitos ideológicos para, mais tarde, alastrarmos nossa rede de domínio à área física, propriamente dita.

"A massa de políticos já é nossa aliada sem o saber; em seguida, temos muitas organizações populares e da sociedade, de modo geral, que veiculam ideias dando a entender que estão defendendo os direitos do cidadão. Também estão a nosso lado, e nem desconfiam que existimos. Nossa ação mental, nosso poder de manipulação será deflagrado, neste momento, lançando mão de preconceitos, tabus, crenças particulares ou impostas pelos religiosos e pelos políticos, além de explorarmos as pessoas que estão sensíveis às autocorrupções. Esse será nosso campo de manipulação mental e emocional."

O mago posicionou-se quanto à forma mais fácil, segundo ele, de começar a pôr em prática os planos de domínio. Logo após, outro se ergueu penosamente, quase esgueirando-se entre os demais, e tomou a palavra:

— Precisamos conhecer com maiores detalhes o comportamento das pessoas visadas por nós; os modelos mentais sob os quais pautam o comportamento e agem aqueles alvos principais, que queremos usar como nossos aliados; seus recalques, manias, medos e possíveis habilidades. Daremos especial atenção às suas fragilidades, às intrigas internas entre políticos, religiosos extremistas e líderes de movimentos sociais. As atitudes antiéticas serão a base sobre a qual estabeleceremos nossa aliança com eles. Por isso, precisamos reconhecer entre nós quem são os melhores estrategistas. Necessitamos de um mago ou de um grupo de magos e também de pessoas entre os encarnados que sejam organizados ao máximo, cuidadosos ao extremo e inescrutáveis. Jamais podemos contar com pessoas comuns, que tenham severas limitações e recalques, desordens emocionais ou de qualquer ordem. Também é fundamental obter o máximo de informações, e informações confiáveis, sobre nossos aliados, bem como sobre nossos inimigos.

O primeiro mago tomou a palavra enquanto manipulava com as mãos os fluidos à volta, formando um tipo de espelho, no qual refletia a imagem de diversos líderes políticos e religiosos sobre a superfície vitrificada:

— Nesta guerra que enfrentamos, tanto para estabelecer nosso domínio neste hemisfério quanto para ganhar a luta contra os magos do outro lado do mundo e também contra os científicos, não podemos ignorar o poder de nossos adversários. Por isso temos de investigar, estudar e conhecer profundamente os instrumentos que os representantes da luz utilizam, saber com detalhes todo o conhecimento de ponta que tem surgido entre eles, pois sem conhecer detalhadamente as estratégias e a forma como se organizam não poderemos vencer nenhum adversário ou ninguém que se interponha entre nós e o supremo poder.

"Para cumprir esse objetivo, vale o mesmo princípio: não devemos destruí-los. É mais inteligente ganharmos a confiança de nossos oponentes e trazermos a maioria deles para nosso lado, deixando que acreditem ainda estar a serviço das forças da luz. Temos de ser silenciosos em nossas ações — isso é essencial. Jamais fazer alarde de nossos planos. Nem mesmo para outros magos que pretendem nos ajudar ou para os feiticeiros sob nosso comando. Discrição é tudo. O segredo de nossas ações deve ser mantido a todo custo. Se quisermos vencer nossos oponentes, de fato devemos investir em conhecimento; na verdade, muito mais em conhecê-los do que em outra coisa qualquer. Numa guerra, seja ela na Crosta ou aqui onde nos encontramos, saber da estratégia do inimigo é tudo. Informar-se acerca das armas, das estratégias, da forma de pensar e de agir que ele adota pode determinar a vitória. Não há escolha: ignorar o inimigo, sua política e sua forma de agir equivale a deixar a vitória nas mãos daqueles que pretendemos vencer."

Um dos feiticeiros presentes à reunião das entidades malévolas pediu a palavra e logo se insinuou, dando novo rumo à conversa:

— O futuro se esboça cheio de perigos, embora possamos antever desde já nossa vitória. Temos de nos preparar para eventuais intromissões da política odiosa do Cordeiro.

— O que vê não é o futuro, feiticeiro. São prováveis trajetórias que se esboçam diante de nós. Se fosse o futuro não haveria jeito de mudá-lo, mas como é uma vertente, uma probabilidade, podemos modificar à vontade o fim da história da humanidade.

Outra inteligência sombria, que se julgava mais astuto que seus companheiros, acrescentou, num tom diferente:

— Os seguidores do Cordeiro não são tão éticos quanto aparentam, nem tão corretos quanto querem fazer crer — falou a entidade esquálida, esquelética. — Isso se traduz em grande vantagem para nós, pois assim não precisamos temer os agentes daquele que não ousamos pronunciar o nome. Eis por que não há razão para temer, ao menos por enquanto, qualquer investida dos agentes da lei. Brigam entre si, têm a moral comprometida por questões mal resolvidas entre eles próprios e julgam pertencer ao mesmo time, ainda que cada um faça seu trabalho isoladamente, a seu modo, sem nem ao menos conversarem uns com os outros para troca de experiências. Sendo assim, como temer aqueles que não se entendem, nem mesmo quando afirmam lutar pela mesma causa?

Entrementes, os pais-velhos mais e mais apertavam o cerco em torno da entrada do calabouço, o local sombrio que dava passagem à dimensão onde se reuniam os magos e seus seguidores mais próximos. Continuando a bater o cajado ritmicamente, os pais-velhos conseguiram um efeito que lembrava bem a façanha de Josué, um dos generais hebreus, ao entrar na terra de Canaã e derrubar as muralhas de Jericó.[4] Os cajados não eram nada mais do que luz coagulada ou energia cristalizada, conforme diriam os especialistas. Ao baterem no solo daquela dimensão, provocavam estampidos, sons ocos, pequenos tremores, a princípio, para logo após abrirem rachaduras no chão, aprofundando as fissuras até as entranhas da terra oca.

Os magos estavam absortos em seus planos de domínio e brigas internas tanto quanto no objetivo de dominar por completo os políticos e religiosos do mundo, e assim não perceberam a dimensão do combate que ocorria na superfície da cidadela. De todo modo, mesmo com a convicção de que os sombras resolveriam qualquer impasse ou ocorrência fora do habitual, e ainda que confiassem de forma quase inabalável no poder, no domínio e na força de manipulação que exerciam sobre os espíritos que lhes serviam de cobaias, não puderam ignorar os tremores constantes provocados pelos pais-velhos. Assim como não puderam igno-

[4] Cf. Js 6.

rar as vibrações de outros magos, os magos brancos, como também eram conhecidos os pais-velhos. Isso não puderam deixar de perceber.

Um dos mais representativos feiticeiros do baixo mundo levantou-se gritando ao notar o que acontecia, tirando os demais do transe, da conversa que girava em torno de seu pretendido poder e domínio:

— Magos brancos! Os miseráveis sacerdotes do passado. Eles nos encontraram.

Todos se alvoroçaram, pois, neste momento tão crucial para seus planos, o que não poderiam era exatamente deparar com seus rivais e, ao mesmo tempo, defensores da política do Cordeiro, os pais-velhos. Saíram em debandada, uns ainda tontos, pois estavam imersos nas imagens que trocavam entre si, nos planos e conversas que versavam sobre o mesmo assunto: domínio total, a despeito das consequências. Arrastando-se uns penosamente, outros subindo e descendo na tentativa de levitar em meio aos fluidos tão densos, ainda outros mais, que se esgueiravam pelas paredes, como se fossem aranhas gigantes que lembrassem em sua forma algo de humano — todos bateram em retirada, sem sequer juntar os apetrechos de cultos satânicos, de magia e feitiçaria, os quais deixaram para trás, pois sabiam por experiência própria do perigo representado pelos magos brancos, incrivelmente disfarçados na forma espiritual de pais-velhos.

Pai João, Vovô Rei Congo, Pai Cabinda, Vovó Maria Chiquinha, Capitão Macaia e tantos outros seguiam firmes e persistiam no bater dos cajados, aprofundando as aberturas no solo de maneira que, a esta altura, tais fissuras produzidas pelo ritmo dos instrumentos faziam desmoronar aqui e ali o sistema de cavernas, onde os magos se reuniam.

— Que inferno é este? Que está acontecendo em nossos domínios? — perguntou um dos mais proeminentes magos e senhor da escuridão, enquanto fugia esbaforido, quase sem poder respirar.

Símbolos mágicos estavam inscritos nas paredes do local, numa das cavernas e ao longo dos corredores. Algumas piras permitiam ver, nas paredes do lugar, sombras e figuras, imagens de antigos deuses e elementos mágicos, que pareciam ganhar vida sob a luz embaçada daquele fogo diferente. Determinado túnel, mais estreito que os demais, dava passagem aos magos em fuga, que se acotovelavam e deixavam rastros por onde passavam, derrubando os instrumentos outrora utilizados em seus rituais sombrios. Outro mago ou feiticeiro, dos mais miseráveis da escuridão, respondeu ofegante ao mago anterior, sem se importar que um deles estivesse caído no caminho e, assustado, pedisse socorro aos demais:

— Não convém saber nada a respeito desses desgraçados representantes do poder superior. Eles são nossos inimigos, e isso basta!

Neste exato momento, Rei Congo sugeriu que descessem chão adentro, abrindo uma brecha maior em sentido vertical, de maneira que entrassem por outro lugar, numa espécie de túnel a ser criado. Mal terminara de apresentar a proposta e Pai João levantou o cajado o máximo que pôde; e descendo-o, com força total, concentrando seu pensamento no instrumento que condensava as energias mentais e magnéticas, desferiu um golpe certeiro em determinado ponto do solo. O som foi ensurdecedor e, ao mesmo tempo, fez voarem rochas, pedras e escombros ao alto, como se assistíssemos a uma explosão. Uma cratera abriu-se abaixo dos pais-velhos; Pai João e Rei Congo, demonstrando desinibição e agilidade nunca imaginadas, lançaram-se buraco adentro, sendo logo acompanhados pelos demais. Surgiram logo à frente do grupo de magos que corria, tentando escapar da poeira, da destruição e do monte de pedras, pó e pedaços de madeira que caía à sua frente.

A cena foi a de uma guerrilha. Os magos, vendo-se acuados, ergueram as mãos acima da cabeça. Notaram-se raios sendo canalizados, na verdade, um potente magnetismo, indo rumo ao teto do lugar. Mais e mais escombros caíam, impedindo a visão dos dois grupos, que pareciam se enfrentar naquele recanto obscuro do calabouço. Os magos lograram fugir, subindo com as forças que conseguiram reunir no momento mais crítico e deixando os pais-velhos sozinhos no meio da destruição. Pai João distribuiu os demais pais-velhos pelos corredores, a fim de recolher os documentos que encontrassem no salão onde os magos e feiticeiros instantes atrás se reuniam. Em seguida, elevou-se ao alto, junto com outros dois pais-velhos, à procura dos fugitivos.

Magos e feiticeiros bateram em retirada ao se verem na superfície, na antiga cidadela onde mantinham um dos mais importantes redutos de poder. O impacto havia sido muito maior do que pudessem avaliar. Viram apenas os escombros das antigas construções. Sombras e demais habitantes da escuridão haviam sido subjugados; maltas de obsessores, quiumbas e seus súditos mais vis tinham sido vencidos e levados pelos guardiões. Encontraram apenas um destacamento de seus inimigos exus, os donos das encruzilhadas vibratórias. O mundo dos senhores da escuridão fora dizimado. Deveriam fugir dali o quanto antes. Não havia tempo nem sequer para pegar documentos, escritos mágicos e fórmulas cabalísticas. Nada. O perigo era iminente, e não valia a pena ficar lamentando; afinal, haviam perdido a batalha. Subiriam à superfície do mundo, ao plano físico, e lá buscariam novo rumo para as futuras investidas. Mas os pais-velhos não deixariam por menos.

Nas ruas e avenidas de diversas cidades, os exus assumiam posição de comando sob a orientação dos guardiões superiores, em meio ao povo que comparecia às ruas, à revolução pacífica e se juntava aos gritos de liberdade e dos direitos dos cidadãos. Em meio às manifestações levadas a cabo por centenas de milhares de pessoas nas ruas de diversos países, os magos subiram à superfície e aquartelaram-se num dos palácios mais representativos da nação brasileira, enquanto tentavam, assustados, rever seus planos de maneira rápida, porém detalhada. Os acontecimentos dos dois lados da vida pareciam ocorrer ao mesmo tempo, embora em dimensões ou universos paralelos. Um influenciava o outro e, de alguma maneira, um era o reflexo do outro.

— Vamos para a terra de Dom Bosco! — falou Vovô Congo, convocando mais exus especialistas e alguns pais-velhos. Tiriri, Veludo, Tranca-Ruas, Sete Encruzilhadas e mais alguns outros acompanharam os pais-velhos rumo ao Planalto Central.

Quando chegaram à superfície, um destacamento dos guardiões superiores já estava a postos, sob o comando de Watab. Ao alto, junto do símbolo nacional, via-se o destacamento de Ismael e sua flâmula, que balançava ao vento em meio ao grito do povo para, em seguida, vibrar ao som do hino nacional, que foi iniciado por um grupo pequeno, e dentro em pouco era acompanhado pela multidão. O coro foi tão potente, a energia empregada pelos jovens e manifestantes, tão intensa e ardorosa, que fez os magos tremerem, pois deduziram haver fugido exatamente para o berço das forças do inimigo. Presumindo que o aparente caos os favoreceria, acabaram, sem querer, no meio do quartel-general de Ismael.

Watab deu a ordem, e os guardiões da noite se posicionaram conforme um plano estratégico, em formato de cunha, tendo o Congresso Nacional à frente. Levitando sobre os fluidos ambientes, os pais-velhos vinham, trazendo agora a estrutura perispiritual modificada, transfigurados na aparência que tinham no passado, como magos e iniciados dos antigos colégios e templos de sabedoria. Enquanto isso, centenas de guardiões da noite, especialistas e antigos políticos da nação estavam ao lado dos representantes do poder entre os encarnados.

Um dos magos, notando a movimentação, o coro de vozes que ameaçava visivelmente sua estabilidade, gritou para os demais:

— Fujamos, pois os desgraçados encarnados parecem trabalhar para nossos oponentes; eles cantam, eles soltam um grito de guerra; os malditos estão do lado da luz.

— Fugir para onde, Belial? Foi você quem abriu caminho para este lugar. E agora estamos todos prisioneiros desta maldita situação.

Os pais-velhos pararam por um momento.

— Fiquemos aqui, por enquanto — falou um dos magos brancos ao lado de um dos dirigentes desencarnados da nação. — Não podemos colocar em risco nossos amigos encarnados, nem comprometer o movimento pacífico e legítimo que realizam. Vamos esperar até o povo elevar ainda mais a voz e as emoções. Precisamos de mais energia, e vamos aproveitar esta multidão para livrar o Congresso da presença dos magos negros.

— Devemos ter cuidado também por causa dos quiumbas, entidades vândalas que acompanham bandos de pessoas que pretendem estabelecer o caos. Os quiumbas podem fazer muito estrago por aqui.

Emitindo um sinal com o braço levantado, o mago branco — na verdade, Vovô Rei Congo transfigurado — chamou alguns oficiais do comando superior dos guardiões. Kiev logo atendeu ao chamado e providenciou uma guarnição de soldados do astral. Mais de 500 soldados, guardiões e especialistas foram colocados em pontos estratégicos antes de tentarem algo diretamente contra os magos negros. Havia quiumbas misturados à multidão, assim como alguns vampiros e uma malta de obsessores; todos, a qualquer custo, tentavam causar confusão em meio à gente que caminhava pacífica.

— Não poderemos resolver tudo, mas vamos amenizar os efeitos causados pela ação desses espíritos — deu a ordem Rei Congo.

Os guardiões se misturaram ao povo. Além da guarnição posicionada logo acima do Congresso, uma multidão se dirigiu ao espaço entre as cúpulas, onde toda a gente se reunia, logo acima dos símbolos da arquitetura modernista, que eram um dos principais cartões-postais da capital brasileira. Watab entregou pessoalmente um documento nas mãos de um dos seus mais confiáveis generais. O guardião então volitou sobre os céus da capital, rumando diretamente a outra unidade da federação, onde a situação parecia assumir proporções preocupantes.

Os guardiões sabiam muito bem como trabalhar em conjunto quando recebiam ordens diretas do comandante. Os diversos comandos de guardiões, embora se dividissem em várias especialidades, eram coesos em suas ações. Onde se pudesse perceber a ação dos espíritos emissários da lei e da ordem, poderiam ser vistas nuvens de seres alados indo de uma latitude a outra do país, conduzindo recursos para apoiar as legítimas manifestações em busca de um mundo melhor e evitar, ao máximo, situações indesejáveis e de risco, embora dependessem bastante da resposta humana às suas ações e intuições.

Três dias depois, os magos continuaram aquartelados.

Estavam de tal maneira temerosos que as emoções discordantes foram a abertura para sua derrocada.

— Vamos! Não podemos esperar mais. Os magos procuram por ajuda dos próprios inimigos do Oriente. Não podemos permitir que os magos da Mesopotâmia invadam o espaço dimensional desta nação.

Sob o comando de Watab, chamado a tempo por Pai João, o grupo de espíritos do bem seguiu em direção ao local onde os magos estavam acuados. Assim que chegaram, os magos começaram a lançar seu magnetismo nefasto rumo à multidão.

— Vamos! Concentrem a magia sobre o povo! — dizia um deles. — Temos de provocar alguma reação, a fim de tirar a atenção dos filhos do Cordeiro. Vamos estimular a multidão para que se desequilibre, lute abertamente e provoque o caos no entorno.

Ergueram os braços, espalmaram as mãos esquálidas e lançaram feixes de energia, de magnetismo telúrico rumo ao povo, que, neste momento, dirigia-se ao Palácio do Itamaraty, sede do Ministério das Relações Exteriores no Brasil. Um grupo de entidades baderneiras percebeu a energia discordante, que trazia em torno de si alto teor de poluição mental e emocional explodindo em meio à turba, e se lançou em direção àqueles que, de certa forma, abriam brechas, usando-os como podiam para espalhar a confusão. Os guardiões colocaram-se de prontidão, mais uma vez, enquanto Watab assumia a frente do combate com os especialistas.

Pai João assumiu a liderança ao lado de Watab e, neste momento, os guardiões recebiam o reforço de Jamar, que se dirigiu exatamente para o local onde os magos da escuridão se alojavam. O guardião chamou para perto de si o amigo Watab; juntos, literalmente lançaram-se no ambiente interno do palácio onde os inimigos se reuniam medrosamente. Jamar saiu arrombando as defesas erguidas pelos magos, e Watab caiu exatamente em meio a eles quando davam-se as mãos para manipular uma cota mais intensa de energia das sombras.

Foram pegos de surpresa, pois começavam a se concentrar no exato momento em que o guardião da noite chegou, como um tanque de guerra. Watab causou imenso estrago à organização dos magos, que foram lançados longe, batendo numa das paredes da construção extrafísica, a mais de dez metros de distância. Os demais foram acuados por Jamar e Pai João, que, logo em seguida, levantou um campo de contenção em torno do grupo.

Sem se darem por vencidos, os magos, mesmo contidos dentro do campo energético, deram-se as mãos, aglutinando as últimas forças de que dispunham. Conseguiram elevar-se ao ar, mas dentro da bolha energética, pois não a puderam destruir. Ameaçavam sair dela quando Jamar se mostrou mais decidido. Girando em torno de si, o poderoso guerreiro deu a mão a Pai João e Watab; juntos, formaram um remoinho de energias, atraindo uma luz que vinha diretamente do plano dimensional superior. A luz cegou os magos, e alguns desmaiaram, quebrando a ligação mental entre eles. Jamar e o grupo de guardiões e trabalhadores da luz elevaram-se na atmosfera, tragando, no meio do remoinho de luz e energias sublimes, os magos que gemiam, rugiam e gritavam tresloucados, pois sabiam que suas pretensões de poder haviam chegado ao fim. Muito mais do que isso, sua dor se devia ao fato de saberem que outros magos rivais, em relação aos quais nutriam imenso ódio, assumiriam o comando das forças por eles representadas. Era o máximo de humilhação a que poderiam ser submetidos.

Jamar e seus amigos foram vistos cruzando os céus da capital federal. Rumavam à Estrela de Aruanda, a poderosa nave de guerra dos guardiões, ou à célula central do aeróbus, pois as demais estavam dispersas em outras cidades do país.

A batalha estava por terminar, porém a guerra, ainda não. Mesmo trabalhando pelo bem da humanidade, com todos os recursos que tinham à disposição, os guardiões do bem dependiam — e muito — da evolução do pensamento humano, das respostas que os homens davam às intuições, às inspirações que eles enviavam aos humanos encarnados, envolvendo-os.

Assim que Jamar entrou no aeróbus, receberam um chamado urgente de Istambul, advindo dos planos superiores. As guardiãs pediam ajuda para os eventos desencadeados no outro lado do mundo. Uma guarnição de espíritos comprometidos com os ideais do bem e da luz prontamente se pôs a caminho, convocando, simultaneamente, outras cidades do espaço localizadas nas regiões espirituais da Europa e da Ásia, a fim de auxiliarem os países envolvidos nos conflitos emergenciais.

Enfim, a luta não terminou e não terminaria logo. Muita coisa estava em jogo e muitas forças ainda se encontrariam em conflito, defendendo cada qual o pretendido patrimônio de poder e domínio. Porém, enquanto houvesse conflito e a Terra não fosse completamente renovada, os guardiões da luz jamais descansariam, pois seu compromisso era sobretudo com a humanidade, com a renovação da humanidade do planeta Terra.

O sol nascia mais uma vez, e a nave terrena caminhava a passos largos rumo à constelação de Hércules. Os filhos das estrelas já haviam estabelecido um pacto com os filhos da Terra, de maneira a assessorar na transição do planeta. Acima de tudo e de todos, o Cordeiro, o Cristo, a consciência cósmica que um dia corporificou no mundo a personalidade de Jesus de Nazaré continua com o leme da embarcação planetária nas mãos. Enquanto for assim, a nau Terra jamais poderá afundar. Junto dele, os inumeráveis espíritos dos exércitos dos céus, os anciãos, os mais antigos, velam pelo destino do mundo e de mundos. Nasce, assim, o ideal de uma nova humanidade, de uma nova civilização: a civilização dos novos homens, dos filhos da luz. E os guardiões, os amigos da humanidade, trabalham sem alarde nos bastidores da vida, empunhando a espada da justiça e dando um basta às artimanhas do mal. O bem está determinado a vencer — hoje, aqui e agora.

Sobre os braços do Cristo Redentor, na Cidade Maravilhosa, em sua dimensão astral, dois guardiões olham a cidade abaixo, pululante de vida, de seres, de homens, de espíritos. Jamar ergue o olhar ao alto e ruma para a imensidão; Watab o acompanha. Estão inflamados pelo amor ao Cordeiro, à política divina, à humanidade. Como anjos que abrem suas asas, elevam-se majestosos, aguardando as ordens do comandante. Junto com eles, inumeráveis espíritos — nos ares, nos oceanos, nas matas, sobre e sob a terra e em todos os sítios do mundo — velam, do Invisível, pelos pupilos encarnados. Nos bastidores da existência, a história continua; na Terra, novo capítulo se abre no livro da vida, na vida de milhares de pessoas, que seguem seu caminho acompanhadas de perto por seus amigos invisíveis.

## REFERÊNCIAS BIBLIOGRÁFICAS

BÍBLIA de referência Thompson. Versão Contemporânea de Almeida. São Paulo: Vida, 2005.

BÍBLIA do discípulo. Nova Versão Internacional (NVI). Madri: Safeliz, 2018.

KARDEC, Allan. *O Evangelho segundo o espiritismo*. 1ª ed. esp. Rio de Janeiro: FEB, 2005.

____. *O livro dos espíritos*. 1ª ed. esp. Rio de Janeiro: FEB, 2005.

____. *Revista espírita: jornal de estudos psicológicos*. Rio de Janeiro: FEB, 2004. Ano II (1859).

PINHEIRO, Robson. Pelo espírito Ângelo Inácio. *A marca da besta*. Contagem: Casa dos Espíritos, 2010. (O reino das sombras, v.3.)

____. Pelo espírito Ângelo Inácio. *Aruanda*. 13ª ed. rev. ampl. Contagem: Casa dos Espíritos, 2011. (Segredos de Aruanda, v. 2.)

____. Pelo espírito Ângelo Inácio. *Cidade dos espíritos*. Contagem: Casa dos Espíritos, 2013. (Os filhos da luz, v. 1.)

____. Pelo espírito Ângelo Inácio. *Crepúsculo dos deuses*. 2ª ed. rev. Contagem: Casa dos Espíritos, 2010.

____. Pelo espírito Ângelo Inácio. *Legião*. 11ª ed. rev. Contagem: Casa dos Espíritos, 2011. (O reino das sombras, v. 1.)

____. Pelo espírito Ângelo Inácio. *O fim da escuridão*. Contagem: Casa dos Espíritos, 2012. (Crônicas da Terra, v. 1.)

____. Pelo espírito Estêvão. *Apocalipse: uma interpretação espírita das profecias*. 5ª ed. rev. Contagem: Casa dos Espíritos, 2005.

## SOBRE O AUTOR

Foto: Leonardo Möller

**ROBSON PINHEIRO** é mineiro, filho de Everilda Batista. Em 1989, ela escreve por intermédio de Chico Xavier: "Meu filho, quero continuar meu trabalho através de suas mãos".

É autor de mais de 40 livros, quase todos de caráter mediúnico, entre eles *Legião, Senhores da escuridão* e *A marca da besta*, que compõem a trilogia O Reino das Sombras, também do espírito Ângelo Inácio. Fundou e dirige a Sociedade Espírita Everilda Batista desde 1992, que integra a Universidade do Espírito de Minas Gerais. Em 2008, tornou-se Cidadão Honorário de Belo Horizonte.

## OBRAS DE ROBSON PINHEIRO

PELO ESPÍRITO JÚLIO VERNE

*2080* [obra em 2 volumes]

PELO ESPÍRITO ÂNGELO INÁCIO

*Encontro com a vida*

*Crepúsculo dos deuses*

*O próximo minuto*

*Os viajores: agentes dos guardiões*

COLEÇÃO SEGREDOS DE ARUANDA

*Tambores de Angola*

*Aruanda*

*Antes que os tambores toquem*

SÉRIE CRÔNICAS DA TERRA

*O fim da escuridão*

*Os nephilins: a origem*

*O agênere*

*Os abduzidos*

TRILOGIA O REINO DAS SOMBRAS

*Legião: um olhar sobre o reino das sombras*

*Senhores da escuridão*

*A marca da besta*

TRILOGIA OS FILHOS DA LUZ

*Cidade dos espíritos*

*Os guardiões*

*Os imortais*

SÉRIE A POLÍTICA DAS SOMBRAS

*O partido: projeto criminoso de poder*

*A quadrilha: o Foro de São Paulo*

*O golpe*

ORIENTADO PELO ESPÍRITO ÂNGELO INÁCIO

*Faz parte do meu show*

COLEÇÃO SEGREDOS DE ARUANDA

*Corpo fechado* (pelo espírito W. Voltz)

PELO ESPÍRITO TERESA DE CALCUTÁ

*A força eterna do amor*

*Pelas ruas de Calcutá*

PELO ESPÍRITO FRANKLIM

*Canção da esperança*

PELO ESPÍRITO PAI JOÃO DE ARUANDA

*Sabedoria de preto-velho*

*Pai João*

*Negro*

*Magos negros*

PELO ESPÍRITO ALEX ZARTHÚ

*Gestação da Terra*

*Serenidade: uma terapia para a alma*

*Superando os desafios íntimos*

*Quietude*

PELO ESPÍRITO ESTÊVÃO

*Apocalipse: uma interpretação espírita das profecias*

*Mulheres do Evangelho*

PELO ESPÍRITO EVERILDA BATISTA

*Sob a luz do luar*

*Os dois lados do espelho*

PELO ESPÍRITO JOSEPH GLEBER

*Medicina da alma*

*Além da matéria*

*Consciência: em mediunidade, você precisa saber o que está fazendo*

*A alma da medicina*

ORIENTADO PELOS ESPÍRITOS

JOSEPH GLEBER, ANDRÉ LUIZ E JOSÉ GROSSO

*Energia: novas dimensões da bioenergética humana*

COM LEONARDO MÖLLER

*Os espíritos em minha vida: memórias*

*Desdobramento astral: teoria e prática*

PREFACIANDO

MARCOS LEÃO PELO ESPÍRITO CALUNGA

*Você com você*

CITAÇÕES

*100 frases escolhidas por Robson Pinheiro*

mundo em que pode
forma a condição
espírito humano de
aquilo que todo ho-
mem busca: a
felicidade.
ajudar o desen-
volvimento do
e ao longo
de sua
consciência e
e também de
conhecimento.
Aproveitar a